江边神秘的水寨

值建党九十周年之际，谨以此献给川东游击纵队的英烈们！

朱益发　雷平 ◎ 著

重庆出版集团　重庆出版社

图书在版编目(CIP)数据

江边神秘的水寨 / 朱益发,雷平著. —重庆:重庆出版社,
2011.5(2012.6重印)
ISBN 978-7-229-03619-5

Ⅰ.①江… Ⅱ.①朱…②雷… Ⅲ.①长篇小说—中国—当代 Ⅳ.①I247.5

中国版本图书馆 CIP 数据核字(2010)第 264916 号

江边神秘的水寨
JIANGBIAN SHENMI DE SHUIZHAI
朱益发　雷　平　著

出 版 人:罗小卫
责任编辑:周显军　刘向东
责任校对:廖应碧
装帧设计:重庆出版集团艺术设计有限公司·王芳甜　吴庆渝

重庆出版集团
重庆出版社 出版
重庆长江二路205号　邮政编码:400016　http://www.cqph.com
重庆出版集团艺术设计有限公司制版
重庆市伟业印刷有限公司印刷
重庆出版集团图书发行有限公司发行
E-MAIL:fxchu@cqph.com　邮购电话:023-68809452
全国新华书店经销

开本:787mm×1 092mm　1/16　印张:13　字数:222千
2011年5月第1版　2012年6月第5次印刷
ISBN 978-7-229-03619-5
印数:31 501～35 500 册
定价:25.00 元

如有印装质量问题,请向本集团图书发行有限公司调换:023-68706683

版权所有　侵权必究

目　录

引　子 / 1
第一章 / 4
第二章 / 11
第三章 / 23
第四章 / 34
第五章 / 46
第六章 / 54
第七章 / 61
第八章 / 71
第九章 / 79
第十章 / 85
第十一章 / 92
第十二章 / 98

第十三章 / 108
第十四章 / 116
第十五章 / 121
第十六章 / 129
第十七章 / 136
第十八章 / 143
第十九章 / 151
第二十章 / 158
第二十一章 / 167
第二十二章 / 175
第二十三章 / 184
第二十四章 / 194

引 子

那一年,清军入关,定都北京,顺治佬儿当上了大清朝第一个皇帝。从此,汉人在自己的土地上退居二线,满族人成为"大哥大"。

"一朝天子一朝臣",更别说完全由外族统治的时代!三百年间,清王朝建立的民族等级制度,虽不断有调整修改,却万变不离其宗,那就是满族和大汉各民族,在政治、经济各个方面,都惊人的不平等!世袭罔替的八旗子弟,高高在上作威作福,享受着各种各样的政策优惠和特殊待遇。有啥法子呢?胜者为王败为寇嘛,你打输了就该沦为奴隶,就得天经地义地伺候别人!改朝换代,任人唯亲;历史规律,见惯不惊。

但又总有不肯为奴,负隅顽抗或者起来造反的人,这也是历史规律。入侵的统治者就拿另外的办法对付,比如首先在人物形象上进行改变,让每一颗脑袋上蓄一条长长的辫子,让你忘记你的祖宗,忘记汉民族的男人原本是不蓄辫子的;同时制造文字狱,规定了繁多的文字、话语禁忌,稍不注意便大刑伺候,重则杀头,甚至满门抄斩,他让你写字说话都胆战心惊,哪还顾得上动别的心思,去争什么平等自由?

到了清朝后期,满族的统治者自己腐败了,没多少战斗力了,就受外国列强的欺侮。割地赔款,说割就割,说赔就赔,人家账单送来,朝廷好像都难得细看一眼就急忙签字,生怕洋人不耐烦就瞪起红眉毛、绿眼睛!"量中华之物力,结与国之欢心",皇帝大臣,王公贵族,其实是深谙为奴之道的。

对外,他们是羊,对内却始终是狼。为了防止内乱,清政府对老百姓更加严厉,一有风吹草动,便残酷镇压,抽筋剥皮,凌迟碎剐,诛家灭族,无所不用其极!但是到了清朝末年,这一切的办法都不奏效了。

清朝末年,民间各地,群雄并起,"驱除鞑虏,反清复明"。五花八门的自发组织、团体,他们各自称雄一方,各有各的章程,有的明来,有的暗整,都跟朝廷作对。最大的一个组织叫"天地会","天地会"下面有若干分支;其中一个分支叫"哥老会";而四川、重庆地区的"哥老会",又统称为"袍哥"。

成、渝二地,"袍哥"发展迅速,势力极大,吸引了社会底层的劳动群众,他们蜂拥加入袍哥,求得庇护。到了20世纪初叶,一县一乡,一保一甲,无处不有袍哥组织。民间流传:"明末无白丁,清末无倥子。""倥子"就是指没有参加袍哥的人。

辛亥革命前,袍哥们参加了孙中山先生领导的"四川保路运动",他们运用群体优势,招之即来,挥之即去,轰轰烈烈,为"保路"作出了极大贡献。在辛亥革命中,孙先生同样利用袍哥力量,舍生取义,杀身成仁,为武昌起义的成功建立功勋。

每一个袍哥组织的大本营都叫做"码头"。码头下分五个"堂口",分别为"仁、义、礼、智、信",或者叫做"威、德、福、智、宣"。不同的"堂口"是由不同社会阶层的人组成,如"仁"字讲顶子,"义"字讲银子,"礼"字讲刀子,"智"字、"信"字是叫花子。或云:

"仁字旗士庶绅商,
义字旗贾卖客商,
礼字旗弄刀舞棍,
智字信字耍火枪。"

这是说"仁字号"里面是有面子、有地位的人;"义字号"是有钱的商家;"礼字号"里多是小手工业者;"信字号"就是最低阶层的体力劳动者了!

袍哥组织的行业规定,操下等职业的人不得加入,如澡堂搓背匠、烟馆水烟匠、修脚匠、理发匠、戏子、娼妓等所谓"下九流",还有小偷小摸的、妻子跟别人乱搞的、母亲再嫁的等等,也不能加入袍哥。

但占山为王、杀人越货的绿林草寇若要参加袍哥,则大开绿灯!

袍哥与袍哥结交,有许多礼仪规矩。不同堂口的人见面,须先行一大段

"兄弟道"仪式,眼眨眉动,手舞足蹈,双方认可之后,方可发生联系。否则,各行其道。到了1948年,这种繁琐的"礼节"才简化了,只要双方认可,不行"兄弟道"仪式,也可以发生横向联系。

袍哥组织内以"五伦""八德"为信条。"五伦"是:君臣、父子、兄弟、夫妇、朋友,"八德"是:孝、悌、忠、信、礼、义、廉、耻。

袍哥本以讲豪爽、重义气,解决衣食、急人之难相号召。但到了后来,尤其到了1949年新中国诞生前夕,这个组织内部就只讲"兄弟义气",不讲是非原则了。只要能抖抖袖子,倒头便拜(称"丢歪子");只要臭味相投,便可两肋插刀,毒妻弑子、抄家灭门也在所不辞。

神秘莫测的大巴山脉重庆段,东靠湖北,北连陕西,西至四川,南临长江,沟壑纵横,山中林木莽莽,河畔五谷飘香。小日本投降第二年,一位叫做任千秋的汉子,在这一带建了个小小的袍哥组织,拼拼打打,竟也闯出了一条正路,干出了一番惊天动地的事情。但是直到60年后的今天,才有人把这些事情写出来,印成这本小书,以期传留后世,永不忘记!

第一章

  到了,快到了!马上就要见到八路军办事处了!
  任千秋紧赶慢赶,一路上躲躲藏藏,晓行夜宿,终于来到了重庆李子坝。红岩村就在前面。任千秋长长地出了一口气,顿时觉得全身非常轻松。
  任千秋寻思着,等见到八路军的领导,一定要把这次游击队失败的原因原原本本地告诉他们。大张旗鼓地搞暴动,动静大,影响大,目标也大,自然招来太多的敌人。敌强我弱,那点点"影响",是拿人头换的,这样搞太不值得!116个游击队队员,一夜之间,说没了就没了。除了他任千秋一个人逃出来之外,还没听说有别的活着出来的人。刘景右牺牲了,李正青、王赖子、谭国宝、龙德威,全都牺牲了,连彭政委也牺牲了!这样搞暴动太不划算,太不划算,把所有的家底全打光了啊……一想到这些,任千秋感觉揪心的疼痛。
  任千秋刚刚入伍参加游击队,还没咋搞得明白,就跟着轰轰烈烈地革命暴动,就血流成河,只身逃命。所幸那一段时间里,自己始终跟在彭政委左右,总算听到些革命的道理。
  任千秋记得,第一次见到老彭是年前,川东游击纵队成立,开誓师大会。彭政委讲大道理,讲大好形势,讲了蒋介石的天下是兔子的尾巴长不了,今后泥腿子要坐天下,讲游击队的责任,就是在三峡地区开展斗争,打烂国民党后院的小厨房,叫蒋介石把兵力多多地拖回来,给前线的解放军松一点担子!彭政委讲得神采飞扬,讲到最后,声音都沙哑了,有人给他端了一瓢水,他一口气喝了,又接着讲。誓师大会还宣布了川东游击队的纪律,也宣布了由彭政委和曹司令领头,陈太侯做副司令。

曹司令因为另有任务,他那天没去。

曹司令就是曹伟,是川东一带赫赫有名的人物,是老革命。民国二十一年(1932年),曹伟在上海读大学的时候,就被推选为学生领袖,他带领同学们跟国民党反动派做坚决的斗争。那时,日本帝国主义占领了我国的东三省,曹伟就组织学生游行抗议,要求国民政府组织力量抗日,收复东三省。那时,曹伟就参加了中国共产党,大学毕业后回到川东云阳老家,他家是大地主,他回来后,倾家荡产,连所有的地契都给了给他家种田的雇工,一心从事地下党活动。1935年,曹伟领导了著名的云阳工农武装起义,被震惊了的国民党,悬重赏买他的人头。

彭政委在誓师大会上说,不要看参加我们今天成立大会的游击队员只有100多人,这100多人就是100多把火炬。大家知道,中国农村此时就像一堆干柴,一点就着。只要我们举起武装暴动的大旗,数以千万的农民就会加入到我们的队伍中来。只要我们点燃武装斗争的烈火,烈火就会燃遍整个川东。参加誓师大会的170多名游击队员群情激昂,热血沸腾,情绪十分高涨。

任千秋是陈太侯的老乡。誓师大会开完,陈副司令把任千秋引到彭政委跟前说:"这个兄弟是个秀才,还是神枪手。"

说他是神枪手,他出身猎户,从小跟他父亲撵山,硬练出来的功夫;说他是秀才,也一点不假,他在公学堂里念过书,跳跳蹦蹦竟读到了高小!

彭政委好不高兴,拍拍千秋的肩头:"就留在司令部,我要派大用场!"

从此,任千秋便一直跟在彭政委身边。

谁知,"大用场"还没来得及派,一场暴动,连政委自己都没了!

正是那一次声势浩大的誓师大会,让川东各县的国民党全知道了。国民党就暗暗作准备,组织民团,又调来了大批的正规军,结果暴动还没开始,国民党就开始围剿。任千秋想,还要告诉领导,在敌人这个"小厨房"里,不可以开大会,特别不可以开群众大会,群众大会容易暴露目标,吃亏的是我们自己!

还有第三件事要提醒领导的,就是游击队光会打枪还不行,还得多学点别的一些当兵的手段。

游击队军事方面的训练由陈副司令负责。主要就教装子弹、瞄准、放枪、退弹壳。虽说游击队员个个苦大仇深，但大多是刚刚放下锄头的农民，是目不识丁的文盲，学起来十分费劲，所以这一件事，就耽误了许多时间。

游击队还在练兵，国民党却等得不耐烦了，在川东游击纵队成立才18天，就派来大批军队进剿。人家是训练有素的职业军人，游击队员才学会放枪，怎么埋伏，怎么防御，怎么掩护，怎么撤退，一概不懂，连指挥员的手势都看不懂，就懵懵懂懂地上了战场，结果可想而知！

对！这件事也要向八路军重庆办事处的领导反映。要提醒他们，今后搞暴动，一定要多派些懂军事的干部进行指导。还有，在白色恐怖下的共产党领导的武装斗争应该从小到大，先搞小型的，规模不大，船小好掉头，人少跑得快，人少易分散，人少好躲藏嘛。打他的坛坛罐罐嘛！到处搞，多搞几次，等打出道道来了，冷不丁就搞他个大的，打了胜仗，影响更大，人还少吃亏。

任千秋一边琢磨给八路军领导汇报的内容，一边疾走。正觉得思考得差不多了，突然一个念头像闪电一样照亮了脑海，他不禁愣愣地站了下来。是啊！怎么能给领导光讲我们这不是那也不是呢？这对得起牺牲了的彭政委吗？对得起弟兄同志们吗？我们虽然仗没打好，虽然打败了，但没一个投降，没一个不是以被打死为原则！我们弟兄和同志们，英雄啊！好汉啊！我咋就差点把这个最最重要的情况忘记报告呢？！

一想到这里，任千秋就热血沸腾，两眼含泪。那一幕幕又如在目前！

川东游击纵队的驻地在两县交界，一个叫黑沟淌的地方。跟踪而来的敌人包围了驻地，彭政委镇定自若，冷静地布置陈副司令带领部分游击队员突围去搞给养，自己带着余下的116名游击队员往大巴山深处撤退，约定在红池坝会合，共同迎接李先念领导的解放大军部队。

那天黄昏，游击队进入一个依山傍水的村子，许多队员高喊饿了。尽管当时游击队还在敌人的包围之中，而且离敌人仅有10多里地，而且要烧好一百多人的饭，得需要相当长的时间，但是彭政委看着大家太辛苦了，还是同意了，并布置了很强的警戒。

就是那会儿，烧饭的时候，彭政委对身边的任千秋说，你的情况副司令都告诉我了，通过这20多天我对你的观察，我心头更有数了，等部队到红池坝安顿下来，我会亲自作为你的入党介绍人。任千秋喜出望外，握住彭政委的双手,半天说不出话来。

这次吃饭前后用了3个多小时,直到晚上11点多,部队又才出发。

虽然仍然是沿着石板大路前进,但由于游击队没有进行过行军训练,也从来没有过晚上行军的经验。他们在黑夜中深一脚浅一脚,不时发出巨大的响声,引起所过之处农村家狗的狂叫。

有的游击队员一听到狗叫就发慌,滚到了崖下,大呼小叫要人去拉,就这样走走停停。吃过饭后,行军的速度就非常慢了。大约到了半夜两点多钟,游击队来到一处松树林,队员们又有人喊饿了。

彭政委毅然决定,进一户农家,让农民煮包谷糊糊给大家吃。

第一轮糊糊刚刚做好,负责警戒的任千秋发现树林里有动静,他马上报告了政委。

彭政委判断有敌人跟踪,很可能还在调兵遣将,分析说敌人企图包围我们,然后当机立断作出决定:快走!

部队一路小跑,拂晓时来到一座庙前。虽说这一夜行军强度不大,仅走了三四十里,但队员们被又惊又吓,加上没有睡觉,人员困乏的程度可想而知。

一进到庙里,大家忙着找住处,你拿这样,他拖那样,场面颇为混乱。

任千秋感觉肚子痛得厉害,便去林子里大便,等返回庙时,看见满山遍野的国民党兵把庙围了个里三层,外三层,他已经没有办法再进到庙里了,身边也没带枪,为了通知游击队,只好拿石头扔过去,然后扭头就逃,一路大喊大叫,故意惊动敌人。

敌人果然开了枪,并且有人追了过来。他是一阵猛跑,逢岩跳岩,逢坎跳坎。

可惜敌人没上他的当,因为游击队发现被敌人包围,就往外冲,敌人还能坐视不管?机关枪、小钢炮都用上了。

任千秋摆脱了追兵,还以为得计,等天大亮了,又一路溜回来找队伍。直走到庙子,一眼看见遍地都是同志们的尸体,彭政委几个稍稍穿着得整齐些的,都被敌人割了头颅请功去了。

任千秋悲愤得立时昏死过去!

他醒来时,已是满天星斗。他不敢进庙,当夜他下了山,开始到处打听陈太侯副司令的去向。

由于敌人消灭了游击队的主力，便回过头来在奉节县游击纵队活动过的一些乡镇，大肆逮捕与游击队有关的农民群众，滥杀无辜。

任千秋在川东几县辗转找了半月有余，根本打听不到陈太侯的下落，甚至没人愿意与他说话、见面。万般无奈，他才想到曾经在重庆的时候，到过红岩村八路军重庆办事处，于是绕开敌人的警戒，星夜兼程直奔重庆。

对，游击队员纪律不严，素质不好，没有全局观念，想干啥就干啥，哪里黑就在哪里歇，随心所欲，这是造成失败的又一个原因！还有群众基础也不扎实，敌人一来就跑，被敌人撵得鸡飞狗跳。这一条也要告诉八路军办事处的领导……

眼看就到小龙坎了，任千秋兴奋起来。记得上次到红岩村，是跟表弟来的。

表弟是千秋姨妈的儿子。虽然是表弟，千秋却比他只大一个月。表弟原和千秋同村，从小一块儿玩一块儿上学。后来姨夫做盐巴生意大发了，表弟12岁那年，他们举家搬到了重庆。千秋偶尔去重庆就在表弟家落脚。

上次来重庆是3年前，表弟已经参加了革命工作，身份是重庆南岸南山亭子垭国家粮库油泵修配厂厂长。修配厂不大，十几个人。表弟把千秋接到他的厂里住，正值日本人战败投降，厂房的墙上，到处贴满红纸黑字的标语。

那几天，表弟带着千秋，每天从修配厂下山，参加市里各种各样的庆祝游行活动。每次游行，表弟都走在队伍的旁边，领头呼口号。千秋也走到队伍里去，跟着表弟喊。最后一天上午，他们在沙坪坝游行结束，表弟说："千秋，今天带你去个地方。"

他们来到一座灰色两层楼房前。门前站着两个持枪的，穿灰色衣服，臂膀上的方块布片印有"八路"的战士，那是门岗。门壁上一块醒目的铜牌"八路军重庆办事处"。

原来，八路军重庆办事处设在红岩村大友农场里面的一个两层楼建筑内。表弟告诉千秋，这是共产党在南方的总部。

看得出，表弟是这里的常客，站岗的八路军还跟他打招呼。

进了办事处，表弟上楼办事去了。千秋在办事处一楼随便走走。他感觉到，这里气氛和谐，工作井然有序，人们虽然匆忙，一个个脸上都挂着微笑，相互之间很客气。表弟办完事下得楼来，对千秋说就在办事处吃饭。

食堂里,一个长着山羊胡子的老者与他们同桌,一边吃饭一边问了千秋许多问题,主要是农村的情况,农民的情况。千秋一一如实回答。

回家路上,表弟告诉千秋,那老者叫董必武,是共产党的高官,专门处理共产党的大事的同志。

这次川东游击队暴动失败,千秋认为是一个天大的事情。他来不及约表弟,就直接来找董必武同志了。他还要告诉董同志,彭政委已经同意千秋入党了,他应该就算是一个共产党员了!

任千秋大步走进大友农场,找到了那座灰楼。谁知人去楼空,大门紧闭,原先挂招牌的地方,挂满了蜘蛛网。

任千秋全身瘫软下来,才恍然大悟,国民党共产党都打得不可开交了,哪能容你这个八路军办事处?

忽然,他看到大门右侧的壁上,有一块地方似乎涂过一些墨汁,他赶紧近前去看,那壁上确实涂过墨汁,虽然经风雨吹刷,仍然依稀可见上面的字句"八路军重庆办事处已迁往陕西延安。一九四七年二月"。原来,中共南方局早在一年前就已经迁走了。

任千秋顿觉天旋地转,两眼直冒金星,似乎天要塌下来了!这可怎么办呢,千里迢迢地赶来,却都是泡影。这打击太沉太重了,他长条条地倒在了灰楼前的石板路上,才觉着无比的疲乏,两眼一闭,竟睡着了。

不知过了多久,任千秋觉得身上窸窸窣窣地发痒,他睁开眼睛,天上还亮光光的,许多蚂蚁川流不息地在身上爬。他呼地跳了起来,把蚂蚁打扫干净。渐渐地就想起自己所为何来,身在何方。

任千秋坐在门旁的一块石头上,认真地梳理着自己的思路,思考着下一步应该怎么办。想起上次来的八路军办事处情景,不用说,表弟一定是共产党!八路军重庆办事处搬走了,那就找表弟打听打听去吧!

这么一想,心里稳妥了一些,他便站起身来,振作精神,大步流星去找表弟。

任千秋来到江边,乘渡轮到了南岸,爬上南山,直奔亭子垭而去。这条路他太熟悉了!

南山还是南山,茂密的森林,遍地的草花,树枝上雀鸟啁啾跳跃,这让他的心情愉悦起来,脚步也轻快多了。

但是等待他的那修配厂,却是断垣残壁,野草丛生;草丛中还有些锈迹斑斑的铁疙瘩和配件残片,一只耗子从那些配件残片的草丛中跑出来,圆溜溜两眼打量着任千秋,任千秋不禁大叫一声,脑子里一片茫然。

天晚的时候,从南山一条老路上走来一条疲惫不堪的汉子,他一步步挨到江边码头,钻进一间饭铺,直叫"冒儿头"(大碗干饭)一连吃下三大碗。

任千秋已打定主意,回去!回到下川东去,找游击队司令曹伟去!

第二章

　　任千秋家住大巴山深处的一个村子。父亲是前清的武秀才,一个候补县尉,为人刚直,嫉恶如仇。在那个年代,他虽不富裕,仅有薄田十亩,房屋六七间,但豪爽慷慨。但凡向他求告的,无不倾囊相助,因而受人拥戴。

　　清朝末年,国内又旱灾涝灾接二连三,外国人欺侮我们,政府却一味退让,割地赔款,与列强签订了一系列不平等条约,白银哗啦啦一个劲地往外流。对内却不减赋税,地主也不少租子。农民们逼急了,便组织起来到绅粮家"吃大户",或是揭竿造反。这个乡就有一千多人准备暴动。领头的就是任秀才那个从武汉学成回来的长子任大山。

　　乡长刘四毛是个老奸巨猾的家伙,与任家有着世代冤仇。他不动声色,叫人把任秀才找来,说:"我得到可靠情报,你家儿子带着数千人马今晚在荷花庙内举事,你看如何处置?"他话虽不多,其实很阴险。你一个候补县尉的儿子领头造反,到底抓还是不抓?抓么?儿子必死无疑。放任不管么?上司追究下来,不但候补不能扶正,儿子的性命还是保不住,而且老子的性命也难保。

　　任秀才啥也不说,忧心忡忡回到家。当晚提起那把当年参加过比武考试的大马刀,只身赶赴荷花庙。当任秀才怒气冲冲闯进庙里的时候,大山正慷慨激昂地对乡亲们演讲。大山站在庙堂的神龛上大声说:"清朝已是气数已尽。黄海战争以来中国不是输在国力,是输在腐败透顶的清政府。不起来推翻清政府,我们中国人还将任人宰割,成为帝国主义列强的下饭菜……"

任秀才脸色铁青,大吼:"孽种造反,大逆不道!"

乡亲们转过身来,试想拉住秀才劝解,但此时秀才几近疯狂,双眼血红,怒气万丈,六亲不认,一个扫堂腿,就势把大马刀往地上一拄,左手抓住脑勺后面长长的辫子使劲一甩,那辫子就在脖子上绕了几圈,任秀才用嘴咬住辫子尾巴:"谁敢来管闲事,我任秀才刀不认人!"把乡亲们扫出圈外。

大山却非常镇静,大义凛然:"革命者是不怕死的,革命者是杀不尽斩不绝的!不管你们这些伪道士怎样嚣张,清朝注定改变不了灭亡的命运!"

任秀才不由分说声嘶力竭,直扑神龛,将大山一把拉到地上,大马刀一横,一闪,大山顿时被劈成两段,一股鲜血直冲庙神。大山仍然怒目圆瞪,大喊:"我的血不会白流,我要用鲜血唤起民众,唤醒愚昧,驱除鞑虏,还我中华!……"

任秀才挥动大马刀乱砍乱杀,终于把大山残忍地劈成数截,鲜血、脑浆溅满一地,墙上、神柱上血腥四起,惨不忍睹。任秀才自己也溅得满身是血。乡亲们眼看着一个鲜活的人儿,就这样成了一堆浆血模糊的烂肉,一个个恐惧害怕,心惊肉跳,顿作鸟兽散。

毕竟是亲生的儿子,当父亲将大山亲手杀戮,内心哪能没有痛苦?狗日的刘四毛,我操你祖宗,你做的是断子绝孙的事,你自己也会断子绝孙。

任秀才咬牙切齿,恨死了刘四毛,但打掉牙还只能往自己肚子里吞。吞不下也要硬吞,道理很简单,他是大清朝封的候补县尉,端的是大清朝的碗,吃的是大清朝的饭,是大清朝的人,对于封建社会,愚忠愚孝,君君臣臣,父父子子这一套,他是整明白了的。端人碗,服人管,吃人饭,按人意志办,这是天经地义的嘛。

乡长刘四毛假惺惺地着力夸奖了任秀才一番,还要报呈上司,请予表彰。任秀才将手一横,道:"不必费神!"回家一连数日,关门闭户,水米不进。

大山死后多年,任秀才没有子嗣,直到1924年,任妈妈才生下小儿千秋。

到了民国年间,刘四毛当上了县参议员。所谓县参议员,其实就是国民党县参议会成员。

任秀才被推举做了联保组长,负责维持相邻的几个村的治安秩序。

大山的惨死,使逐步成长起来的千秋渐有耳闻,正是如此,从小千秋与任秀才少有沟通。千秋心里,一直有个不解之谜,好好的哥哥,父亲为啥要亲手杀死他?!

小千秋变得坚强倔犟,少时认真读书认字,习枪弄棍也十分用功。再大一点,就喜好结交朋友。只是迟迟不肯提亲,直到二十二三年纪还光棍一条。他已练就一身手使双枪而百发百中的绝技,多有绿林兄弟与他交友,还时不时地说些共产党不坏之类的话。为这个,老母亲整日里担惊受怕,老父亲训骂鞭打不止,但毫无效果。

这天,老父亲去20里外的李子镇赶场,见千秋在一家僻静的小饭馆与浪里白喝酒谈天,亲密无间。父亲绝望了,跌跌撞撞回到家里,喝了一大壶闷酒,仰天叹道:"我任某愧对列祖列宗,养不出一个成器的儿子!我一生勤扒苦做,老实忠良,一心报国为民,光宗耀祖,从无苟且偷安、奸诈邪恶之念,却落得如此下场。老天为啥如此不公?!"叹罢,老泪纵横,又喝了一回闷酒。千秋娘见了,不敢多问,情知又有什么大祸临头,只好偷偷落泪。

太阳落山了,千秋方才归来。一到家门,父亲就叫他坐下。

"你晓得浪里白是啥人?"父亲强压怒火,阴沉着脸问。

千秋没有注意父亲的表情,平静地说:"他没娘没老子,是个孤苦伶仃的穷人。"

"混账!"父亲坐不住了,勃然大怒,"他是土匪!土匪头子!"

千秋何尝不明白?浪里白在水寨一带聚众为匪,有兄弟二三十人,长短枪十几条。

"他当土匪,全是逼出来的。"千秋斜了父亲一眼,说:"其实这人很不错,很够朋友义气……"

"别说了。"父亲摆摆手,说:"你爹无德无能,管不住你这孽子。"父亲长叹一声,"唉!从今后,你我父子之情一刀两断,权当我没有你这么个儿子。你各自出去,饥寒饱暖,成人成鬼,由你去吧……"

千秋深知父亲说一不二,便一声不响。心里却在倒海翻江。父亲吃力地从身后拿出那床早已备好的被盖和一个包袱,扔给千秋,说:"去吧,向你娘告个别就走,难得她生养你一场。"

望着即将离去的二儿子,任秀才内心也思绪万千,心潮起,肝脑动荡。儿子啊,要知道你老子的苦啊。你老子是满清皇帝赐给的候补县尉,吃皇粮报皇恩;又当民国的联保组长,端人的碗服人家管。两个儿子闹腾革命,在当

今时下不是正门正道,而是剑走偏锋的旁门左道,跟正统不符啊!三十年前碎尸你哥,才得保住忠良名节和全家性命,也是没有别的办法啊!

一想到人死不能复生,他就满心的悔恨。虽然赚取了一个大义灭亲的名声,但养育成人的儿子没了。他虽然乱刀斩子,就连当时的清政府也没给他个什么名号,评个什么奖什么的。左邻右舍更是把他当成凶神恶煞,别人走路都尽量避开,他越来越孤单,没有与人沟通的机会,也没有沟通的对象,越来越没了人缘。

大儿子死后,他便把一门心思放在二儿子身上。尽管家里也不富裕,但是为了撑面子,还是勤拔苦攒地留了点钱供二儿子读书,一直读到高小毕业,使他成为方圆十里读书较多的人。大儿子死的时候,二儿子虽然还没出生,但这小子似乎跟那老大有灵犀相通,居然信上了共产党。这共产党要了什么魔法把我二儿子迷住了?唉,家门衰败,家门不幸啊!任秀才怎么也想不通,这样的事为啥接二连三地出在他这个享受过浩荡皇恩的正统家庭,并且还是在他老将就木之时。

在任千秋眼里,父亲正是这种社会大动荡的时代必将要被淘汰出局去的那类死硬分子。千秋讨厌他,甚至是厌恶。

母亲则是一个中规中矩的传统中国女人,十分贤淑,可谓相夫教子的贤妻良母。她一辈子在男人的指挥棍下大气不敢出,勤勤恳恳,恭恭敬敬,任劳任怨。男人高兴了,她成为男人取乐的玩物。男人愤怒了,她就成为男人的出气筒、受气包。万事没有自己的主见,啥都顺着男人,无怨无悔,除了把自己的一切都献给自己的男人和子女,没有一点自己的东西。任千秋记得庚子年大天干,饿死了许许多多的人,许多家庭都没留下一个活口。由于人没吃的,家禽、家畜就更遭殃,几乎绝迹。那时,任千秋还小。一天晚上,父亲问母亲:"家里的包谷还有多少?"母亲回答:"大概还有五升。"旧时每升包谷合今天的5斤,5升包谷也就是大约25斤。父亲冷冷地说:"要匀着些吃。"母亲一个劲地应着。

从此,母亲每天上山采野菜,可是却不见野菜上桌。每次吃饭时,千秋与父亲吃包谷糊糊,让母亲来吃,母亲却总是说:"我吃过了,你看我都长得这么胖了,你们吃。"旧社会,女人吃饭一般都不上桌的。千秋也的确感觉到母亲的变化,比起以前是有些发福了。其实那哪是母亲的发福,而是母亲把包谷匀出来给父亲和千秋吃,自己却一直以野菜充饥,都吃得她全身浮肿了。即便如此,母亲还是一如既往地每天晚上伺候父亲洗脚,上床前抽烟,上床后给他按摩。

奇迹出现了,5升包谷硬是吃了三个月,让全家走出了断粮的困境。

在这个家庭里,任千秋真正舍不得的就是母亲,母亲任劳任怨,全力操持家务,维系家庭运作,实在太辛苦了,父亲男权主义太盛,一副大老爷们的派头,从任千秋记事起,就没见父亲做过家务。而且,性情十分火暴,屁大点事就怒气冲冲,喋喋不休,非吵即骂,使尽淫威,把一家人搞得非常紧张。母亲和千秋经常要看着父亲的脸色行事,父亲脸上阴转晴了,母亲和千秋才敢有些轻松地把紧绷着的脸解开。当然,在封建社会,又有几个男人不是大男子主义者,但是,男人得像父亲这样的也不多见。

千秋的家乡在山区,比较偏僻,因为偏僻,治安上才采取几村联防。记得到了千秋启蒙读书的年纪,因为父亲是联保组长——就近几个村选出的一个防止鸡鸣狗盗维护社会治安的头头。毕竟父亲是前清武秀才,有一定威望,在当时当地也算是有些身份的人物。原本邻村就有一个小学私塾,因为父亲的身份"特殊",个性要强,硬是抹不开面子,给出话来,"我任秀才的儿子要读最好的学校",似乎这样才能高出别人一头,才能凸显他武秀才的地位,才能使他管辖的治安工作别开生面。

所谓最好的学校就是镇上的公家学堂。这可苦了母亲和千秋,从村里到镇上走大路有十二三里,抄小路也有八九里。每天鸡叫三遍的时候,任妈妈就要把千秋从睡梦中拉起来吃饭,然后收拾书包,匆匆忙忙地摸黑行走。每天都是母亲牵着懵懵懂懂睡眼未开的千秋,抄小路去镇上上学。由于小路行走的人较少,路边的茅草、荆棘、枝条、灌木时而挂住母亲的头、颈、肩、背,母亲却从不畏惧,昂首挺胸,披荆斩棘,勇往直前,不管是刮风下雨,还是天热地寒,母亲从不耽误。

母亲原与父亲同住一屋,千秋启蒙读书不久,母亲便从父亲屋里搬出来与千秋一起起居。原来,千秋上学以后,母亲便每晚很少睡觉,常常爬起来,趴在窗台静听雄鸡的鸣叫,一遍、二遍、三遍时,母亲就起床烧水做饭,伺候千秋穿衣、洗脸、吃饭,再一起上学。这样的折腾让父亲受不了,影响了父亲的休息,所以,父亲就把母亲撵了出来。

有天夜里,母亲突然把千秋拉起,一边穿衣一边说:"娃子,对不起,妈妈做了个噩梦,起床晚了。"然后,未及洗脸吃饭,就牵着千秋小跑,直端端往镇

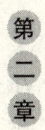

上赶。

一路上,高脚低腿,深坑浅路,风尘仆仆,披星戴月赶到学校。结果,镇上不见一人,街道关门闭户,学校清风雅静大门紧闭,近处四周悄无声息,只有远处隔三差五地偶有几声疲倦困顿的狗叫。

母亲口中一个劲地喃喃自语:"是我搞昏头了,是我搞错了。上课恐怕要打瞌睡,来,再睡一会"。

于是,母亲坐在学校门前的大青石条上,千秋在母亲怀里香香甜甜地又睡了一觉,直到天亮校门洞开,有学生来千秋才入课堂。

原来,几天前,家里那只打鸣的公鸡被山鹰叼走了,没有了报晓的动物。

想到这些,千秋深情地望了望母亲,其实,母亲对家人的付出又岂止是送千秋上上学。

在母亲眼里,两个儿子都十分优秀,但是碍于父亲的淫威而不敢多言。母亲认为共产党可能有些道理,如果没有道理,不是正统正道,为什么会有那么大的吸引力,能笼络那么多的人心。慈悲的母亲,凭着她的感觉,还真有远见,真有远见卓识。

任千秋面对母亲跪下,深深地一拜。

荒野的小东西凄怜地叫着,白昼终于收完了它的最后一抹。夜,一团漆黑,伸手不见五指。千秋走出那个生他养他的家,拖着沉重的脚步,沿着崎岖的山路,高一脚低一脚地默默走着。他不知上哪儿,也不知去干啥,只有漫无目的地摸索前进。镰刀似的月牙子悄悄爬上山尖,给大地撒下一片乳白。他走了许久许久,终于停了下来。"天生一人,必有一路!开荒种地,兴许能活。"

千秋在离家十来里的山坳里选一处避风的岩石,搭了个茅棚,便开荒种地。老友浪里白闻讯寻来,死活劝他搬到水寨兄弟们那儿一块住,可千秋不愿让父母生气,自然不愿去披那张土匪皮皮,说道:"我与你结交,看重的就是个情义,从无做绿林之意。"

水寨位于一个江河接头之处,是大巴山一段水系注入长江的一个江口。大巴山这条河从北到南,形成自然的"楚河""汉界",左岸属云阳县,右岸归国民政府奉节县管辖。如果有人犯事,云阳的官兵追来,犯事者便跑入奉节属地;奉节的官兵追来,犯事者便跑入云阳。政府的官兵很像铁路警察,各管一段,十分守纪,少有交往,绝不轻入他县。

这个江口的物产很特殊,东海有一种胭脂鱼,不知什么原因,每年夏季毫无例外地要从栖息的大海逆江而上,专程游到这里产子。与此同时,尾随大量胭脂母鱼同行的还有许多长江鲫鱼、鲢鱼、青波鱼、江团等各类鱼种,像是胭脂母鱼的护卫或跟班,浩浩荡荡地到这江口的大巴山河段"冲浪健身"、"陶情取乐"。不知从哪朝哪代开始,方圆百里的农民就蜂拥到这里来打鱼捕虾,搭建简易建筑,作为食宿栖身之地。久而久之,这些农民就变成了专以打鱼为生的渔民。

这个江口还有些异样,临江的入口是大片淹入水中的礁石,怪石嶙峋,沟壑纵横,水流无定。据说当年刘备入川时,诸葛亮很看重这个地方,准备作为摆下"水八阵"的第一战场,后来只因离夔门太远,不能与巨大的天然屏障相咬合,这才念念不舍地放弃。临江岸的河壁却似刀劈斧剁,陡峭危险,迎向大巴山一岸的地底下,是溶洞群,大洞套小洞,洞中有洞。洞内模样千奇百怪,成梯形拾级上下,一头伸向长江江底,一头伸入大巴山深处。冬季少水,沿梯形坝坡向下,可直接进入溶洞群。夏季丰水则可乘船攀岩进入溶洞,这天然的地形,成为历朝历代百姓躲避兵荒马乱十分理想的场所。现在则成为浪里白和他的弟兄们栖身的地方。

隔几天,浪里白又来了一回,可还是没用。千秋光脚赤膊,搬石垒土,抛粮下种,干得十分起劲。浪里白见他确实不肯入伙,便带些米粮鱼干肉食之类送给他。临走时说:"老弟日后若有三灾五难,只消捎个口信,为兄的定然拔刀相助。"

千秋挥手向浪里白告过辞,依旧忙他的农活。他每天日出而作,日落而息,倒也清闲自在,只是对年老的父母放心不下,消停几回便跑回家去,站在屋后隔着窗洞稍稍看着他们,见平安无事,才放了心。

这天上午,千秋正在锄草,忽听山下几声枪响,还有呐喊声。正纳闷,有个持短枪的人一拐一跛地跑过来,千秋细看,不是别人,却是浪里白。

"妈的,子弹打光了。那些狗日的还在追。"浪里白骂着,歪歪倒倒地窜到千秋跟前。

千秋也不犹豫,将浪里白连扶带拖弄进茅棚,藏在墙角的柴捆后面,又把尿桶移在旁边,还把桶里的尿泼了些在地上。

刚收拾停当,把锄头拿起走出来,十几个保安队员就追了过来。任千秋认得那领头的是保安中队牛副官。便主动打招呼:"牛副官,上山打土猪呀？"

牛副官见是任千秋，顿时起了疑心，这姓任的哪样哥儿们朋友没交？说不定与浪里白也有瓜葛。便问道："刚才有人来过你这儿吗？"

"我这鬼坡坡，哪个舅子来哟！"千秋说得认真，而且平静。

"你仔细想想看。"牛副官虽然听出任千秋一语双关地骂他"舅子"，却也不好发作。边说话，边向保安队员使眼色。两个队员立即往草棚里钻。

柴捆后面的浪里白拔出匕首，眼睁睁地看着两个保安队员钻进草棚。棚子里又暗又臭，两个队员皱着鼻子用枪在床上挑挑，又朝墙角那堆柴草走去。浪里白好生紧张。

忽听"咚"的一声，把草棚里的三个人都吓了一跳，"妈的，踢着个尿桶，溅了老子一身！"一个队员骂着，就去搬那柴捆。

这边任千秋将锄头一放，认认真真思索了好一阵，热情地说："要说人，先是从这条路跑过一个男子，我没看清是谁。这深山老林的，道路艰难得很。你们也追累了，不如就在我那儿歇歇脚，喝口水再说。"他热心热肠地冲牛副官笑笑，又伸手去拉，边说："走，走！我还有两瓶好酒，正愁没个朋友助兴。"

这个牛副官和地道的大水牛差不多，四肢发达，头脑简单。可这阵子却转开了脑筋了："哼，好个任千秋，以为老子就这么好骗？我俩非亲非故，请我喝个啥酒？灌他妈的迷魂汤，还不是想把老子拖住，让浪里白跑得远些，老子才不上当呢！"想着，把手一甩，发出一声喊："兄弟们，快给我追！"便带头一个劲往前跑出去。

千秋还在那里热情地招呼："牛副官，唉，坐一会嘛！"

草棚里的保安队员正要踢开柴捆，忽听牛副官一声猛喊，扔下柴捆跑了出去。把个周身大汗的浪里白白白露着。任千秋进棚时，他还愣愣地蹲在墙角，一阵阵后怕。

浪里白见保安队已去，爬起来又要跑，谁知脚一歪，几乎摔倒。千秋赶紧将他扶起，只见裤管上带着血，便问："你受伤了？"

"轻伤，不要紧。"浪里白若无其事地回答。

"我给你包一包。"千秋边说，边将他按在地上，不管愿意不愿意，扯下一块上衣布，就给他包扎起来。

一边包伤，浪里白一边说了缘由。

千秋有个远房兄弟,叫任老六,这几年跑城口、陕西做鸦片烟生意,赚了点钱。他好赌,手气又不好,一夜工夫,连本带利输个精光。一咬牙,房子卖了,连老婆也卖了,倾家荡产作本,在道上弄到15两上好烟土,想发个洋财。谁知这回栽得更惨,走到庙宇垭,被关口上的保安队连人带货拿住,送到保安中队。队长刘宝不在家,由他那当县参议员的老爹刘四毛代为处理。

刘四毛大喜,这15两烟土能卖好多钱他是清楚的,何况自己也是一个有名的烟囱。便将烟土全部没收,占为己有,还把任老六关押了好几天。任老六痛不欲生,上水寨找到浪里白,请他做主,若要回鸦片烟,各人一半,不然只有死路一条。浪里白见他可怜兮兮,当夜带了两三个弟兄随老六一道去李子镇刘四毛家。

谁知刘四毛早有防备,几个人还没有弄清楚东南西北,只听一声呐喊:"土匪来了!"顿时灯火通明,保安队员早就将他们团团围住,一阵乱枪,打得他们四下逃散。然后保安队紧追不舍。几个弟兄被打散了,浪里白负了伤。

浪里白的伤口包扎好了,千秋不由分说,背起他就走,一直送到垭口,才与他告别。

浪里白,下江人,宁波沿海渔民。"七七事变"后,全家人被日本飞机炸死,从此光棍一条成为流浪汉。1937年11月20日,蒋介石迁都重庆,四川、重庆地区成为抵抗日本帝国主义侵略战争的战略大后方,社会比较稳定,人心相对安定。正所谓"前方吃紧,后方紧吃"。

浪里白沿长江上行流浪到水寨定居。他原本在大海里当渔民,大风大浪地干过,来到本地人认为水情险恶的水寨当一个弄潮儿,实在是小菜一碟。他能潜水到江底直接从礁石缝里抓出鱼来,他能在水下认出鱼的公母,从而在产卵期只抓公鱼,放掉母鱼。如果给他一根麦秆,他可以在水下一两个小时不出水面吸气。浪里白的这些本事在当地人眼里可是了得,有人把他佩服得五体投地,帖服得很。由于他单身一条,一人吃饱全家不饿,一人穿暖全家不寒。再加上他为人十分仗义,凡有多余的钱财更是与一帮年轻人不分你我,猜拳行令喝五吆六,从来都自愿吃亏。凭着这些特有的优势,在那些拖家带口的渔民眼里是何其伟大!慢慢地,浪里白在渔民中就有了许多威信。

由于任千秋的父亲既是前清武人,又是民国的联保组长,在当地大小也算个人物,家资尚可,生活也算过得去。浪里白常给任家卖送长江鱼,几乎每次都是任千秋从他爹手里拿过钱转给浪里白,从不短金少银,还时常多出几分几角便不要找补。

浪里白看得出千秋是一个本性慷慨,对弱者同情怜悯的仁杰。特别是时有一些恶少欺男霸女,千秋还主动站出来打抱不平,帮助穷人论理,浪里白十分钦佩。

后来,国民党更加腐败,竭力盘剥民众:保长乡长笆子笆,县官州官梳子梳。民不聊生,官逼民反,一帮江湖兄弟纠集在一起,专与富人作对,打家劫舍,扒富济贫。浪里白介入其中,便自然成了呼有人应,行有人跟的头领。

千秋边往回走边想:那牛副官真是个笨牛!老子略施小计,就骗走了他。

这一回,是任千秋小看人了,俗话说:"大意失荆州!"

他刚钻进窝棚,背上就被一个硬邦邦的家伙顶住。

"别乱动,谨防老子走火!哈哈哈哈……"牛副官说完,一阵大笑。

任千秋定神一看,好家伙!十几个保安队员占据了整个茅棚,站着的、蹲着的、坐着的,都是荷枪实弹。

"把这土匪给我捆了,带走!"牛副官大吼一声,向保安队员挥了挥手。

"日你妈,老子犯了啥子罪?"任千秋大骂,不停地扭动身子。

牛副官手里扬着块破布得意地说:"见识见识吧,这个罪证,就是杀头也不冤了你!"

任千秋好生后悔,竟没想到从浪里白脚上换下的破布没来得及收拾,被保安队抓住把柄,酿成了大祸。

刘四毛父子对任千秋连夜审讯,也没问出个日月星辰、子丑寅卯,见这人没啥油水可榨,只好毒打一顿,锁上手脚,连夜送往县城。

任千秋在县城监狱受尽皮肉之苦,自然死活不承认自己是土匪,更不承认有杀人抢劫行为。但是那时的世道是:"八字衙门两边开,有理无钱莫进来。"千秋是与父母脱了关系的人,自己又身无分文,没钱保释,法院只好判了他15年徒刑。

消息传到任家,母亲哭得死去活来,父亲却坐着闷声不响,等老母哭罢去看任秀才时,见他依旧那么坐着,瞪着双眼,早已断气。

浪里白带着一帮江湖兄弟,几次劫狱,都没成功,还死伤了些兄弟,只好作罢。

昙花寺颇有名气的慧正长老,也曾致书法院院长,以普度众生为由,望念及千秋无知,尚可教化,免予刑律。可法院根本不买账。

任千秋被关在狱里,心中十分难受。他思念自己的老父老母,不知道今生今世还能不能再见。这一对老人,犹如风前之蜡烛,瓦上之霜露,随时都会消逝。十五年的监狱生活何等漫长。十五年!他的青春将全部葬送在这里。他盘算着、计划着,想办法出去!一定得出去!

懒洋洋的太阳透进铁窗透视着无数尘埃。

半年后,已是1946年初夏。

清晨,大巴山深处的一个监狱吵吵嚷嚷,像是发生了什么大事。

"妈的,都到开饭时候了,一个个还在睡懒觉!"一个看守骂着,打开牢门朝躺在地上的囚犯用力猛踢。

"唉哟……"

"唉哟……"

囚犯们并不动弹,只是不停地呻吟。声音微弱,像要断气的模样。几个牢房都是这样。

"耶,莫不是得了瘟症?"看守自问着,飞一般跑了出去。在牢里,发瘟是常事,那可是传染性极强的病,一死几十人,有时上百人也不稀奇。

"隔壁的,全部过来把他们拖出去!"看守边喊着,上前打开了隔壁牢门。

隔壁牢里都是重犯,至少是被判十年以上的徒刑,平时很难得出来,连倒尿桶也是这边的轻犯代劳。他们一个个都被开了手铐,在十几个荷枪实弹的看守监视下乖乖地走近轻犯的牢房。

不好!这边几间大房子里的上百名轻犯,一个个直挺挺地躺着。重犯见这般光景,都不肯进门。看守火了,上前将他们往屋里推。

谁知屋里的囚犯手疾眼快,早已把一桶桶屎尿泼将出来,弄得那些看守狼狈不堪。重犯们趁此饿狼般猛扑过来,缴了看守的枪。

一百多名犯人一窝蜂地冲出监狱,各自奔命。

任千秋东躲西藏,好容易才逃回老家!他庆幸自己几月来的越狱计划终于成功,眼看又可以与老父母团圆。不知怎的他又犯起难来,这个家门到底是进还是不进?不进吗,日夜思念的老父母怎能相见?进吗,自己是个领头的越狱犯,官府岂能善罢甘休,要是官兵追来,岂不连累双亲!

他在屋外竹林里犹豫好一阵子，终于没有回家。便朝着自己那岩石下的草棚走去，可到得近前，那儿啥都没有了，草棚早已被牛副官放火烧掉，庄稼也被人毁坏。

　　正当他走投无路的时候，表叔陈太侯找到他，陪他在荒郊野外呆了两天，给他讲了许多共产党、游击队的事。这些东西他似曾听过，心中一直十分向往，只是找不到引路的人，表叔陈太侯的到来，正是他求之不得的。他欣然同意，跟着陈太侯来到大巴山深处的一个地方。陈太侯介绍他参加了川东游击队，有幸认识了他十分崇敬的共产党高官彭咏梧，参加了著名的"奉大巫"起义，结果起义失败，彭咏梧牺牲，陈太侯失踪，他只身脱险。

　　好在他参加游击队的地点离他的家乡比较远，时间比较短。那时信息不发达，在他家乡没人知道。这次满怀信心千辛万苦跑到重庆，结果毫无收获。又垂头丧气地从重庆回来，他已是无家可归，更不便抛头露面四处张扬，只好在荒山野岭里乱窜。

第三章

　　任千秋在山林里转悠,看似漫无目的,其实他是在寻找一处适合自己生存的地方,搭个草棚日遮太阳夜蔽雨,再开荒种点地,先安顿下来,等待时机,再图找共产党、找游击队。他一定要把自己的想法报告给共产党的大官,他咽不下这口气。

　　"唉呀,是任老弟嘛!"他正在想着心事,梳理思绪,忽听有人喊他,抬头一看,是齐叔。

　　齐叔叫齐章佑,家住李子镇后山的漆树垭。年轻时是一把种庄稼的好手,身强力壮,为人忠厚。娶个妻子虽是穷人家的女儿,却十分美丽贤淑,第二年就生了个女儿。当时这件事在男女家族中还引起一些轰动,因为齐章佑和妻子都是所在家族一辈人的老大,生的女儿也是新一代人的第一个。双方家族的三亲六戚很稀罕。女儿60天时做"双月",来了许多亲戚朋友朝贺。大家看着那襁褓中粉嘟嘟的孩儿十分乖巧,微笑着的小脸十分迷人,一对大大的眼睛黑白分明,就像一汪清水中放进了一只青皮圆瓜,喜欢得不得了。这个抱抱,那个亲亲。当听说小家伙还没有起名字时,一个个便开动了脑筋。

　　男方的亲戚说叫"齐龙",因为"龙"是12生肖中的第一个。

　　女方的亲戚说叫"齐东强",她们希望这个家族因为添了一个美丽的人丁能够富强起来。

　　这两个名字都很好,寓意深刻,赋予了很好的希望,都舍不得失去,双方比较坚持己见,还因此争执不下。

齐章佑看亲戚们谁都不让步,采取了个折中的办法说:"这样,就叫齐龙齐东强。"妻子一听说:"齐龙齐东强,像是打锣鼓的声音,不好不好。"可不是嘛,"其啰,其哆戗——!"经她这一提醒,大家笑得前仰后合。妻子接着说,"我们家女儿是我们两个家族中珍贵的一员,我说大名叫贵珍,小名就叫'珍儿'。"

大家一听"珍儿",可不是嘛,这么多人都喜欢,就是一个珍贵的人儿嘛。都说好,所以齐章佑的女儿就叫"珍儿"。

谁知就在这年,他被抓去当了壮丁,几次逃跑都没成功。因为他个大体壮,一直在队伍上扛重机枪打仗。后来又去江西打共产党。打来打去,终觉得穷人打穷人不是路子,于是老是想着逃跑回老家,却老被排长盯着,脱不了身。

机会终于来了,那天部队驻扎在一个村子,放礼拜。排长一早去了镇上,中午没回营地。齐章佑耍了个心眼,埋伏在村子去镇上小路旁的草丛里。天近黄昏时,排长斜挎着枪,歪戴着帽子,敞怀露肚,一副扬扬自得的样子,手里拿着喝了一半的酒瓶,嘴里哼着谁也听不懂的下流小调,一步三摇,晃晃悠悠地过来了。齐章佑一个山鹰落地,腾空而起,猛扑下来,结果实实在在地压在排长身上,那排长惊恐万分,尚未反应过来,就被齐章佑拔出他佩带的军用匕首,仅仅一刀,刺入心脏,排长在醉梦中见了阎王。

齐章佑沿路帮工讨饭回到家乡。谁知他走后妻子无法维持生计,便带着女儿去张保长家当了佣人。他还没有进家门。部队捉拿他的通知早已送到,他无路可走,便去水寨投靠浪里白,算计着有朝一日将妻儿接进水寨,也算是一家人得以团聚。

齐叔见任千秋衣衫破烂,狼狈不堪,与自己当年逃跑回来时没有二样,十分同情,拉着千秋就要去见浪里白。

"那些时日老弟你为浪里白受了苦,他整日都在念叨,觉得欠了你一笔大债,既然你出来了,就去见见他吧,不然他会不安的。"齐叔边说,边拉着任千秋往江边走。

千秋本想不去沾惹浪里白,但一则经不住齐叔的劝说和拉扯,二则自己脱离组织,家毁田荒的确没个适当的去处,也就跟了齐叔。

浪里白的人马,全住在水寨。说它是"寨子",还不如说是长江边上,万石丛中的一个岩洞。

那岩洞前面是长江,三面是数十丈高的悬崖,除了鹰,连猴子都难上去。清朝年间一位县太爷为躲避白莲教,在洞口用巨石筑起了厚厚的城墙。将岩洞变成了寨子。

水寨其实不错,长江岸边方圆几十里,水土丰厚,林木旺盛,只是出入不便。走水路,前面是浩瀚长江的怪石礁屿,大船靠不拢寨门,必换小船。走陆路只有当年县太爷在悬崖上錾出的一串石窝,人要进寨需四肢并用,稍不留神就会掉进江里,葬身鱼腹,当然长期居住其间,走熟了也不觉得有多么危险。

当年,在悬崖上开路并不那么容易,是选择在比较平整的岩壁上开一段路,用木梯越过悬崖,再开一段路,这就是所谓的栈道。因为洞口在半岩上每开一段路,需要架一个木梯把栈道抬高。木梯是圆木做成的,竖着是圆木,横着也是圆木,用野藤连接,每架约七八米长,半米多宽。一共架了四部这样的长梯,才把寨子通往外面的路连通。于是又有人叫水寨为"木梯水寨"。

这是个难攻易守,"一夫当关,万夫莫开"的处所。人不到万不得已的时候是不会去的,因为洞中长久不见天日,长期居住,很难想象不会出什么毛病。虽然有木梯通往外面,进出仍是困难,如遇险情,撤掉栈道只剩木梯,进出就会难上加难。

山洞里有大大小小数十个"厅堂",有些"厅堂"在数十里外的江面还有出口。但那里面潮湿无光,洞顶还不时地滴漏着晶莹的水珠。岩洞被熏得黢黑,空气中弥漫着一股浓浓的烟熏火燎的味道,长年累月点着松树明子,蚊虫飞蛾也不少。过去多数时候是那些躲债躲丁的穷人到这里来避祸,稍有些办法的人绝不会到这里面来受洋罪。

如今,这里成了浪里白的大本营,正面的大厅是浪里白和兄弟们议事和分配浮财的地方。旁边的小洞,依次铺着一些杂草、包谷壳、烂棉絮之类,那就是兄弟们起居的"寝室"了。岩洞的通风口面搭着许多土灶,旁边横七竖八地放着一些锅瓢碗勺,当然是残缺不全的,那便是兄弟们的"厨房"。兄弟们多数时候是在江边开荒铲草种庄稼自给,实在无法维持生计了,才偶尔在浪里白带领下,去跑一趟"买卖",把大户人家的财产拿来均均贫富,打打牙祭,补充一些必需的生活资料,改善一下眼前现状,分享一点点富人的"乐趣"。分账中也时有不均,弟兄们常为一些小事打打闹闹。特别是跑来"买卖",大家十分高兴的时候,浪里白便把他们聚在一地喝酒助兴。一个个猫尿狗尿下肚之后,有些弟兄便不能自持,大打出手,有时甚至导致对方伤筋动骨。江湖上有个言子,叫做水寨的朋友——不打不相识,不打不成交,不打不成亲兄弟。一觉睡过酒醒,早晨起来,兄弟还是兄弟,和好如初,并不产生裂隙,都是农民出身的土匪嘛,没有记性,就这个德行。

　　水寨人虽然有时出去跑"买卖",总是不吃窝边草,也不抢穷人。水寨与周边几个乡镇的老百姓,算是井水不犯河水,倒也相安无事。

　　任千秋随齐叔走完通往水寨的最后一级木梯,早有弟兄报知浪里白。浪里白兴奋至极,远远地跑过来将千秋抱住,还一个劲地转圈圈。兴奋之后停顿下来,仔细地端详千秋。

　　半年的牢狱生活,已把一条好汉打磨得没了个人样。浪里白并不知道千秋出狱后还干过游击队。

　　浪里白是个刚强的人,可一想到千秋是为自己吃的这份苦,心里难受得说不出话来,大颗的泪珠夺眶而出。两只手不停地颤抖,好半天才蹦出一句话来:"到我这儿休养一段时间。然后再去找那些狗日的算账,除这口恶气!"

　　千秋笑道:"我大难不死,今后的日子还长着呢!"

　　说话间,一行人到了浪里白住的洞子。

　　这是一个最靠江边悬岩的洞子,大约有二三十个平方。太阳从临江的洞口射进来,解决了白天的问题,使其不至于像别的洞子一样,大白天还要用松油果子照明。这是水寨为数不多的几个好洞之一,当然在好洞中又算是最好的。紧靠洞底处,有一条用圆木搭建的"单架",上面乱七八糟地放着一些黑旧的棉絮和兽皮之类的东西,那就是浪里白的床铺,洞壁上挂着一支盒子枪和一支长枪,下面叠着两箱子弹,地上还放着几颗手榴弹,床的一侧石头上有一口大木箱,想来里面装着浪里白的全部细软。靠洞壁墙沿摆着一些锅碗瓢盆之类的生活家什。洞中一个天然的石桌,周边放了一圈小石头,这可能是浪里白和弟兄们平常研究事情的场地,今天却放了几大碗炖山鸡、炖鱼块、炒腊肉之类热气腾腾的佳肴,还有两瓶"老白干",摆了几双筷子。这是弟兄们遵照吩咐,备好的酒席,为任千秋接风洗尘。

　　席间,千秋只讲自己是越狱逃出,只字没提参加游击队的事情。浪里白料他再难在山中立脚,便劝他入伙,并要把这水寨的第一把交椅让给他。

千秋说:"如果我还有点儿孝道之心的话,就不能再让老父老母生气。你们这个伙,我是断断入不得的。如若你们真为我好,就让我在山中去搭个草棚,开荒种地,自给自足,我就感激不尽。"

浪里白从谈话中听出,千秋还不知他父亲已死,本想挑明,让他安心入伙。可又一想,他父逝母在,孝道之心还没尽完,况且,刚从狱中逃出,身体实在虚弱,如果将那不幸的消息告诉他,不知会产生啥样后果!到嘴边的话又咽了回去。

没几天,任千秋终于从一个弟兄嘴里得知父亲死的消息。心想,20多年来,父亲对自己虽然严厉,但毕竟是生身亲人,为自己的成长操心受累,而今又为自己的事怄气致死。顿时悲痛欲绝,当夜就要出寨悼祭亡父,还要去看望那孤苦伶仃的老母。后又仔细一想,他又似觉不妥,要是浪里白知道了这事,还不派几个弟兄一道护卫吗?要是那样,岂不又要气死老母!于是便装着没事,停止了表面的悲伤,只把悲痛化为力量,默默地放在心里,待等天亮以后再见机行事。

这天正逢李子镇当场,山里人早早起了床,背着药材、皮张、木材等乱七八糟的山货。长江边上的渔民也把自己的鲜鱼、鱼干等水上干货、鲜货拿去镇上变钱,以换回盐巴、针线或别的什么生活所需东西。任千秋混在人流之中,像个赶耍耍场的样子。当然,所谓赶耍耍场,就是啥也不买,啥也不卖,只是上街随便转转,东张西望饱饱眼福,消磨时光。

任千秋在水寨住不习惯,便被浪里白安排在长江岸边一个离他老家不远,三面临山的窝棚子住。门前是深深的小河,河上有座桥,是在两条铁索上铺些木棍的"甩甩桥"。这也是他老家通往外界的唯一道路。他出了窝棚,正踏上家门前那非常熟悉的甩甩桥,一件意想不到的事情发生了。

原来,任千秋所呆的监狱集体越狱,当局异常震惊,调集大批武装人员,当即抓回不少,经过审问,一致供出主犯是任千秋。

前一段各地政府武装的主要精力在于对付共产党的游击队,现在游击队被消灭了,转而处理日常公务。于是,当局四下散发通缉令,悬赏缉拿任千秋。参议员刘四毛知道事情的真相以后大惊失色。这任千秋是他亲自送进监狱的,如今逃出,还不第一个找他算账?他找来那个当保安中队长的儿子宝疤子一商量,决定兵分两路。一路由宝疤子带队,日夜加强李子镇的巡逻。一路由牛副官领头,长期埋伏在任千秋老家门前,料定他必定回家看望老母。当然,也有保安队员建议驻进任千秋的家,但怕暴露目标,遭来浪里白一伙亡命之徒的伏击,这条建议终未被采纳。

牛副官带着保安队员,在任千秋老家对面的小河边林子里一连等了好几天不见人影,一个个垂头丧气。

"妈的,活见鬼。把老子弄到这鬼都不下蛋的穷山坡来,活受罪,连个婊子都没有。"牛副官是有名的"性大虫",几天不干那种事,就憋得遭不住。他一边骂,一边吩咐一名小队长带领保安队员们就地守候,自己回镇上嫖娼去了。

"队长,任千秋露头了!"一个保安队员慌慌张张地跑来,他提着枪,猫着腰。

"在哪里?"

"在甩甩桥上。"

"快!跟上去,那姓任的终于回家了!"小队长从树缝中望出,见任千秋上了甩甩桥,轻声惊呼着,带领保安队员以树林作掩护,紧紧跟在后面。

"狗杂种,硬是不放过老子!"任千秋发现保安队员追来,不觉吃了一惊,他心里暗骂着,边走边打主意。

天,下着蒙蒙细雨,任千秋一溜一滑在前面走着,保安队员在后面紧紧追赶,他们之间相隔的距离越来越近。

"快,把房子围起来!抓活的!"保安队员见任千秋快步跑回了家,立即冲过甩甩桥,包围了整个任家的房子。

"搜!"一声令下,保安队员们按照分工,各自进入不同的地点进行搜查。

"咚咚咚!""咚咚咚!""乓乓乓!""乒乒乒!"坛坛罐罐和家什用具的敲击声不断传出。

"报告!堂屋搜过了,没人。"

"报告!卧房搜过了,没人。"

"报告!茅厕搜过了,没人。"

"报告!屋前屋后都搜过,没人。"

"厨房搜过了,只抓到一个老娘。"

"妈的,我不信他会飞!"小队长气炸了肺,原以为自己洪运齐天,趁牛副官不在抓住任千秋,功劳理所当然归他,这一来,发财升官都有望。谁料,眼见的金子化成水,现成的财喜钻了洞。真他妈倒霉透顶!他一边骂着,一边大声喝喊:"把那老不死的带上来!"

"天哪,你们这些老总要把老娘整死就图快吧!你们抓走了我的儿子,逼死了我家老头,今天还不放心老娘,你们就快点下手,把我诛灭了好了……天啦!天……"那老娘被带到小队长面前,呼天唤地,号啕大哭。自然,她就是千秋他娘。

"少啰唆!把你儿子交出来。"小队长见千秋娘大哭大闹,急得脸红筋涨。他一边骂着,就要伸手抓她推搡。

"队长",一个保安队员凑上来,悄声说:"看样子,这老娘还没见到儿子。八成是他逃走了。要是我们立马去追,也许还来得及。老呆在这儿消磨时间不是办法。"

小队长见说得有理,骂道:"妈的!老子今天便宜你了。"带着队员慌慌张张走出任家院子。留下两人守在桥上继续监视,其余的分头追击。

其实,任千秋并没逃走。他从横屋回家后,迅速从侧门进入堂屋。他非常熟悉,堂屋的梁上挂着块金字黑色大匾,那是光绪年间县大老爷赐给他爹的"大清武秀才"匾,约莫八九尺长,二三尺宽。匾的下方正好紧贴着一块一尺见方的大横木。千秋已练就一些飞檐走壁的绝技,他站在堂屋中央轻轻一纵,便跃上梁去,放下身子直端端地躺在那大横木之上,整个身子被金字黑色大匾遮得纹丝不现。

保安队员走后,任千秋轻轻从梁上跳下,快步走入木然呆立的娘的面前,看着双膝跪地的千秋,娘不知是谁,怎么回事,只感到有些奇异。

"妈,是我,千秋啊!"千秋双手抱住娘的腿,一次重复一次地叫。

"儿啊!"娘发了好一阵呆。才认出折磨得没了人样的儿子。其实在任千秋身上,有监狱的糟蹋,也有长途跋涉的辛苦,还有急火攻心的折磨,几敲几打,几面挟击,能经受下来就算得上硬汉了,已经是不幸中的万幸,可以肯定是没了人样。

娘的双手不住地在千秋肩上摩挲,一声接一声地唤着,大颗泪珠直往下掉。她不知自己日夜思念的儿子如何能这般神奇地来到身边。

母亲告诉千秋,这几天乡丁、村长,还有保安队的老总,常来打听他的下落,这才知道他还活着。

"娘,父亲死后您是怎么过的?"千秋关切地问。

母亲叹口气说:"唉!多亏乡邻们帮助,还有你那些平时的朋友,常给我送这送那,又常来看看我,要不然,我这把骨头怕是早就当鼓槌敲了!唉!"她停了停,又说:"最痛人的要数碧玉那女娃子,她三天两头来一趟,不是砍柴挑水,就是洗衣晾被。每次提到你,还掩不住内心的伤感,眼泪大颗颗的掉。"碧玉是千秋的相好。

"娘,儿子不孝,让你受罪!如今我不走了,一辈子跟着您!"千秋说着,两手紧紧抱住娘,眼圈儿阵阵发红。

"你疯了,刚才还那么多保安队的人来搜查,你就白白的送死不成?要是你有个三长两短,娘也再无依靠,只有死路一条……"母亲吓得要死,生怕儿子又被抓走。她紧紧抓住儿子,泣不成声。不时还去听听外面的响动,稍有点动静,就要千秋藏起来,哪还能让他留下。

千秋本想和母亲生在一起,死在一起,不离开半步。但细一想,觉得大可不必,要是真那样,说不定那真是娘儿俩的死期到了。既然浪里白有意收留,不如独自一人先去水寨安顿下来,再接娘下山。便对母亲说:"那我就走了。会常来看你老人家。千万莫挂念。"

母亲唠唠叨叨送到门口,"小心别惹祸!别惹祸!"

母子俩的心情都如万箭穿胸。

蒙蒙细雨仍然无声地落在地上,任千秋戴着顶破草帽走出家门。他伏在门前的大树后仔细观察动静,看看路上是不是还有乡丁或保安队员。

守桥的那两个保安队员没有离开,那家伙背靠着对面桥头那棵树,手里握着枪,两眼像贼一样死死盯住桥头。

"妈的,真倒霉!"任千秋轻声骂着,不知如何是好。回去吧,说不定那些狗日的返回时又要进屋搜查,自己被抓事小,气死老母就把事情搞大了。逃出去!又如何能逃得脱?三面环山,悬崖绝壁。门前小桥是唯一的通道,又被严格把守。其他前去搜查的保安队员并没走远,一不留神暴露目标,这边的守桥队员一喊,很快会折回来。"唉……"他细细思量着,发出一声长叹。

干脆,冲出去!但怎么个冲法,赤手空拳?显然不行。怎么办呢?游击队发给他的那支短枪,为了怕把母亲吓倒,已在回家前埋藏在林子里了。任千秋终于想起了父亲那支枪。他知道父亲生前,当联保组长时为了防身,花钱让人在万源城买了一支手枪,父亲常把那枪放在墙洞里。任千秋悄悄溜了回去,没有惊动母亲。他取下墙上一块砖头,伸手摸出一个油纸包,一支

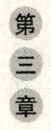

德国货还好好的,还有几发子弹。千秋小时候常用这枪练射击,很好使唤。

他把子弹推上膛,藏好枪。

任千秋回到门前的大树下,观察动静,伺机冲过桥去。他摸摸头,额上直冒汗,滚烫滚烫的。他的心,咚咚地跳个不停,成败就在此一举了!

任千秋紧了紧裤带,拉了拉破草帽的帽沿,两脚蹬成八字,准备冲。

不行!这样冲不是办法。自己不但跑不出去,反而会被抓走。

那边桥头上,放哨的保安队员一刻也没放松。

"站住!"一个戴斗笠的人从桥上过来,被哨兵拦住。

"老总,让我过去吧!"那人哀求道。

"不行!给我回去!上峰有令,任何人不许过这桥!"

"为啥?"

"哼!为啥,还不是要抓那越狱犯。"哨兵说着,伸手去搜那人提着的竹篮,里面装的是几个烤熟的洋芋、包谷,哨兵一把抢过竹篮扔下深深的小河。

那人不服,争闹起来。这时又有几个从桥那边过来的,统统被拦住,硬要退回桥那头去,说是等抓住了逃犯再放大家过去。

见这边桥头推推搡搡,挤成一团,任千秋灵机一动,他扭头就朝自家的方向走去。一哨兵果然眼尖,看见了他,大喊:"回来!他妈的,怎么溜过去了一个!不回来老子开枪了!"

任千秋装着害怕的样子,一边叫"老总别开枪,老总,饶命!长官,饶命!我就走,我现在就回,回去哈!"一边就跑过去,跟别的人一起,硬被两个哨兵逼着从甩甩桥过去,退到那一头等着解禁。

任千秋一到桥的那一头,那还等什么,踏上来路,往山下走去。

"耶!不对头,这人是啥时过的桥,怕是个假场合!"桥那头的哨兵回过神来,见任千秋已走出约几十丈远,便大声喝道:"站住!那戴破草帽的人给我转来!"

"啪!"一声清脆的枪响,划破寂静的长空。守桥的哨兵疑惑不定,不知那戴破草帽的是不是逃犯任千秋。又不敢擅离桥头,只好朝天空放一枪,然后大声呼喊:"快!抓住那戴破草帽的。"

此时,保安队的人员早已分兵向各条小路搜索去了,一时也无法聚拢。只有牛副官打完野食归队,听到惊天的枪声和呼喊声,情知不妙,胡乱从一条小路冲出来。

那是个十字路口,任千秋刚刚从上边下来,牛副官就从侧面横穿过来。两人相距不过三四丈,正对着打了一个照面!

"姓任的,站住!再跑我就开枪了。"牛副官手里提着大连枪,气喘吁吁地边跑边喊。

任千秋手疾眼快,从腰间掏出父亲留下的那支德国造大连枪,回头对准牛副官就是一枪。谁知长期不用的枪,突然拿出来,没有擦拭,枪机潮湿,子弹瞎火,姓牛的安然无恙,白捡了一条小命。任千秋忙人无忌,夺路而逃,顺势拐入路旁茂密的包谷丛中,那里已成为一人多高的青纱帐。牛副官仍紧追不舍,也钻进包谷丛。

等到牛副官追到那条横跨山腰的小路时,那戴破草帽的却站着不动了。牛副官一把抓开那人的破草帽:"怎么会是你?大美人——!"他浪气十足地一声惊叫,双眼放光,哈啦的口水都差点流出来了。

原来,任千秋进了包谷丛就东奔西跑,打算甩掉牛副官,寻个隐蔽的地方暂时避一避。当他冲到那条横跨山腰的小路时,前面走来一个戴斗笠的人。他想,真是天无绝人之路,那不是刚才在桥头被保安队员扔掉竹篮的那人吗?不如上去换个家伙!

所谓家伙,就是头上的雨具。任千秋跑步上前,揭掉那人的斗笠,顿时"啊"的叫出来。她不是别人,正是碧玉,并且与千秋一样,也是穿一身深蓝色粗布衣裤。他和她都没来得及说一句话,只是互相深情地看了一眼,迅速交换了雨具,便分手了。

此时,碧玉正在生气,她瞒着自己的父母给任妈妈煮熟的洋芋、包谷还没送到就被那保安兵扔到了河里,还把那篮子也扔了。那可是从隔壁刘二妈家里借的,拿什么去还?"这帮遭天杀的保安兵不得好死。"她骂道。抬眼一看一个戴硬草帽的人钻进了包谷地,一个大个子保安队员紧追不舍。她看那人有些像任千秋,她想何不过去帮帮他。于是顺着小路往包谷地这边走,结果,她这身打扮还真派上了用场。

原来任千秋入狱后,碧玉十分思念。便向任妈妈要了一身任千秋常穿的旧青布装,时时穿在身上。他们身材差不了多少,穿起来还满合身。没有想到,这个有意的动作,促成了无意的巧合,这种巧合救了任千秋的小命。

有人要问,为什么这么巧啊?这个问题问得好。其实,中国古代穿衣是有讲究的,穿衣的颜色特别讲究。隋唐以来,黄色是皇帝、皇宫的专用色。

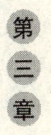

黄色为太阳之色,皇帝自命为人间的太阳。一品大臣用紫色,二品三品用红色,红色是高贵的颜色。四品五品用绿色,六品七品用蓝色,八品九品用青色。老百姓只能穿最黯淡,最难看,最普通的灰白色。民国以后,废除了这些繁琐的帝王礼教,但民间特别独钟两种颜色。一个是"红"色,因为在古代老百姓看到的从皇宫朝廷出来巡察的大官一般是穿着红色,所以民国年间金榜题名时,洞房花烛夜,做寿满岁等喜事穿大红色。二个是青色,因为百姓们看到的离他们最近的朝廷命官八品九品多穿青色,所以他们企望着自己或自己的子女有朝一日也能成为能够号召一方的地方小官,因此多穿青布。

他们以这样的方式久别重逢,见面后又马上分开,双方的心情,都无法平静。或许因为这个,才引出一些事端。

第四章

任千秋回到水寨闷闷不乐。浪里白问他是什么原因,他也不讲,只是不住地叹息。浪里白不放心,再三追问,他才说:"我这人没个出息,白活了二十几年了!报国无门,保家无力。气死老父不算,连个老母至今孤苦伶仃也管不了,心里喜欢的人不敢亲近,我还算得上个啥男子汉么?"

浪里白一听,不觉笑了:"我当是啥火烧屁股的大事,用得着你这样愁眉苦脸。"他拍拍千秋的肩膀,说:"常言道,大丈夫能伸能屈,何必把个芝麻绿豆大的事情看得那么严重?你的武功好,喝的墨水又多,就留在我们棚子里做个大哥,多多招留些弟兄,再杀出去把那些狗日的一个个砍掉,再把你母亲接进寨来。至于老婆嘛,看得上了,抢来不就行了……"

"不行,不行。那样会气死我老娘的。"浪里白还没说完,任千秋就连连摆手,声言不能这么做,不可造次。他看了看浪里白,又说:"里白兄,你如果真为我好,就别提入伙的事,就让我挨着你们,在岸边搭个草棚,开些荒地种些庄稼,把我老娘接来一起过日子,我就感激不尽了。"他想的是,那样他既安全,又自由,即便保安队来滋事,浪里白的人可以来接济一下,关键的是他还是一个自由人,进出方便,要去找党,找游击队也没人来阻拦。

"那好,就按你说的办。"浪里白是个急性人,边说,就拉千秋出寨去选择造房的地基。

草棚很快搭好,就在浪里白水寨附近。千秋天天开荒种地,浪里白时不时带着弟兄们出寨跑"买卖"。浪里白一旦弄到好吃的东西,回寨后总要把千秋叫去一道享用。

这天,千秋正在浪里白处聊天,突然进来一个又高又瘦的年轻人。千秋认得,他叫长脚杆。据说他走路特别快,虽然赶不上水浒里神行太保戴宗的功夫,但最多的时候也曾在一天一夜走过260华里。正是这样,才得了这么个通俗易懂的名字。寨子里的弟兄把他当宝贝,常有送信、探消息之类跑路的事总爱求他去做。

"老弟,啥子火烧屁股的事,急急匆匆的?"千秋边问,顺手拖过身边的板凳,示意长脚杆坐。

"他娘的,宝疤子要讨婆娘,把个李子镇都闹翻了!"长脚杆坐定,端起石桌上的茶杯喝了一口,气愤地说:"镇长,保长还有甲长都得去拍马屁,他们自己又不出一分钱,还不是挨家挨户的摊派。"

"狗杂种,干脆把弟兄们拖出去整他一家伙,把他的喜事办成丧事。给千秋老弟出口恶气。"浪里白说着,把手里的茶盅往桌上一搁,茶水溅了一桌。

千秋想了想,问:"宝疤子不是有老婆吗?"

"嗨,那又怎么样?对于这些有钱有势的家伙,讨十个八个老婆也不稀奇!"长脚杆说着,显得有些气愤。

浪里白说:"干脆,把那姑娘抢来送给千秋老弟。"

千秋连连挥手:"要不得,要不得。"

"那碧玉姑娘高高大大样儿长得挺逗人的,说不定千秋兄看了真会喜欢。"长脚杆边说,边拿眼看看任千秋的表情。

任千秋惊讶地问:"老弟,你说啥?碧玉?家住哪儿?"

"是吧,我说你会喜欢她嘛。"长脚杆冲千秋一笑,说:"她的名字就叫碧玉,家住堰塘湾。"

喔,千秋对她太熟悉了!碧玉姓周,是周家的独生女儿,父亲是从"下江"来的小生意客,起初有人称他"周老江",可乡下人弄不懂"老江"是何意,以为是"老乡"。时间长了,人家都叫他"周老乡",他有些学识,与千秋父亲很合得来。碧玉才几岁时,就常跟着父亲到任家玩。比她大六七岁的千秋,总把她当小妹担待。用纸给她折猪头、燕子,用木板给她做大刀,让她玩得很开心。渐渐地,碧玉大了,长到了下川东一带女子少有的高度,模样儿也越长越好看,冬瓜脸、细长眉、凤眼、双棱鼻、薄唇、小嘴、酒窝、一席披肩发,动静益彰,十分端庄。到了十六七岁,就像一朵含苞待放的芙蓉,美得让人有些眼馋。千秋耐不住了,硬要父亲去提亲。父亲思量再三没答应,还说:"黄鼠狼想吃天鹅肉。"不久,千秋终因"不安分",被父亲逐出。之后,两家大人再无往来。其实碧玉对千秋是有意的。千秋进了牢房,她经常瞒着自己的父母,主动去照顾任千秋他娘,隔三差五,就要去送点吃的、用的。任妈妈也十分中意碧玉。由于碧玉的美貌,另一个人也惦记着她,还常常在部下面前炫耀说:"这方圆百里的美女,都是我的,你们说周碧玉美貌,不瞒你们,早晚要做我的姨太太。"这个人就是李子镇保安中队长宝疤子。否则,牛副官遇上这样的"白天鹅"岂能不下毒手,周碧玉岂有不被糟蹋的道理?

"多好的姑娘,给那宝疤子当小,她也愿意?"千秋想到她,不免生出许多惆怅。

长脚杆明白,千秋所说的"当小",就是给人当小老婆。连忙说:"听说周老乡很势利,刘四毛答应碧玉过门后就给亲家在李子镇找两间门面做买卖,周家便答应了。碧玉呢,只好听从父命,自己做不了主。"

"狗杂种!"任千秋气得七窍生烟,骂过一句粗话,便啥也不说,呆呆地坐在那儿。

"我说你老弟也是,放着的姑娘不去亲近,却偏偏在这里生闷气。哈哈哈……"浪里白边说边笑,弄得千秋很不舒服。

"笑个屁!别人急得去上吊,你还说他是在打秋千显眼作乐!"

"我说你呀,是活人遭尿胀死。老弟,你就等着做新郎吧!"浪里白冲千秋一笑,又说:"哼,老子要叫他狗日的刘家疤子人财两空。"

任千秋的心事,被浪里白几句话说对了路,俗话说胆大日龙日虎,胆小日个抱鸡母,枪林弹雨都滚过来了,还有啥怕的。事已至此,一不做,二不休,于是挺身而起,拱拱手说:"老兄,这事就拜托你了!苍天在上,她碧玉跟了我,虽是有吃不尽的苦头,但我不会欺负她,死也要死在一起。不然问不过良心,也愧对老兄你的一片诚意!"

浪里白见他动了真心,自然大喜。召集众兄弟聚会,商讨抢亲计划。鉴于保安中队是上百人的武装,镇丁、保丁刘四毛也能控制。单凭浪里白的几十个弟兄,是很难取胜的。

这件事直接涉及任千秋,他不得不拿出他的智慧和能力来出谋划策,全身心投入。任千秋一面主张智取,一面筹划搬兵。为这事,他一连几个夜晚都没合眼。终于,他想起一个人。

那是在越狱的时候,任千秋和一个同时逃出来的犯人跑进一条深巷,就被一群警察追了上来,眼看就要被抓住,任千秋好不心焦,这时,巷子里走出个穿长衫的精壮男子。

与任千秋一起的那人眼尖,赶紧上前向长衫男人甩了个"歪子",长衫男人顺势将千秋他俩推入旁边一个粪坑后,就蹲下解便。警察追上前来,不见了两个逃犯,觉得很蹊跷,左顾右盼,没见个能藏得下人的地方,进附近民宅搜查,也不见人影。他们便对那粪坑起了疑心,但见一老头蹲在那儿,也就消除了疑虑。

警察走后,那长衫男人将千秋他们带回家好好清洗一番后,还酒肉款待。千秋问他为何如此,他说:"既然你们甩了歪子,证明我们是兄弟伙,就应该鼎力相助才是。"他告诉千秋,他就是县城里有名的袍哥李大爷,还递给千秋的一张片子(当时给名片叫递片子),叫他回家后今后若有事需要帮助,可凭片子去找李子镇上的王大爷。

"对,就找他!"任千秋主意一定。他化了装,一个人悄悄地去李子镇见过袍哥王大爷,递上李大爷的片子,说明了自己的来意。那王大爷本来就与刘四毛不合,加之碍于李大爷的面子,便答应相帮。

四月中旬刚过,李子镇刘家大院就忙碌起来,粉刷装饰,张灯结彩。刘四毛心情畅快,一是今年风调雨顺,千石田亩出产丰盛。二是宝疤子将取二房,那周家姑娘他是见过的,美貌娴静,十分可人。宝疤子大房虽出身县城名门,却仗势欺人,凶悍异常,又不生育。宝疤子曾提出再娶一门,谁知那名门之女一听,便大哭大闹,还要跑回娘家讲冤,寻死觅活闹得鸡犬不宁鸭扑狗跳墙。因此,刘四毛宣布了纪律,任何人在家中再不准提及此事。至于宝疤子在外胡闹,嫖娼宿妓,只作不知。但心中忧虑却有一桩,担心刘家早晚会断香火,俗话说:不孝有三,无后为大。

宝疤子,大号刘宝,是刘四毛的独生子。刘四毛是李子镇第一大富豪刘大老爷的独生子,少小聪明伶俐。15岁赴蜀郡阆中乡试,点为文秀才,当堂封为李子乡乡长,少年得志,春风得意。在回乡路上,专程转道去了成都春楼耍了个痛快,还觉得没有过足干瘾,又到重庆,万县耍遍春楼,直至把刘大老爷给他应试的所有盘缠用尽,才回到乡里。结果,惹了一身梅毒。后来,虽然讨了三房四妾,想生个十男八女延续香火,却一直未能遂愿。一直到年近50岁,讨下七姨太才给他生了个儿子,其后七姨太也没再生育,有人怀疑这个儿子是否有人帮忙。但刘四毛已是两代单传,却也管不了这许多,仍视儿子为掌上明珠,取名刘宝。刘宝打生下来就体受到良好的家庭温暖,大小七个妈呵护有加,娇生惯养,自有意识以来,就没听说有个"怕"字。这小子天生聪灵,镇小学毕业,考入了县城的中学。有其父必有其子,这小子从小风流成性,中学时期便会招蜂引蝶,追逐"校花"。他爹虽然是清朝的乡长,民国的县参议,但与县城那些商贾巨富、党棍军僚的儿子相比,又是小巫见大巫,相差甚远。刘宝却有些不信邪,常以敢冲敢死著称,有一次与县长的儿子,同追一朵"校花",双方"决斗",结果被县长的公子一刀砍下,他头上就留了个四五寸长的口子,差一点没要了他的小命,从此,这小子老实了,潜心读书少有惹事,伤口愈合后,留得一个大疤瘌,人们就叫他宝疤子。

今年情况大不相同,城中那位名门媳妇的亲家爷于年初暴死,亲家母一个妇道人家还敢说啥?宝疤子再娶二房,便是水到渠成,顺理成章之事,大老婆虽然仍旧哭骂不止,但声音明显小了许多,而且宝疤子借势打了她几个耳光,她竟然毫无反抗,只是忍气吞声地呜咽一阵,抽抽泣泣显出一副可怜之态也就罢了。

这天是端阳佳节,刘四毛家一晨早就闹腾起来。那些镇上各保各甲的势利眼,昨夜压根儿就没睡,忙着帮刘家搬这弄那,杀猪宰羊,不辞辛劳。刘四毛早早地起床,抱一壶水烟,各处转转,张罗一番之后,坐在客厅迎接前来贺喜的各方绅士。

快到中午时分,客人们陆续到来,刘四毛一边应酬,一面派人上路探望迎亲的队伍。隔了一阵,他担心路上出事,又叫了几个保安队员前去接轿。

忽然,有人来报:"老爷,来了!来了!已经进场口了!"刘四毛心里一块石头落了地,宾客们也都起身到大门口翘首观望。

李子镇虽是山野之地,却一点儿也不闭塞。通往奉节、巫溪、云阳,甚至开县,都有宽大的石板路。还有一条清澈透底的河流绕镇而过,无论是尖尖的柳叶舟或是宽大的载船都可顺流而下进入长江。

端阳节李子镇热闹非凡。那从城里请来的戏班,那数不尽来赶热闹的乡民,把个小小的李子镇三街六巷挤得水泄不通。人声鼎沸,锣鼓叮当。更有一帮民间艺人踩着高跷,戴着各种面具,歪歪斜斜地一路走来,格外高人一筹。

离刘家门不远有座高高的石拱桥,是李子镇往北走的必经之道。那些观看龙舟竞渡的人们,把拱桥上的通道站得满满的,南来北往的行人只好站在两头干着急。

忽然人群往后一拥,你推我攘,东倒西歪。人们歪斜着脖子朝北看去,原来是刘家娶亲的人马要过桥。那阵势的确风光,前面一队全副武装的保安队员开路,后面是十几个抬盒,都装着金银首饰、现钞之类的东西,衣被箱笼,层层叠叠。紧随其后是新郎宝疤子,他骑着一匹高头大马,披锦戴花,要不是博士帽没能完全遮住的那道伤疤,还真是个英俊青年。他身后是一顶八个头的大轿,再后是保安队员断后,牛副官也全副武装,走得十分精神。

娶亲的队伍一上桥,那喝轿的人格外高声,喊得整天响。只听领头的喊道:"前面要上坡呀!"

众人紧跟着和:"慢慢跟着摸哟!"

领头的又喊:"前面要过桥呀!"

众人又跟着和:"那就慢慢摇嘛!"

领头的又喊:"前面要上坎呀!"

众人和道:"那就慢慢展嘛!"

……

刘四毛笑脸盈盈地站在门口,眼看迎亲的队伍就要到家,自然显得轻松愉快,趾高气扬。他自知平常得罪的人多,加上匪患连连,几十里迎亲,很难说不出什么差错。现在平安到达,心中总算有了比较踏实的感觉。

"说喜说喜就说喜,"

"喜呀!"

"一颗谷子两颗米,"

"米呀!"

"发财发财就发财,"

"财呀!"

"男娃女娃一起来",

"来呀!"

……一群破衣烂衫、蓬头垢面的人儿随着头儿引叫,大声呼喊着。

那是叫花子头儿明叫花领着的二三十个叫花子,匆匆忙忙前往刘家捧场。在渝东农村,这是常见的事,叫花们打听到谁家有什么好事,就要去热闹热闹。主人为了图个吉利,总要以酒宴款待。刘四毛也不例外,当明叫花还在"噼里啪啦"放那百十颗鞭炮,嘴里不停地喊"喜"、"财"的时候,他便准备上前招呼叫花儿们快快入席,以免呆在这儿"大煞风景。"谁知就在鞭炮炸响的同时,巧了,从桥这边巷子里突然冒出一彪人马,也簇拥着一乘花轿奔向桥头,与刘家刚过完桥的花轿并排而行。

旧时迎亲花轿同了路,是没人愿走后头的。据说,如果花轿走了后头,新婚夫妇就不能白头到老。因此,两乘花轿并排而行,相互间挨得紧紧的,连轿窗的摩擦声也能听见,持续了相当长一段路程,谁也不肯让对方前进半步。你骂我的老娘,我骂你的祖宗,吵得不可开交。那些看热闹的人,也发疯似的往抬轿子的地方挤,把刘家迎亲的队伍冲成好几段,首尾不能相顾。宝疤子急得直骂:"妈的!反了!反了!"刘家自恃人强码子硬,又有一个保安中队壮胆,企图以武力强行夺路。他们挥动枪托,朝围观群众和对方的轿夫乱打。可是打走了这个,又被那个堵住了去路。对方也毫不示弱,几十个跟轿的精壮男子挥舞拳头,要一比高下。就这样推推攘攘搞了好一阵,一点进展也没有。牛副官火了,拔出腰间的连枪,朝天啪啪就是两枪。

围观的人群顿时大乱,纷纷夺路而逃。对方那队迎亲的人马,疯也似的抬着花轿转头就跑。

足足闹了半个时辰,总算驱散了众人,惹出是非的这段街上,刘家又重新整顿好迎亲的队伍,一路鞭炮一路唢呐地把花轿抬进了屋。

"新郎新娘拜堂!"在红烛高烧,花花绿绿的大厅里,司仪一声高呼,媒婆赶紧揭开轿门帘子去拉新娘。

"啊!"媒婆一声惊叫,赶紧退到一旁。她没有抓到新娘的手,摸着的那东西却是冰凉冰凉的。

这一惊叫不要紧,却使刘家父子的心悬到了空中。宝疤子顾不得那许多体面礼仪,一把撕下轿帘子,闯进花轿抱出一尊凹凸不平的大石头。

刘氏父子不知所措。还是牛副官清醒得多,这叫做当事者迷,旁观者清。他赶紧集合保安队全体人马,要在全镇戒严,搜查那半路杀出的迎亲队伍。

此时,任千秋正和浪里白带领的弟兄们抬着新娘碧玉往水寨而去。当晚浪里白主持为任千秋和碧玉成了亲,仪式搞得像模像样,热热闹闹,弟兄们也跟着高兴了一场。

"妈的,这江湖上的袍哥还是挺厉害的。"第二天,任千秋高兴地对浪里白说,要不是李子镇王大爷鼎力相帮,使那些叫花子、刘家的轿夫,还有围观的群众配合,我们能有这么顺利吗?老兄,你说呢?

"我们也来嗨个袍哥组织吧!"浪里白高兴地说。

"我也这么想,只是不懂袍哥的规矩。"千秋说完,进入思索,他不知怎么办,他这次从重庆回来,原本是要继续川东游击纵队的未竟事业。可是一连串事情的发生,让他有些不知所措,心灰意冷,他不知道从哪个方面着手。今天浪里白要嗨个袍哥组织,这不是件很好的事情吗。不就有了一个天生的组织,又有了一个组织的灵魂。但自己毕竟参加革命只有三十来天,就与革命队伍失去了联系,知道的革命道理不多,共产党兴不兴嗨袍哥,自己还有些拿不稳。搞了袍哥,日后见到共产党的领导会不会受到理麻。唉,这真让任千秋左右为难。但又一想,自己毕竟是游击队的人,彭政委曾经说过,游击队员是一粒种子,只要有条件,就要生根,开花,结果,就要继承人类的革命事业。管他呢,先搞起来再说,只要能给共产党带出一支队伍,只要能对弟兄们有好处,个人受点委屈不算什么,当土匪总不是长久之路。

浪里白说:"老弟,你放心,我有不少袍哥朋友,那些章法我都学了不少。只是有一条,你既不肯做棚子里的大哥,就嗨个袍哥里的龙头大爷吧。"所谓"嗨"大爷,实际就是当大爷。

"那不行,还得由你嗨。"

浪里白说:"千秋老弟,你就别为难我了,无论你横看直看,我都不是个嗨大爷的料。干那行当,既要能蹬打,还得肚子里有些墨水。弄不好,江湖上会出笑话的。你嗨了大爷,我就作个红五爷,帮帮你。"说着叫一个兄弟端上礼物来,摆在任千秋面前,原来是两支连枪。

任千秋见他说得诚恳,做得地道,抓住双枪往腰间一插,算是答应了。

阴历五月十三,这一天叫做"单刀会",大概是为了纪念三国名将关云长而设立的。各地的袍哥组织都要在这一天开大会,举行新成员入伙和老成员提升仪式。

这天,水寨的大厅里挤满了人。

一群地地道道的山里人、长江边人,也要创建一个袍哥组织。这意味着他们将进入一个全新的生活领域,这个领域是祸是福,是安是险他们全然不知,与中国其他地方的老百姓一样,跟着感觉走,万事随大流,只要有人带,就有人跟着来，完完全全的头羊效应。

大厅正中央的石壁墙上，悬挂着关云长的画像，虽然只是请乡村先生在纸上画的一张静物写生线条画，仍然显得十分肃然神圣。下边那张方方正正的八仙桌上，两支鲜红的大蜡烛插在灯台上，蹿出长长的火苗，一闪一闪的，在众位兄弟的眼里，那可是两张衬映心情的笑脸。还有那黄里带黑的香棒，三根一组，不住地冒着白雾，烟气缭绕上腾，似乎预示着今后的日子会蒸蒸日上。

桌旁站着的就是那个三十开外身材矮小，性情刚烈，打架闹事从不认输的浪里白。他是这个袍哥组织的红五爷。

浪里白朗诵诗般地念道：

"英雄齐聚会，

大闹忠义堂，

天开黄道日，

金兰玉气香。"

他抬头看了看众人，继续念道：

"当家执事请落座，

新贵提升排两行，

身家不清滚出去，

己事不明快离场。"

浪里白看了站在桌前正中的任千秋一眼，提高嗓门喊道：

"龙头大爷开金口，

桃园结义万古扬。"

"哗！哗！"全场一片甩袖子的声音。

浪里白刚刚念完，众人立即将两手抱拢，接着再将两手分开，将袖子一甩，犹如拉开弓箭，然后侧身左腿跪地，右腿半直，蹲在地上。这叫"丢歪子"，是袍哥的第一礼节。

等到浪里白大喝一声："金兰社盟誓朝会开始"，顿时锣鼓喧天，号角齐鸣，鞭炮震天响。

全体兄弟向关云长画像行过大礼后，便纷纷落座。

按规矩，这种盛会一般应在庙宇举行。在关云长画像前设置各排坐席，龙头大爷坐当中，当家及闲、大、正五哥坐两旁，新贵人和将要提升者依顺序排两排。

在这种特殊环境、特殊情况下,弟兄们管不了那许多,只要大致不差就行。他们既不敢公开集会,因为国民党不会允许他们聚集,也不愿去惊动那山顶寺庙里的和尚,因为他们还没有完全了解袍哥仪式的程序,不想惹和尚们笑话。于是只好凑合着在水寨大厅做个形式。虽然有些不伦不类,但做得都十分认真,并且也八九不离十,算是个大致不差吧。

本来,袍哥组织内共设十排。一排叫大哥,尊称龙头大爷或舵把子。二排叫二哥,尊称闲二爷,一般堂口都没人敢嗨,据说嗨二爷要倒霉,因为关云长是老二,神威很大一般人压不住。三排叫三哥,尊称三爷或粮仓,管吃喝拉撒等后勤事务,其实就是全堂的一切内外事务三爷都要过问。四排、七排没人嗨,相传郑成功曾将他组织明远堂的法令规章和组织内部的秘密写好后装入铁盒沉入海底,后来海神发现钱四和胡七出卖过袍哥当了叛徒,因此袍哥组织内部不设四排、七排。五排叫五哥,嗨的人最多,最能管事的才叫红旗大管事,尊称红五或正五哥,其余为闲五哥。红五哥在袍哥中是除大爷之外最有权势的职务。六排、八排、九排、十排都要经过么满而逐级提升。当然,袍哥中的术语管提升叫"超拔"。

任千秋的"金兰社"是新建立的袍哥组织,他们除只有龙头大爷和红五哥外,其余都暂为么满,待日后根据各自的功劳再超拔。

弟兄们一字儿排开,坐满了整个水寨大厅。

浪里白大呼一声:"现在,由大爷宣布金兰社的信条!"

"咳!"任千秋干咳一声,站起来说:"我们的信条很简单,就是'五要五不要'。希望弟兄们听仔细点儿。"他扫了众人一眼,又说:"一要孝顺父母。二要尊敬长上。三要除暴安良。四要正直无私。五要扶危济贫。咳!"他又干咳了一声,继续说:"一不要卡估越教,恃强欺弱。二不要有理没伦,犯上作乱。三不要假仁假义,见利忘义。四不要奸淫乱盗,游神参照。"他瞟了众人一眼,问:"这个游神参照你们懂不懂? 就是调戏或嫖淫兄弟伙的姐妹妻子。第五条嘛,就是不要冒充江湖,违反条规。"

"五要五不要"宣布完,他看着众人,又一板一眼地说:"条款就是这些,如果有人违反,就要受到惩处。光棍犯戒自戕自杀,帮兄越教自在江湖跳,中排管事越了教,自掌青锋自己镖。六、八、九、十、么满越了教,四十红棍定不饶。"

众兄弟静静地听着,一点声音都没有。

任千秋挥了挥手,问:"各位兄弟,对这十条认为合适不合适?若不赞成,就站起来说。"

"赞成!"众兄弟齐声回答。

"那好,这十条多数是其他堂口都具有的法规,只是我把第三条忠心报国改成了除暴安良,如今奸贼当道,贪官四起,恶霸横行,哪还有什么国可报。"他想游击队就是要推翻国民政府,所以他把袍哥堂口的第三条堂规作了修改。大爷越说越有劲,样子很激动。他突然把脸阴沉下来,大声说:"我们成立金兰社,就是要除暴安良。凡赞成这些条款的,都可以参加。别的堂口不收干过下贱职业的人,我们收。我们要与众不同,不管你是种田的、拉车的、各种匠人、抬轿的、吹鼓手、剃头匠、擦背的、修脚的、讨口子、戏子、衙门差人、娼妓、土匪,只要赞成我们的条款,都可以成为金兰社的弟兄。"

他想的是人多力量大,成分复杂,从各个方面来的信息多,筛选的有效信息就多,生存的可能性就大,他要对弟兄们负责,不能再走游击队全军覆没的老路。他这一招还真灵,连山顶昙花寺的住持慧正大和尚都加入了他的袍哥组织,这是后话。

"好!"众人齐声欢呼。

"现在,向关圣人发誓。"任千秋说完,众兄弟齐刷刷地站起来,对着关云长画像丢了个歪子,大声朗诵:"上认兄,下认弟。红面真凶,卡拿默估,淫嫂戏妹,游神参照……"

众人念到这里,便各说不一,有说"遭雷打死"的,有说"挨刀死"的,也有说"摔岩砸破老壳"的,还有说"水打沙埋"、"当壮丁吃枪子"等等,反正自己认为什么罪最难受就说什么。

"弟兄们,今天我把丑话说在前头,尽管你们发了誓,这还不算。我们也和别的堂口一样,对待违反信条的弟兄,还得有个王法。"任千秋说完,便公布处罚形式。

原来,袍哥的处罚形式共分八种:

第一种叫矮起或罚跪。

第二种叫磕头。其中分磕响头或转转头。

第三种叫挨红棍,用红纸或者红布红绸缠绕的木棒,据犯戒情节分别给予十、二十、三十、四十以至更多的棍罚。

第四种叫搁袍或者留袍,就是留置查看观后效。

第五种叫跳水,即由本堂传令跳河自杀。

第六种叫放河灯或放猪笼,一是将犯戒者四肢钉在门板上,写明罪状放入河中顺水漂流而亡;二是将其装进用圆木钉成的猪笼投进河里淹死。

第七种叫三刀六眼,犯戒者用尖刀在自己的大腿上穿三刀即成六个孔。

第八种叫活埋,一是自己挖坑,坑下设九把朝上的尖刀,在众人的围观下自己跳入坑而死亡,有人也称之为九刀十八穿;二是由大爷传堂,在黑夜荒凉而阴冷潮湿的地方进行,四周布满警哨,龙头大爷打红脸,当家及管事抹花脸,宣布完罪行,犯戒者自动跳入坑内活埋。

当然,有的堂口还有割卵子之类的刑罚。

任千秋公布完处罚形式,见众兄弟都默不作声,便问:"我说的这些你们不赞成吗?"

"赞成!"众兄弟齐声回答。是的,有啥不赞成的呢?他们这些老实巴交的农民、渔民,都是些社会的下层人物,别人是瞧不起他们的,受官府压榨,被豪绅欺辱,连一些帮会组织都不肯收留他们。虽然过去跟浪里白干,也是结伙打家劫舍跑"买卖"算得上个团伙,够不上是团队。但浪里白毕竟没喝过墨水,缺少心眼儿,一遇紧急状态就各跑各的。还有,过去浪里白没有领着大家伙发过誓,没有举行入伙仪式,大家总是觉得心有余悸,胸口犯瘾,进入团队不踏实。幸亏有了任千秋,提出自己设个堂口,创建个"金兰社",才把大伙儿团结起来,和那些有钱有势的狗杂种们比个高低。为了把"金兰社"办得像模像样,任千秋和浪里白还专门派人去向正规袍哥组织学了些章法。

虽然任千秋宣布了那么多"王法",弟兄们却一点儿也不害怕。大家都相信,"王法是严厉的,但他们的大爷是正派的。绝不会乱整无章。"

任千秋刚刚出任袍哥大爷,就赢得了众兄弟的信赖,这仅仅是迈出了第一步。

路,到底该怎么走,还得看下一步。

第五章

　　任千秋嗨了"金兰社"的龙头大爷,三天两头派长脚杆出寨打探敌情,看看刘家父子对抢亲的事有何反应,现在可不能像从前,从前自己单打独斗,是死是活都是一个人的事,现在二三十个弟兄把性命都交给他了,他要对他们负责,干事能不仔细些吗?

　　这天,他正与几个弟兄在家闲聊,长脚杆背着一个姑娘闯了进来。那姑娘十五六岁,披头散发,一身泥血,已经昏迷过去。

　　长脚杆说:"这小妹是我回来时在林子里发现的,看样子是饿坏了。"

　　碧玉被人叫来,见了这般场景,好不同情,急忙叫人拿毛巾给小妹擦脸,拿水来喂。一些弟兄也都围在门口,看个稀奇。

　　这边,长脚杆咕咚咕咚喝下任千秋递来的半瓢水,说:"大哥,镇上全乱了。宝疤子完全知晓了抢亲的事,说这是抢妻灭子,要报仇雪恨,要踏平水寨。那些狗日的这几天正四处抓人,听说去抓你娘,没抓着,他们就放火烧了你家的房子……"

　　任千秋急不可耐地问:"我娘呢?你知道上哪去了吗?"长脚杆说:"我打听了团方四邻的那些人家,都摇摇脑壳,说是不晓得。唉……"

　　千秋听了,心里十分不安。

　　碧玉那边,忽然一阵喧哗。原来,正在给那姑娘喂水之际,齐叔挤进门来,一看,便叫道:"珍儿!贵珍!"那姑娘睁开眼睛,喊一声:"爹——!"抱着齐叔,伤心地大声痛哭。众人受到感染,也纷纷掉下泪来。

齐叔问:"珍儿,你啷个到这儿来了?"

"爹,我娘她……"珍儿泣不成声。

"她啷个了?"

"死,死了……呜呜呜。"珍儿说不下去了。

"死了!"齐叔一震,身子有些踉跄。

珍儿哽哽咽咽,好容易才说出了事情的原委。

原来,刘四毛父子并没袖手旁观,睡大觉。他们终于弄清楚抢亲是什么人干的。向县长频频密报,并任意夸大其辞,说抢亲事小,作乱事大,都是云阳县大共党分子曹伟同党所为,这样下去,说不定哪天会把县衙掀了,弄个底朝天。但县长心中有数,并未引起重视,认为刘家小题大做。

这天,保安中队牛副官向刘家父子报告:"我们已去过任千秋家,没找到他老娘。"

"有没有其他消息?"

牛副官见参议员问,赶紧答道:"那日抢亲,有人亲眼看到逃犯齐章佑,这事肯定与他有关,现在他家中有妻女两人。要不要去抓来?"

刘四毛说:"先别忙抓她们,你带几个人去盘问盘问,给点颜色看看再说。"他想的是,先礼后兵,把事情搞出点眉目,再来个放长线钓大鱼,要做就把这事做得巴巴实实,滴水不漏。他见牛副官立马就要领命而去,忙叫住他,又说:"这些天,你们队长心情不好,凡事只有劳你的驾了。"

"是!"牛副官带着几个保安队员,大摇大摆地去到齐家。还隔两根田坎,牛副官就朝院坝里砍柴的珍儿娘大声呼喊:"齐家的婆娘,你男人在屋里吗?"

珍儿娘一见,赶紧往家跑,砰的一声关了门。

"妈的,啷个不听招呼!"牛副官气急败坏,跑到门前,拳打脚踢起来:"开门开门,老子没工夫和你藏猫猫!"

珍儿娘拿来杠子死死地顶住门,轻声而又急切地对珍儿说:"快,从后门出去,找你爹,就说保安队来了,叫他莫回来。"她见珍儿哭着不走,急了:"你这个该死的犟牛,再不走就来不及了!快!"

"那你……"

"跟你爹说:'我没事,他们不会拿我怎样,只是你无论如何不能落到那些杂种手里。快走,娘求你了!'"

珍儿见娘直跺脚。在这一争一执之中，保安队员已经到了后门，珍儿跑不出去了。珍儿娘急中生智，赶紧从灶上抓了一把锅烟墨，把珍儿抹了个大花脸，然后拉进里屋塞到床下，吩咐道："不管发生什么事，千万不许出来，如果不听话，就不是我的女儿！"

"轰隆"一声巨响，门被推倒了。牛副官一把抓住珍儿娘的手臂，一面下令："还有一个，快搜。"他略加思索，骂道："你这个臭婆娘，肯定有鬼！见了老子，不来迎接，反倒躲躲闪闪！"

珍儿娘说："我们孤儿寡母，你们来做啥？"

"啪！"牛副官一个响亮的耳光横扫过来，"臭婆娘，你还嘴硬！快说，你那男人回来没有？"

珍儿娘两眼直冒金花，说："都被你们抓走好多年了，如今音信全无，我还向你要人呢，你还问我！"她已铁了心，大不了一死，胆子反而大了起来。

"妈的，你女儿上哪儿去了？快说！"

珍儿娘猛然挣脱牛副官的手，跑到门口，对着西边山上大喊："珍儿，莫回来，快跑，屋里来了豺狗子！"

牛副官并不是处处都傻，此时的聪明劲就挺不错。他指着西边那片林子，对保安队员说："肯定在那边，你们快追！"

珍儿娘见保安队员朝那边跑去，大哭大喊："珍儿啊，他们捉你来了，娘也帮不了你了，你各自跑吧！"

"哈哈哈！你这婆娘真还好心，给我们指了个方向。"牛副官拧着珍儿娘的胳膊，边说边放声大笑。

珍儿娘似乎恍然大悟，便大声哭喊着，改口道："唉呀，她没在那边，她没在那边啊……"她这样大声哭喊，保安队员还以为她忙人无计，反害了女儿，更加坚定了追逃的信心。

"嘿嘿，现在要骗我就晚了。"牛副官眯缝起一双松泡子眼睛，死死地看着被抓住的这个女人。他两眼一亮，像是发现了奇迹：这是个漂亮女人，一把破烂的衣衫，并没遮住她匀称的身材，还有那协调的五官，更是爱死人。

"妈的，身边反正没个人……"牛副官喜上心来，一把把女人推屋里，关上门。

"你,你要做啥?"女人惊疑不定地问。

"嘿嘿,嘿嘿……"牛副官涎着脸皮,喉咙里直打干咽,浑身像是着了火样发烫发烧。女人吓白了脸,连连后退。他慢慢逼过去,一边手忙脚乱地解纽扣,一边厚颜无耻地说:"没啥,你不能光伺候那姓齐的土匪,今天也该让我这个副官来开开荤……"她愤然至极,啪啪就是两个耳光,打得他两眼直冒金星。他已经顾不得这些许的小小刺激,猛地把她抱起来,扔在床上,几把撕破女人的衣裤,然后三下五除二,胡乱扯掉自己的衣裤,重重地压了上去。无论她怎样挣扎也无济于事。

"救命啦——!"齐家那低矮的房子里传出凄厉的喊叫声。

珍儿哪见过这样的阵势,躲在床下早已吓得浑身筛糠,不敢弄出半点响动来。

牛副官原是李子镇上一个泼皮,人称"烧包牛",无爹无娘。成天干些偷鸡摸狗的事。20 岁上,还趿着一双破鞋东游西荡。他长得也没个人样,满脸的烧疙瘩,却极贪女色。有时几顿没吃上饭,却还有心思去摸那过路女人的身子。摸了就跑,跑不过时就弓着背让人狠揍,揍得鼻子嘴里都出血,还要望着人家女人嘻嘻哈哈浪笑。

尽管斗大的字不识几个,却极其大胆,不在乎生死,又心狠手毒,逼急了,他就忽地拔出随身携带的小刀,捅你一刀子。也不管你是天王老子还是地狱的孙子。他坐过班房,却不觉得是件苦事,放出来依旧老性不改,还向人炫耀:"班房,有吃有住,是个何乐何为的去处",完完全全的一个流氓无赖。

后来是刘四毛收他做了干儿子,为的是少些麻烦。刘四毛把他弄进保安队,这可是对了他的胃口,背一杆枪指东打东,指西打西,没事就走门串户,吃喝白食,镇上的娼妓没一个没伺候过他,却从不给一分钱。人家是敢怒不敢言,沾惹不起。

恨他的人也曾想把他除掉,有一次,有人在他的鞋里放一颗炸野兽的丸子,这是一种用羊油包着炸药的爆炸物,放在田边地角,毛狗子之类的野兽,一咬就响。谁知"烧包牛"穿鞋的时候先要倒倒鞋里的灰尘,丸子给倒了出来,他便明白了。你猜他怎么办?他把丸子拿在手里,走上街,叫众人来瞧,然后放在地上,使劲一踢,轰的一声巨响,他的五个脚指头齐齐的炸掉四根,把看的人都吓了个半死。他却面不改色,心不跳,从兜里掏出块布头,将脚缠上,笑嘻嘻地走了。这事轰动一时,人人都知道这是个恶人。下乡派款征粮,只要见他去了,没人不惊慌失措,尽量地拿出来。年轻的媳妇更不必说了,见了他恨不能躲进牛肚子里去。他自己声称,他走到哪,哪儿的狗也不敢汪汪叫。当了副官便更得意了。他只服一个人,那就是刘四毛,他并不是害怕这个参议员干爹什么,而是感激他的恩德。

所以,珍儿娘见到他知道没个好事。这会儿,"烧包牛"干完了事,仰躺在床上,心满意足。

追赶珍儿的保安队员什么也没追上,转回来一看,才知上了当。"烧包牛"说:"天色不早了,今天又很累,我们回去吧。"又对珍儿娘说:"你好好地听着,你男人要不回来,我跟你的这段缘分就没个完……妈的,真是个受用的婆娘!"

保安队的人马一走,珍儿娘羞忿难当,哭得死去活来……催着珍儿快去找她爹。

珍儿出得家门,却没走多远,在一棵大树茂密的枝叶丛中藏起来哭泣。天黑后,她摸回家,只见娘穿得干干净净,整整齐齐吊死在房中,直挺挺的,全身已经冰凉。

听了珍儿一番叙述,水寨的弟兄们义愤填膺,摩拳擦掌。都要出寨去给齐章佑报仇,给刘四毛一点颜色看。

浪里白平时最讲江湖义气,他见自己弟兄如此被欺,气得更是不行,他把拳头往桌上一擂,骂道:"日他娘,老子们跟他拼了!"

弟兄们见浪里白这般,一个个拿起家伙就要出寨。

"不行!"一直沉默不语的任千秋站起来,拦住众人。

"耶!没整到你脑壳上吗,是哪个的哟?"

"莫非是要让刘四毛那些杂种,把弟兄们的亲人都整死完,你才甘心?"

"真是……"

弟兄们七嘴八舌,对任千秋的行为忿忿不满。连碧玉都愣了,放下手中的活计,似乎不认识似的,呆呆地望着他。

"千秋!"浪里白开腔了,"论年龄我该叫你老弟,论辈分你是我大哥。我说这事不管与你有无关系,你愿去,就和弟兄们一道去找刘家那些狗日的算账。要不去,就在寨子里陪新娘子好了。"他说着,又欲起身。

千秋急了,说:"谁都不准去,要去就只有送死!"

"你怕死就留在水寨,我是堂口的红五爷,有权为堂口的弟兄们做主,就是拼个鱼死网破,我也得去!"浪里白说着,吆喝一声出了门。

"混蛋!"任千秋拔出腰间的双枪,"啪!"一声扔在桌上,"哪个敢动,我就打死他!"

这一下,把在场的人都镇住了。特别是浪里白,他从没见任千秋动过这么大的肝火。

"长脚杆!快收拾家伙,我俩先出寨去见机行事,看个究竟再说。"任千秋他已深思熟虑,胸有成竹,他要全盘考虑出寨的计划。

这时,一直蹲在珍儿身边抽闷烟的齐章佑开腔了:"我和你们一起去,多个人可以壮个胆。"

千秋说:"那我们一起走吧!"

天阴沉下来,远处滚动着沉重的闷雷。

天上已没了一丝云彩,火红的太阳挂在天空,晒得人心烦意乱。

千秋一行三人,各自戴顶破草帽,简单化了装,就朝镇上走。千秋提议,顺路到他老家去看看,若老娘已经回来,就叫她作些准备,回来时将她接进水寨去。

他们走过小河上那一摇一摆的甩甩桥,千秋的心顿时一沉,一股寒气从脚底冲了上来。

哪还有什么家?一片烧焦的废墟,几堵黑不溜秋的断墙,被房上塌下的瓦片砸烂的家具还不时冒着青烟。

"娘!娘啊……娘……"任千秋一声声地呼唤,冲进那已经不复存在的家门。他不知道娘是否被那些狗日的烧死在屋里。他心酸至极,祖辈苦心经营起来的这个家,仅传了三代,而今全没了。他从小就住在这里,那高高的山峰,清清的河水,房前屋后的竹,高大的树,还有小河上那走起来一摇一摆的甩甩桥……都是那样熟悉。这里曾给他带来欢乐,又给他无限的忧伤。哥哥不在世了,他的出生曾给这个家带来过短暂的欢乐。在他刚知事的时候,爸爸常常带他上山打猎。他家虽然有枪,可他爹不用,总爱使他那张考秀才时用过的弓,射野鸡,射兔子,他爹还夸耀说曾经射过一只豹子。千秋那时小,还搞不太懂这些事理。但他总是有感觉,很有乐趣。

每逢李子镇赶场,老爹总要带他去。他骑在爸爸的肩上,看着走在前头的人们,惬意极了。上街买个绿豆粑,或者一块扒糕,他总是舍不得吃,拿回去与妈妈共同分享。转来时,妈妈总是要迎过甩甩桥,把他从爸爸背上接下来,当千秋从兜里掏出那挤压得破碎不堪的绿豆粑时,一家人总是一阵哄笑。当得知哥哥是被父亲的乱刀劈死之后,家里再没有了那种欢乐。从此,千秋开始固执、任性、寡言。他开始思索,人世间为啥这般无情?父亲为啥要杀死亲生儿子?他只听说过猫头鹰吃母鹰的故事,难道人也和那鸟一样无情?当他还没理出个头绪时,自己又被赶出了家门。不久,父亲又因他入狱而气死。这到底是为什么……

"任大哥,快过来!"长脚杆站在一跺断墙边,轻声呼喊。任千秋跑过来一看,又惊又喜。只见齐叔蹲在地上,双手扶住泪水模糊的千秋娘,一个劲地在安慰。可那老娘根本不听劝,呜呜咽咽地数落着。

"娘!"任千秋扑在娘身上,小孩子似的哭起来。那凄惨的哭声,使得站在一旁的齐叔和长脚杆也忍不住,跟着掉泪。

哭了好一阵,千秋说:"娘,是我害了你老人家,流离失所。现在家也没了,您老没个安身立命的地方,就跟我们上水寨去吧。"

"不,我死也要死在这里,不然我对不起你那死去的爹。"娘边说,边用手擦眼泪。

"嫂子走吧,别这么想,那些狗杂种不让咱活命,我们偏要活……"齐叔站在一旁,不住地劝慰千秋娘。

千秋说:"娘,你就去吧。我们虽然住在水寨,但可在长江岸边开荒耕作为生,那里也和山上一样,受官府管辖,有保有甲,不一样的是,官府的奸贼们若是要来抓人,我们就进水寨躲起来。"

齐叔叹口气,说:"唉,这也是没办法的事呀。"

千秋娘问:"你们不是土匪?"

"娘,你看我们像土匪吗?"任千秋见娘仍有些迟疑,又说:"你先去水寨看看,若不满意我再把你送回来,相信儿不会骗你。"然后吩咐道:"齐叔,麻烦你老人家先把我娘送到水寨,我和长脚老弟到李子镇去探情况,快去快回,这里不是久留之地。"

"你……"齐叔实在不放心,但千秋娘也是非送不可的。他迟疑片刻,对千秋娘说:"老嫂子,我们先走吧。"

第五章

"我的哥耶,我的死鬼呀……"千秋娘又伤心落泪地大哭了一场,方才离去。

四人一起过了甩甩桥,千秋望着娘和齐叔渐渐远去,才对长脚杆说:"走吧,去李子镇找那些狗日的算账!"

第六章

第六章

"喔,王大哥的客人,任,任……""春风楼"的管事念着堂口里王大爷写的条子,脸色变得惨白,他任了半天,也"任"不出个名堂来,好半天才喘过气,说:"任大哥,宝疤子的人正四处捉拿你,何不趁早避一避。"

他说的任大哥,正是任千秋。

"哼,到底谁吃亏现在还难见分晓,"任千秋冷笑一声,说:"宝疤子父子和烧包牛这阵到你这里来没有?"所谓烧包牛,实际就是专门用来配种的公牛,它的主要精力,就是用来和发情的母牛干那种事,这里指的是牛副官。

"没,没有。"管事扯了个谎,其实,牛副官这阵子正在里面寻欢作乐呢。

这里是李子镇最红火的一个妓院,那姓牛的岂有不来之理。管事之所以要扯谎,是怕任千秋给他这里摆祸事。

"那,"任千秋并不理会他扯谎与否,问:"你知道他们在哪儿?"

"喔,刚才我看见刘四毛那老东西进了'陶云斋',多半是过瘾去了。"这个"陶云斋",是李子镇上唯一的鸦片馆。管事说到这里,知道会有麻烦,惊疑不定地问:"你……"

"没什么,我们想会会他,有些事要跟他谈谈。"任千秋拱拱手,说:"多谢指点,告辞了。"说完,带着长脚杆走出"春风楼"。他们在街上四处打听,证实刘四毛正在"陶云斋",便直朝那儿奔去。

"陶云斋"地处闹市,来往闲杂人员很多。刘四毛老奸巨猾,他烧鸦片,不仅要带两个贴身警卫,还专门派了两个武装人员在大门站岗,一般人根本近他不得。

"陶云斋"对面是个大饭馆,那里常有叫花子进进出出。此时就来了两个,一个高高长长,一个矮矮墩墩。两人各戴一顶破草帽,身穿破烂衣服,手比煤还黑,脸上没有丁点儿干净的地方。他们不进饭馆,却一人拿只半边碗,坐在门前直哼哼:"发财伯伯、婶婶、大哥、大嫂……把你的东西匀点儿嘛……"

旁边一个屠夫,见那矮个子叫得可怜,顺手割下一小块肉扔过来。谁知那高个子见了,就过来夺,两个叫花子因此打起架来。

"加油!加油!加油……"那些好事之徒趁机鼓劲,许多不明真相的人都拥来看热闹,本来就很热闹的街面,此时显得有些拥挤不堪。

"好!好!再加把劲,哪个赢了我赏一块大洋!"有人拍着巴掌,一个劲地打气。围观的人自然而然地形成个圈子。真是里三层,外三层,重重叠叠又三层!

"陶云斋"门口两个站岗的保安队员,也踮着脚尖,高高地看那人圈中两个叫花子一来一往的打斗。随着打斗的来回移动,人圈也随之自然变换队形,围观者都害怕自己遭误伤,随着队形的变换拥来拥去。

"是哪个在这里胡闹?"刘四毛过足了烟瘾,扬扬自得地从屋里走出来,喝道:"快把他们赶开!狗娘养的!"

此时,只见那高个的叫花子猛一下将矮个子拿着的那坨肉夺在手里,飞也似的朝"陶云斋"跑,那矮个子也不示弱,转身就追了过来。偌大的人圈也随即朝这个方向移动,差点儿没把刘四毛撞倒。保镖们赶快上前,用枪托驱赶围观群众。谁知围观的人太多,赶走了这个,那个又被挤上来。几个保安队员急得团团转。

"给我把那两个打架的家伙抓起来!"刘四毛语音刚落,保安队员就拼命朝人丛里挤。

说是时迟,那时快,只见那高个子"啪"的一下将手里的肉扔出来,不歪不斜正好打在刘四毛脸上,然后一鼓劲地朝上场跑去。刘四毛用手捂着满是油污的脸,大声呼喊:"快,快开枪,打死他!打死他!!"

那高个子早已转弯,保安队员又被人群分割成数块,根本无能为力,只好朝天放枪。围观群众听到枪声,吓得四下奔逃,顿时街上大乱。

"啪!啪!"矮个子趁保安队员去追赶高个子,人群被带到上场,从腰间拔出双枪,走近前去一阵枪响,将刘四毛打死在地,然后迅速扔出个纸团,随后跑进逃命的人群之中,消失得无影无踪。

保安队员倒回来追赶了一阵,没有结果,打开刘四毛尸首旁的纸团,顿时气炸了肺。只见上面写道:"作恶多端的县参议员刘四毛早该如此下场!"落款是"行不改姓坐不更名的任千秋"。

"娘的,把队伍开出去,踏平水寨,把那姓任的杂种抓起来千刀万剐,再放把火将他们的茅棚烧个尿!"牛副官铁青着脸,大声呼喊:"把人集合起来!"

站在刘四毛尸体旁边,一直沉默不语的宝疤子开了腔:"慢!"他咬咬牙关,一字一句地说:"杀!你就知道杀。烧,你烧得光吗?长着个脑袋不想想。人家既然敢留姓名,你以为就那么好对付?"

牛副官急了:"未必老太爷就白丢了一条命?"他真不明白宝疤子为啥对亲生之父这样无情。

"哼!别忘了老太爷是县参议员。"宝疤子的话,把牛副官越来越弄糊涂了。杀不杀任千秋与这县参议员有啥关系?宝疤子见他云里雾里,忙说:"他老人家既是官府的人员,这事就得由官府来处理!"

"喔,我明白了。"牛副官恍然大悟,"你的意思是上告?"

疤子啥也没说,只是点了点头。

巴山脚下,到处都笼罩着一片恐怖的气氛。车站、码头、街道,以及乡间路口,到处都有兵丁把守,每一个过往行人,都必须受到盘查。任何嫌疑人,都会被立即捆绑起来,送交官府,严加拷问。

人们提心吊胆,说话低声细气,走路小心翼翼,家有小孩的,晚上的哭叫,都要用手抹倒,不准哭出声来,谁都怕祸事临头。

"让开!让开!"两个穿制服的兵丁吆喝着。他们一个手提糨糊桶,一个抱一大卷告示,在每个街口、闹市都贴上一张,然后向那高高的城门走去。很快,每张告示前都围了一大群人。

"喔,还是缉拿那个姓任的!"

"嘿,这回又涨了价,嚯,赏大洋五百!"

"赏再多也没用,"一个提篮卖香烟的小贩轻声说,"那么多当兵的都抓不住,他们还能怎样?"

"也是,人家来无影去无踪的,怕早到九州外国去了!"

人们指指画画，轻声议论，那些耀武扬威的军人见了也莫可奈何，只好装着没听见。

这时，从街对门的旅馆里走出几个人来。为首的约二十六七岁年纪，身材魁梧，但并不十分高大，西装革履，一副宽大的墨镜架在挺直的鼻梁上，神态潇洒，步履坚实。跟随他的几个人，或西装革履，或长袍马褂。见对面许多人围着一张告示，便一齐朝这边走来。

"你看那画像，哪像个杀人犯？说不定擦身而过，也想不起在通缉他。"一个妇女议论着，生怕同伴不懂，边说边伸出双手直比画。

一听这话，几个胆大的竟"扑哧"笑出声来。

那西装革履、戴一副宽边墨镜的人脸上也露出一丝难以察觉的笑意。他向几个随从摆一摆头，一行人便离开众人，穿过十字街口，再向北一拐，大摇大摆朝县法院走去。

法院就在县衙门隔壁。院长张令和刚进办公室，随后就进来一位头戴礼帽、身穿长衫的中年男子，掏出张片子递过去，开门见山地说："是刘队长派我来的，他想知道院长大人目前对杀死老太爷那桩案件的处理进展。"他这里所说的刘队长，实际是李子镇保安中队长宝疤子。

来人递过一个包袱，叮当一声丢在院长面前，说："这个，小意思，不成敬意，是队长给院长大人的茶钱。"

"嗨，哪敢收刘队长的东西，刘参议原本与我同朝为官，并肩同事，我做点事是应尽的道义，你们还如此这般，客气了，真是客气了。"张令和口里推辞，手却不由自主地伸向那包银圆，一双眼睛笑得像对豌豆角。本来就肥胖的脸，加上这一笑，跟如来佛没有两样。

"至于那案子的事，我们差不多天天都在贴布告，天天都在加价码。可那姓任的就是不露头。"张令和见来人正专心地听着，又说："回去告诉刘队长，请他千万放心，只要那姓任的一露面，我们将立即捉拿归案，严惩不贷。目前的问题是找不到罪犯的踪影。"

"刘队长的意思是请院长大人立即抓住凶手严办，了结此案。"

"请回刘队长的话，下官一定抓紧。"

二人又谈了一阵，来人方才离去。

"吱呀"一声，院长办公室的门又被推开。张令和刚把那包银元放进抽屉，随即拿出任千秋杀人案卷正在批阅，抬头一看，有卫兵来报，说是又有人求见。张令和问:"是什么人?"

卫兵道:"他说是做生意的,要跟你谈笔买卖。"

张院长诧异道:"哦?我又不是生意人,有啥买卖可谈?"

卫兵道:"他说见面就知道了,你们是熟人。"

院长又问:"那人是啥模样?"

卫兵想了想说:"像个大生意客。"

张院长心中迷迷惑惑,猜想大约又是案犯搬动了哪个人物说情来了。虽然公务甚忙,但如不见,得罪了人不算,说不定要放过一笔送上门的财喜。干脆见见为好。于是吩咐:"请进。"

他做梦也没有想到,这光天化日之下,森严壁垒的县城里,进他这堂堂法院院长办公室的,竟是一群素不相识的人。

"张院长,久违了!"为首的那青年满面春风,向院长拱拱手。

张令和似觉来人面熟,口音也似曾有所耳闻,再看打扮装束,的确是有身份的人,忙说:"请坐请坐。"又吩咐卫兵看茶上烟。

那青年落落大方,在一张明式红木雕花椅上坐定,对院长说:"你也坐嘛。"

待卫兵退下,张院长才小心坐下。但心里更生疑团,这人究竟是谁?瞧他好大的口气,连手下人也没有一个敢坐,只在左右站着。便问:"先生,原谅敝人记性不好,请问您是……"

青年一听,哈哈大笑:"真是贵人多忘事啊!连老熟人也不认得了!"一边说,慢慢地摘下那副宽大的墨镜。那张年轻英俊的面庞上,竟是两道剑一样的浓眉,和两只熠熠生辉的虎眼。

张令和顿时脸色大变,呼啦一下站起来。那青年却笑道:"我和几个弟兄今天是上门投案的,免得你们费心到处捉拿。只看你是不是肯收留我这个老熟人了!"

张令和早已吓得半死,再看看那几个横眉怒目,穿长袍马褂的汉子,两腿一软,瘫坐在椅子上。

张令和怎么会不认识眼前的逃犯任千秋呢?太认识了!是他经手张榜捉拿,并判了任千秋十五年徒刑。且不说别的罪孽,就凭这一桩,他张令和今日也必死无疑了。想着想着,不免毛骨悚然,浑身颤抖起来。

此时,任千秋也想起这些往事,心潮难平。他猛地起身,指着张令和,正色道："姓张的,你知不知罪？自从你来到这里,与那姓姚的狗县长勾结一起,官官相护,欺压百姓,榨取钱财,制造了多少冤情,杀害了多少无辜？你记过账没有？论说,今天就算是要了你的命也算便宜了你！"任千秋越说越气,在法院院长的办公室沉重地走动起来,以压抑自己的愤怒。他一直走到门口转过身来,面对张院长一条一条地述说着孽债。

张院长听着听着,忽然抽泣起来。想自己一个读书人,为着光耀门庭,背井离乡,从四川仪陇来到此地做官,多年来,无数个滩口都闯过来了,不想死在今日,异乡异鬼,连家人也不能再见一面,唉……

"你听着,我今天并不想要你的狗命。"任千秋瞟了张院长一眼,又说:"今天我来,是想教训教训你,让你们知道,我任千秋就是无法无天,你们要抓我也是白费力气。你只要把这些话听进去,今后少给我添麻烦,我不伤害你！"

张院长一听"有救",顿时止住了哭泣。他简直不敢相信自己的耳朵,结结巴巴地说:"您,您这话当真？"

"哼！我姓任的放个屁都得算数！"任千秋说到这里,停了停,又说:"不过,今后你若再想动我的心思,那就莫怪我对你不客气！"说着,一敞衣服,腰间的两支连枪露了出来。

张院长连连起身打躬:"不敢！不敢！我就是长了一千个脑袋也不敢！"

正在这时,送茶的卫兵敲门进来,他手疾眼快,见此场景,将手头茶盘一摔,刷地掏出枪来,对准了任千秋。

张院长急忙喊道:"快放下！快放下,不可胡来！"

那卫兵却不理会,枪口对着任千秋的背心,喝道:"给我退出去！不然就打死你！"然后逼着任千秋慢慢移步向门外退去。

几个弟兄没提防会有这一着,虽然都拔出枪,但谁也没有扣动扳机。怕的是误伤了千秋。任千秋虽与卫兵近在咫尺,却动弹不得。他索性举起双手,顶住卫兵的枪口,一步一步往后退。一边笑道:"真是偷鸡不成,倒蚀一把米,没想到我任大爷今日栽在一个小小的卫兵手里。"他斜着眼看看剑拔弩张的弟兄们,说:"弟兄们都别动,我随他去就是,你们把这姓张的收拾了,各自逃命吧……"

那卫兵心里一沉,但还是逼着任千秋往后退,很快就退到门槛。

任千秋好像背后长有眼睛,就在卫兵侧目过门坎的一瞬间,他猛地向后一倒,同时脚跟向后一弹,不偏不倚蹬在卫兵的手腕上,那卫兵握着的枪便"当"的一声,飞落一旁。这是早年千秋跟父亲任秀才练就的绝技,俗称"倒勾球"。

卫兵尚未回过神来,已被任千秋死死拿住。弟兄们拔出雪亮的尖刀,当场就要结果他。

"不必!"任千秋挥挥手说,"今日是斯文来斯文去,捆了就是。"于是弟兄们七手八脚将那卫兵捆个结实,堵了嘴,说声:"委屈",便扔在书架背后。站在一旁的张院长,早已被这场景吓得魂飞魄散,惊得尿湿了裤子。

"院长大人,"任千秋一把拉过张令和说,"我们弟兄几人无空久留。请打起精神,送'老朋友'出城吧!"

在县城的大街上,法院院长和他的"老朋友"手挽着手,说说笑笑走着。

"啊,院长送客呀!"

"想必是送客嘛,不留下多住几天?"

"张院长这人最厚道,一天公务都忙不过来,还亲自送客人出门。"

城门口的兵丁一见张令和,七嘴八舌地忙着打招呼。张令和突然心如刀绞,恨得直咬牙,但还是对兵丁们不停地"嗯"、"呀"、"啊"的,虽然也偶有些眼眨眉毛动递点子的小动作。但守城门的兵丁们点头哈腰还来不及呢,哪敢多问半句? 于是乖乖地将任千秋他们放过去。张院长也真够"交情",把"老朋友"一直送到城外五里碑。

"辛苦你了,院长大人。""老朋友"说:"你回去立马报告姚县长,就说我任千秋今日专程拜望过你,改日还要去拜望姚大人哩。"

张院长战战兢兢地说:"不敢,小人不敢!"

任千秋把脸一沉说:"叫你报告你就得报告!"

"是!是!"张院长擦着满头的热汗,答应着,眼见几个罪犯朝着西北方向扬长而去。好一阵才回过神来。

任千秋入城警告地方法院院长的事,很快就在奉节、云阳、开县、巫溪几县传开了。那些好说古道今的人,更是把任千秋这位手持双枪的袍哥大爷讲得神气异常,说他不但武艺高强,还会"隐身法"、"定根法"、"遁法",来无影,去无踪,万把几千兵力休想拿住他……直传扬得穷苦老百姓暗暗称快,而那些土豪劣绅、地方官吏无不心烦意乱,担惊受怕。

有谁想到,正是这些传扬,又造成刀光剑影,血洒荒郊!

第七章

"你们听说了吗？核桃坎张家院子遭任千秋的兄弟伙抢了。张家的三个小姐也被他们放了排炮,弄得半死不活,真缺德!"

"这还算好的呢,莲花乡李乡长家也被任千秋抢了,烧了李家的房子还不算,还把乡长的老爹也丢在火里活活烧死了。"

常言道:福无双至,祸不单行。此时的任千秋却是福无觅处,祸事成堆。附近一带的富绅,好几家被抢劫,姑娘遭轮奸,房屋被烧毁,有的连命都搭进去了。据受害人向官府上告,这些都是任千秋和他的弟兄所为,说得有根有据,言之凿凿,无可辩驳。

这天莲花乡赶集,浪里白带着几个弟兄混杂其中,原本也没有什么事,长时间没出寨子了,想出来透个气,看看风景,愉悦精神。换句话说只是凑个热闹。

忽然有人撞了浪里白一下,浪里白回头望了望却没见什么认识的人。低头看到破袄兜里鼓鼓囊囊的,掏出来一看是个纸团。他知道,这肯定是一个见不得人的动作,但又拿不稳是针对自己一个人,还是针对水寨的事情,为了不引来麻烦,他决定暂不打开纸团。

散场了,浪里白带着弟兄们回到水寨,回到自己的洞子里,他想起那个纸团,看看没人,急急慌慌地展开那个纸团。原来是莲花乡李乡长给浪里白的一封十分诚恳的信,李乡长曾经与水寨达成过相互尊重的协议,近段时间莲花乡与水寨井水不犯河水,各走各的路,各过各的桥,和平共处,相安无事。

信是用绘画的形式写的,画的意思是,你浪里白和你的兄弟为匪是被逼迫的,这些年天灾人祸,怪事连连,谁都有些心烦意乱。你们为匪原因各异,情可谅解,不能把责任完全推在浪里白和你的弟兄们身上,政府做得也不好,不顾人民死活,我行我素。但人活一张脸,树活一张皮,长期为匪总不是办法,历史上许多绿林好汉都曾被招安,当官晋爵,修成正果,光宗耀祖。莲花乡李乡长愿意为浪里白找一条走向光明的出路。李乡长一直倾慕浪里白的为人和号召力,目前莲花乡尚缺乡队副一职(那时的队长都是由乡长直接兼任),如浪里白有意,不妨低就。如有意愿就在下个逢场之日,与浪里白当面在莲花乡乡场前面的小树林谈判细节。

浪里白高兴得差点跳了起来。正如李乡长绘图所说,他们干土匪真是被逼的,今天有这样一个机会归顺,的确是个千载难逢的大好时机,如果能给弟兄们找一个正当出路,求之不得,那是八辈子祖宗修来的福分。于是他企盼着下一个逢场的日子早日到来。他想好了,一定要他一个人把这件事做得巴巴实实,漂漂亮亮,他不想过早地把这件事捅出去,他想自己有能力做好这件事,他不想请人帮忙。

到了约定的日子,浪里白对任千秋说要去走个人户。这种事情在旧时农村是很常见的,谁还没个三亲六戚姑爷老表。浪里白虽然是下江人,但在本地也有些年头了,认个亲戚也是情理之中的事情。任千秋没在意,只是说,近日外面发生的事情对水寨很不利,要注意安全,不要招惹是非,出门一定小心为是。

浪里白嘴里甜甜地应着,为了防备万一,浪里白当着任千秋的面把盒子炮连枪上了膛。他的心早已飞到了李乡长的跟前,他琢磨着,今天以后,水寨的弟兄们再也不用东躲西藏了,就要正大光明地当乡丁了。自己也是30多岁的人,当上乡队副就找个本分人家娶一房媳妇,也好为家族传宗接代,安安心心过日子。当然,他并不懂得那个队长一职只能由乡长兼任,他要去告诉乡长,队长一职应当给任千秋干,任千秋是最合适的人选。想到即将的"光明",浪里白的脚步轻快了起来,浑身像吃过人参一样的热血沸腾。

走进莲花乡乡场前面的小树林,斜刺里跑出一只野兔在浪里白眼前一晃,径直向前跑去。浪里白本能地跟着野兔追了上去。突然脚下一挂,一个嘴啃泥栽了下去,几个大汉扑在他身上,死死地压住,让他不能动弹,一个声音高喊:"下了他的枪,给我绑了。你浪里白也不想想,这样的好事能轮到你们那些个土匪吗?"原来,李乡长使了欺骗的手法,一个绊马索诱捕了任千秋的兄弟浪里白。

紧接着县政府发出通缉令,又一次四处缉拿任千秋。

天下事就有这么怪,本来近日水寨的人大都安分守己,不曾出寨跑过买卖,可别人偏说他们到处抢劫弄得是是非非,沸沸扬扬。这到底是怎么回事?

你说那些抢劫案是假的吗?又不太像。莫说水寨与那些报案人不曾有过仇恨,即便有,那些女子被轮奸,老人遭杀死的现场又如何造得出假的来?那么,是不是有人冒充水寨的弟兄们呢?如果有,只能是宝疤子,他才有那么大的仇恨。如果真是这样,又何苦呢?他宝疤子想抓个把人还不是易事?随便编个罪名就行了,何须栽赃呢?

任千秋苦思苦想,无论如何也得不出个正确答案。眼看浪里白就要被处死了,这如何是好?把浪里白抢出来吗?难免要动刀动兵。水寨本身就在李乡长管辖的莲花乡地盘上,金兰社与李乡长早就订立了井水不犯河水的君子协定,与他结下这个孽债,终不是好事。当然并不是怕他李某,岩鹰还不打窝下食呢,何况水寨的弟兄们。

想来想去,任千秋决定去找姓李的乡长谈判。他要向姓李的讲清楚,近来的抢劫案都不是水寨子弟兄干的,如果错杀了浪里白,姓李的必定会遭报复。当然,至于那些抢劫、杀人、放火,以及强奸到底是哪些杂种干的,他任千秋一定要弄个水落石出,让真正的恶棍露出水面并绳之,送与李乡长解恨。

任千秋的意思通过一个中间人向李乡长作了转达。本来,姓李的也不想过于激怒水寨的弟兄们,他知道那些人都是亡命徒,不是好惹的。既然同意交出恶棍,何不先等段时间。他李某也不是蠢猪,虽然作了让步,但还得限定个时间,十天内交不出恶棍,就将浪里白处死,以告慰被害老父亲的亡灵。交出恶棍,还须人赃俱获,不能随便抓个什么人充数。同时,在十天内,将浪里白严禁于秘密地下室内,自己带领十几个乡丁日夜看守。

事情谈妥后,任千秋派出弟兄四处打探,寻找抢匪的蛛丝马迹。他自己扮成县大队的谍报组长,带着长脚杆直接去李家查访。

李乡长的大哥李老大虽说是个精细的人,可他并不认识任千秋。

"谍报组长"问:"那天到你家来抢劫的是些啥样的人？你认得吗？"

"那些人打着花脸，我不认得。"李老大用右手抓了抓头顶，又说:"不过，我晓得他们是任千秋带的人。"

"哦——！""谍报组长"感到吃惊，忙问:"凭啥？"

李老大说:"证据多得很呢。"然后叙述了他家那天被抢的情景。

那是一个漆黑的夜晚，李老大和家人刚吃过晚饭，就听见门外有急促的狗叫声。他正要起身去看，一群打着花脸的土匪闯进了他家，为首的是个大汉。那伙持枪的匪徒将李家的人一个个捆了，丢进装红苕的大土窖里，盖上木板，搬来旁边的大柜压在上面。没丢下窖的只有李老大和他老爹。匪徒把李家父子用绳捆了个结实，再扒开衣服烧八团花，烧得他们疼痛难忍，再逼问李家的金银钱财都放在哪里。整了一阵，没问出个名堂，就将李老大捆在门前的大树上，放火烧了房子。有个大胡子问那为首的:"这老东西如何处置？"为首的说:"我任千秋从来办事都是干净利索，一不做二不休，把他烧死！"于是那大胡子叫手下抱来许多柴草，用火把点燃，将李家老爹使劲推进火里活活烧死。那为首的用枪管点着李老大的鼻子说:"记住，我任千秋不是好惹的，要是下次来还拿不到金银珠宝，就用你的狗命作抵押。"然后带着他的弟兄们浩浩荡荡扬长而去。

"你说有个大胡子？""谍报组长"十分惊奇地问李老大。在他脑海里，此时正不停地自问:"难道会是他们？嗯！不可能，简直不可能！"他突然高兴起来，好像发现什么新大陆，忙问:"那领头的有啥特点？"

"特点？这个……"李老大抓了抓头皮，说:"我不是说了吗，他是个大汉……嗯，好像，好像有只手长得像生姜，嗯，对，是六个指头。"

"六个指头，哪只手？你好好想想。"

"是六个指头。是左手还是右手呢？这个……嗨！"李老大想了一阵说:"是左手，一定是左手。就在他捆我的时候，我反抗，我们面对着面，我抓住了他的那只手……"

任千秋简直不敢相信，抢李家的竟是袍哥里的兄弟伙。"李子镇王大爷堂口里的三爷郑占魁就是左手长了六个指头，对！一定是他。为啥他们抢了人家要栽赃呢？"他百思不得其解。旧时重庆地区有若干袍哥组织，有些组织虽然也奉行袍哥纲领，但由于人员成分复杂，也不地道，有的甚至就是一群乌合之众。于是任千秋派了几个兄弟将那大胡子抓来细细审问。

这大胡子是王大爷堂口里的一个么满,常跟郑占魁一起四处打家劫舍,是郑三爷的一个帮手。任千秋将他一审,还没动刑,这个大胡子就吃不住全部招了。任千秋把他交给了李乡长,大胡子依旧供认不讳,承认近期的抢案都是他们干的。至于为啥要栽赃水寨的弟兄,他却至死不知。不过这并不重要,只要证实抢案不是水寨子的弟兄们所为,李乡长就应该立即释放浪里白,并敦请县里收回通缉任千秋的成命。李乡长没有食言,兑现了承诺。

任千秋将浪里白接回水寨,摆大宴为他洗尘。浪里白声泪俱下,一方面悔恨自己不长心眼,没有识别能力,被别人的花言巧语所迷惑,好心办了坏事,上当受骗,险些毁了水寨,害了弟兄。另一方面感激千秋第二次救命之恩。浪里白说:"任大哥两次救了我的命,犹如我的再生父母,来世变牛变狗,也还不清任大哥的人情账,只是有一条,我还得请任大哥做主……"浪里白说到这里,不说了。

"唉!"任千秋把袖子一甩,说:"浪里白兄弟一向快人快事,今天啷个搞得婆婆妈妈起来了?"

"我不晓得这话当说不当说,怕说出来任大哥生气……"

任千秋急了:"有话就说,有屁就放!闷在心里算个什么。"

浪里白鼓足勇气,说:"郑占魁是王大爷手下的人,也是袍哥兄弟,王大爷又曾有恩于我们,照说,天大的事我们都得忍让。可今日我这口恶气总是咽不下去,他郑占魁干事栽赃于人,害得我差点丢老命不说,任大哥你也遭官府通缉。望任大哥做主,我带弟兄们去扫他郑家的圈。"所谓扫圈,意思是杀死全家。这是土匪的黑话。

"莫性急",任千秋说,"这事我自有主张,你不必挂在心上,尽管放心。"其实,任千秋也很为难。他自从被逐出家门,像一匹失群的野马,东奔西跑,没个依托,好不容易走上正路参加了游击队,结果暴动失败,流落四乡。刚刚找到个靠山袍哥组织,却又要惹上内讧。李子镇王大爷势力不小,又有恩于水寨,要是和郑占魁较起劲来,好像又是和王大爷过不去。如果把这事撒下,弟兄们却是白受了委屈。想来想去,权衡利弊,最后他决定先把郑占魁抓起来,然后再去向王大爷作解释。

郑占魁并不是个一般人物,要抓住他是比较难的。且不说他武艺高强,手下有一大帮兄弟伙难以对付。自从大胡子被水寨抓走后,他就百倍警惕,神出鬼没,东躲西藏连行踪也找不到了。水寨的弟兄们四处打探,好容易才得到可靠消息,说是他舅舅张保长要做七十大寿,还得了疑难杂症必死无疑,做寿是为他冲喜。人生七十古来稀嘛,这个大寿原本就该做,又遇身心有恙,所以这个寿是一定要做的,临终前郑占魁总是要见一面的,何况他只有那一个舅舅。

那是一个晴朗的日子,一听说要去抓郑占魁,水寨的弟兄们都早早起了床。浪里白是个急性人,他怕别人抢了头功,就对千秋说:"当家的,冷嘴总是包不住热汤,我这人一根肠子通屁眼,有话直说。"他说到这儿,收住话头,看看千秋,又说:"论辈分,你是堂口里的龙头大爷。可我以为,你不能事事都捡在手里。"

任千秋见他这么说,有点吃惊。浪里白接着说:"抓大胡子是你任大哥去干的,抓得很利索。这抓郑占魁的事就让给小弟我吧。反正,我跟那狗日的仇比天大,不把他放平不解我心头之恨,在世也难以为人。"这里的"放平",实际是整死之意。是土匪黑话。

"那好,你就带几个弟兄去吧!"任千秋大大方方答应了浪里白的请求。

张保长家住离李子镇七八里远的张家坪。一大早,不少穷人就被甲长们吆喝来给保长家张罗。什么摆桌子拿凳子呀,什么扫地劈柴呀,忙得团团转。那些甲长和绅士们,提着礼品或揣着现钞,慢摇细摆地从四面八方走来。

到了中午时分,浪里白才带着四五个弟兄出现在张家坪。他们不知道郑占魁是否先到,害怕打草惊蛇,早先埋伏在附近林子里。此时,他们眼看张家快开午宴了,才各自提着礼品朝张家走去。他们出现在张家院子时,午宴还没开始,郑占魁也还没来。

其实,郑占魁比他们想得还要周密。为了避免不测,他先派人去张保长家,安排午宴稍稍推迟点进行。然后密切监视进出客人,若有可疑之处,派去的人会立即回转报信。得知浪里白带着四五个弟兄出现在张家,想必醉翁之意不在酒,这几人是冲他而去的。埋伏在途中的郑占魁便从小路逃走了。

"他娘的,比狐狸还狡猾!"浪里白他们扑了个空,垂头丧气地回到水寨,心头不顺,口头不停地骂着。

任千秋劝道:"别急,这种事总是不会那么容易。还是把弟兄们找来商量商量,看有啥更好的法子。"

金兰社的弟兄很快到齐。一提到郑占魁,个个气得直咬牙。有的说把他婆娘娃儿抓来当人质,有的说干脆放把火将他的房子烧掉,还有的主张金兰社凡是能拿枪的弟兄都下山去寻他,哪儿碰上哪儿发财。任千秋觉得这些意见都不可取,但一时又想不出什么好办法。谁知坐在一旁的慧正和尚开了腔:"阿弥陀佛!老衲倒有一计,不知是否有用?"

这慧正和尚正直慈善,本来就很受当地百姓敬重,他入金兰社不久,就嗨了个闲三爷,弟兄们把他当长辈,平时尊敬有加。他虽然仍在寺里作住持,但金兰社有事请他,他是每请必到,经常发表一些高见,为金兰社想出一些行之有效的办法,往往还十分管用。此时,任千秋见他有话要说,忙把手一扬:"请三爷快讲!"

慧正说:"昨日师弟差人上山,说是谭幺妹夫君亡故,明日'头七',务请老衲一去。"他说到这里,停住话头,细细地品起茶来。众弟兄大惑不解,那谭幺妹给亡夫做"头七",与郑占魁何干?只见他喝了一口茶接着说:"那郑占魁是谭氏婆家远房的姐夫,由于谭氏生得姣美,他夫君健在时,郑占魁就常去胡搅蛮缠,如今他夫君做'头七',这郑占魁岂有不去之理?"

任千秋听得很认真,问道:"如果那姓郑的家伙不去谭氏家呢?"

慧正不慌不忙地说:"老衲自有办法叫他必去。"

"好!"任千秋高兴地拍着大腿,叫众兄弟各自回去,只留下慧正和浪里白,研究具体办法。

第二天一大早,慧正就带着三四个徒弟走到谭幺妹家,一打听,才知不曾请郑占魁来。慧正说:"既然做头七,得请几个有名望的亲戚才是,以壮气派,否则亡灵到了那边都觉得没有面子。"

谭幺妹听他这么说,感到有些为难:"长老不晓得,我家世代贫穷,亲戚们也都一个个穷得叮当响,哪里去找个什么有名望的人哟。"

"阿弥陀佛,施主此话差矣。"慧正略略睁开眯缝着的眼看看谭幺妹,又说:"据老衲所知,那郑三爷就是你家姑爷,不如将他请来。"

谭幺妹急了,"长老不晓得,那郑占魁一则只是七扯八拉的远房亲戚,二则素来对小女子不怀好意,万万不能请他来招惹是非。"慧正说:"施主放心,你尽管把他请来,老衲自有道理。"

谭幺妹虽说人还年轻,可也是个吃斋念佛的人,向来对慧正十分敬重,于是不再说二话,赶紧打发儿子去请郑姑爷来壮门面。

67

郑占魁离谭幺妹家并不算远,只需几个时辰就可到。他见着谭幺妹儿子来请他,听说是谭幺妹意思,心里乐滋滋的,笑得两眼像豌豆夹。谭幺妹娇小玲珑,短发圆脸,肉粉白嫩,下田时挽起裤脚,看到她莲藕似的小腿,就会联想到那白嫩大腿,联想到她干那事时的激情和温柔。既然谭氏丈夫已故,这正是他郑三爷得手的好机会。不过,他也觉得有些蹊跷,那谭幺妹丈夫在世时不买我的账,今天却专门叫儿来请,这葫芦里卖的是啥药,到底是真心还是假意?

喔!也许是她本来就有心于我郑某,只是碍于丈夫在世的时候怕惹麻烦。如今丈夫已去,便无障碍,也就无所顾忌了。想着这等好事,身体下面的那个小弟弟,便不安分地躁动起来,裤裆像有人撑伞似的膨胀起来,难受得不行,他把身子弓起。不过这事也万万不可大意。上次去张保长家祝寿,要不是见机而行,连脑袋也会保不住。

郑占魁左思又想,最后还是决定去谭幺妹家。他照例派出探子,到前面开路,若预不测,即发出信号。自己带上两个武艺高强的保镖,在后面边走走停停。

从郑占魁家到谭幺妹家相隔一条深深的河谷,两家站在门口可以互相高声喊话,但因高大的树木和漫山密不透风的刺竹遮掩视线,故遥遥对峙而不得相见。从这家到那家,只有沿着那弯曲而狭窄的独路径直走下河谷,再朝上爬。

郑占魁带着保镖出了门,见前面的探子并无反应,估计路途平安,便精神十足地走下河谷。可他不再继续前进,坐在那除了涓涓流水就只有光秃秃的一片戈壁的小河边,等待前面发出信号。过了好一阵,前面响起一声"喔伙!"山谷里也接二连三地"喔伙……"起来,这回声,十里八里都能听见。郑占魁明白,这是平安无事的信号,证明探子已安全到达,而且在沿途没发现丝毫可疑痕迹。他站起身来,拍拍屁股上的尘土,再扯扯那崭新的锦缎衣服上的皱纹,便带着保镖开始上山。他要给谭幺妹留个好印象,来个一炮打响。他们没走几步,就听得后面山上有人呼喊:"对面捡柴的,莫要毁林哟,听见了没有?"这边山上虽然没人答话,但没过多久,就燃起了一大堆树枝,一股白烟直冲天际。郑占魁虽不明白其中的奥秘,但总觉得不大对劲,便和保镖快步往回走。

"扑通!"一条粗大的绳索从道路中的草丛里突然跃起,将行进中的郑占魁绊了个仰面朝天。当他还没弄清是怎么回事,就被浪里白带领的几个弟兄捆了个结实。紧接着,"当、当"两枪,两个保镖还没来得及反抗,便已作了枪下鬼。

本来,按浪里白的意思,他是要将郑占魁同时处死的。但任千秋说啥也不肯,出来时反复嘱咐,一定要带个活口回去,以便问出些啥来。可这郑占魁却不是一个省油的灯,躺在地上装死狗,坚决不走,浪里白一脚蹬脱鞋子,一把抓下袜子塞进郑占魁嘴巴,叫个大个子弟兄扛在肩上,那郑占魁还不停地乱动,很不老实。浪里白便叫两个弟兄一前一后抓住他的两脚两手抬着走。郑占魁嘴里"依依哇哇",身子摇摇摆摆活像一个活动的"吊床"。

郑占魁是个老土匪,对于一般王法根本不在意,任千秋问了好半天,他就是不搭话。只是一个劲冷笑。

任千秋火了:"他娘的,真是茅厕里的石头,又臭又硬!"

"当家的,这家伙既是袍哥三爷,我们就用堂口里的王法来收拾他!那三刀六眼还不曾用过,就让他来试试。"浪里白说完,没等任千秋开口,便从身上拔出一把明晃晃的尖刀,呼啦一下从郑占魁腿肚子上穿过去,说:"这玩意儿本来要你自己动手的,我今天就替三哥代劳了。"

郑占魁的腿被穿了个通透。也许由于刀子太快,一时还没有痛感,只见他牙关咬紧,一声不吭,俨然像个"英雄"。但当尖刀从他腿上慢慢拔出时,两个不小的窟窿喷泉般地涌着血,他"啊"的一声,昏倒过去。

浪里白举起尖刀,又要戳下去。

"慢!"任千秋挥挥手,说,"等他醒过来,看是招与不招。"

一个性急的弟兄拿来一瓢冷水,"刷"的一下朝郑占魁头上淋去。他慢慢清醒过来,嘴里不停地"唉哟"。

"你到底招还是不招?"任千秋大喝一声,走近郑占魁,问:"你为啥要冒充我和金兰社弟兄的名,去干那些伤天害理的事?"郑占魁仍不作声。他又说:"那好!想必郑三爷是需要大刑侍候了!"他向浪里白使了个眼色,大声说:"弟兄们,那就叫郑三爷尝尝千刀万剐的滋味吧!"

"好的。先剥他的皮,然后再把心挖出来下酒!"浪里白应着,和另外两个弟兄围过来,有的手握尖刀,有的按住郑占魁的头,只等下手。

常言道,软过关口硬过渡。郑占魁虽说为人粗野,但也还能懂得这明白的道理。他在江湖闯荡多年,对于"烧八团花"、"打竹签子"、"吊鸭儿浮水",甚至连割卵子米的刑法都曾用过。但那是对别人,那时他是强者,是别人受刑他作乐。尽管如此,因为这些刑法都是十分残忍的,其实他看着别人受刑,表面上痛快,内心还是害怕。但对这个"千刀万剐",他不仅没用过,连见也没见过,他只是听人说起,那"千刀万剐",是刑法的王牌,任何一个刑法都无法和这相比。那是用尖刀从活人的头上开始剥皮,一直剥到脚尖,如果你中途昏过去,就用冷水泼醒,然后又继续剥,直到把你痛死为止。郑占魁一想到这个惨劲,内心一阵害怕,他抖抖颤颤地说:"任,任大哥,求你别这样,这事不是我的主张。"

任千秋一惊,问:"不是你是谁?"

郑占魁说:"是王大哥。"

任千秋心里又一紧,喝道:"胡说!"

"我郑某说话从来都敢负责任,不信你们可以三人对六面,说得脱走得脱。"

"那好,你就说吧,王大哥为何要栽赃?"

"我说,"郑占魁睁开眯缝的双眼,看了看任千秋和手握尖刀的浪里白,说:"你们堂口近来名气很大,杀了刘四毛,又教训了法院张令和,奉节、云阳、巫溪、开县一些堂口的弟兄都敬仰你们。如果这样下去,我们李子镇的袍哥不用多久就得被你们吞掉,那时我们的龙头老大、三爷、五爷就都靠边了。"

"娘的!"浪里白十分气愤,手起刀落,结果了郑占魁的性命。

"唉……"任千秋十分惋惜,但又无法挽回。他清楚地知道,那李子镇的王大爷,是个有势力的人物。既然公开杀死了他堂口的三哥,他能就此罢手?

此时,任千秋感到人生道路越走越艰难。他长叹,他徘徊,他不知今后怎么办。终于,他决定去找一个人,看他能否为金兰社众多的弟兄化险为夷。

第八章

　　自从杀死郑占魁,任千秋天天都在担心,总是预感到有厄运将会降临金兰社。他叮嘱弟兄们,没特殊事情暂不出寨,只派长脚杆和几个精壮汉子天天去李子镇打探虚实。他的担心并不是没道理,据长脚杆打探的消息得知,王大爷一面联络各地袍哥,一面投靠保安中队长宝疤子,扬言近日要带人血洗水寨,搞垮金兰社。

　　当然,任千秋并不是害怕这个事。兔子逼急了还会咬人呢,何况这些五大三粗活灵灵的人。大不了拼个鱼死网破,你死我活。但细想起来,又觉得不是个办法。如果弟兄们都是单身汉好办,提得起也放得下,而事实上大都有家有室,仗打起来后,妻室儿女又如何处置?关键还在于这样做,有违给共产党带出一支完整队伍的初衷。想来想去,终究没有想出个好办法来。正当他有如山穷水尽的时候,传来一个上好的消息。

　　听人说他那一直在外漂泊的远房表哥突然回到青竹乡做了乡长,他是个满腹经纶,喝过不少墨水的人,想必有些见识,不如去找他指点指点。

　　任千秋吃过早饭,只身一人下了山。那青竹乡与水寨所在的莲花乡毗邻,乡公所就设在那不太长的半边街上,离水寨大约十五华里。

　　没多大工夫,千秋就到了青竹场,进得乡公所,见有个师爷模样的人出来,便问:"文乡长在家吗?我是他亲戚。"

　　那人打量了千秋一番,便朝里喊:"文乡长,有亲戚要会你。"

　　文乡长在屋里应道:"快请进来!"话音刚落,人也走出门了,先是一惊,又端详半天,才高兴地说:"是表弟嘛,几年不见,我差点就认不出了。"他拉住千秋的手,说:"请进,反正我今天没啥公务,兄弟俩好好聊聊。"回头对那师爷吩咐:"老李,我表弟来了,劳你到饭馆搞几样菜,扯两瓶烧老二,送到我房中,钱替我垫上,晚上一并算账。"

"好说,好说。"李师爷明白,乡长所说的"烧老二",就是高粱白酒。他一边应着,早已出了乡公所的门安排去了。

进得屋来,穿过办公室,再入一道小门,就是乡长卧房。卧房不大,床椅桌凳,简单几样,也没啥布置。床头墙上有一字幅,是扬州八怪郑板桥的真迹拓片:"难得糊涂,吃亏是福。"床头上横七竖八搁着些书刊鱼竿之类的东西。

靠街那面墙开着扇小窗,旁边一道小后门。文乡长指着那门说,这是我的通道,平时关得严实,如逢出去玩耍喝酒晚了,就从街后阳沟过来,进这后门。他自嘲地笑着说,有时半夜三更想老婆了,便从此门溜将出去,甚为便当。

这文乡长叫文如松,虽不是千秋的近亲,但过去却走得甜蜜。他家有田土几十石,从小并不安分读书,好管闲事,就这一点,与千秋臭味相投,要得到一块儿,很有共同语言。他在外面读过几年书,听说1939年被捕过,关在巴中监狱,有人说他1935年参加了共产党在云阳发动的武装斗争,其实当时他只不过十七八岁。后来又听说他得了精神病,于是出了狱,一直漂流在外。前不久回到家乡,凭着父亲的人缘关系和他从外面弄回的一张国民党党证,做了青竹乡乡长。虽然时间不长,可上至县党部书记长,下至普通百姓对他都还能接受。而乡公所的供职人员,包括师爷、伙夫、乡丁更是一致拥戴,认为这人随和,好共事。平时喝酒打牌,下棋吹牛,不分卑尊,能在一块儿快活。他有句口头禅:"吃点喝点耍点,比出去胡作非为要强。"他交朋友,三教九流都有,老师、校长、书记长、三青团干事长、保长、甲长、地主、长工,以及和尚、道士、江湖中人,都有与他过从甚密的。

"表弟,以前我每次回家,你总要来聊聊,自从我回来做了这乡长,怎么没见你来过一次?"文乡长一边说话,一边把千秋拉到床前坐下。

"唉……!"任千秋长叹一声,说:"表哥,一言难尽啊。"

说话间,门外一声高喊:"乡长大人,我来了!"李师爷一头撞进来,满脸流汗,也不歇息,抹桌摆筷,不多时就将酒菜放在小桌上。两瓶纯高粱白酒,一盘花生米,一盘炒鸡蛋,一盘猪头凉菜。文乡长连声说:"有功有功。"李师爷说:"乡长大人还要啥,尽管吩咐。"文乡长笑道:"等本大人吃完再说。你也来喝一口嘛。"

"不了,不了。"李师爷边说,退了出去。

文乡长举起杯子,打量着千秋,压低了声音问道:"千秋,看样子你遇着不顺心的事了?"

"唉……"任千秋长叹一声,一仰脖子,把那满满一杯酒喝了下去。然后把自己如何被赶出家门,开荒种地,怎样入狱,又怎样死里逃生越狱,上水寨创建袍哥组织"金兰社",而后杀死刘四毛,又杀死郑占魁,以及抢亲的事通通说了一遍。只是只字未提参加游击队的事。然后叹道:"唉!原以为江湖上的袍哥弟兄最讲义气,我高高兴兴搞了个金兰社。想不到就撞到些没肝没肺的东西!如今我任千秋已是墙壁上挂的甲鱼,四脚无靠了。今天望表哥大发慈悲,救我众弟兄逃出这生死为难关头。"说完,悲怆的双眼直直地望着文如松。

其实,文如松虽然回家乡时间不长,对任千秋他们的情况却非常了解,他料定这个金兰社的大爷必来无疑。此时,他见任千秋如此说,忙笑道:"看你,都把我当成救苦救难的观音菩萨了,事情不会那么严重的。"他呷了口酒,慢悠悠地说:"天生一人,必有一路,我不信像表弟这样义薄云天之人还会没个出路!"

"出路?……"任千秋不免苦笑,说,"只要有条生路就行了。官府腐败不堪,土匪臭名在外,袍哥钩心斗角,你我靠哪一个。况且如今他们都像齐头水一样地涌来,来对准我们,都快把我们淹没了。"他越说越激动,一仰脖子,又将满满一杯酒灌下肚,他看文如松并无戒心,并未提防什么,接着说:"我想了好久,决定去投奔共产党游击队曹伟,只是没人引路。"

文如松听到这里,不觉一惊,赶紧给千秋夹了块猪头肉,说:"吃菜吃菜,快莫说这些了!那曹伟是政府缉拿的要犯,你就不怕杀头?"

"哼,我就是知道他是这种人,才要去投奔他呢。他们打富济贫,专与官府作对,有啥不好?"任千秋说完,又将满满一杯酒吞下肚里。

"表弟,我求你了,别给我摆祸事好不好?"文如松哭丧着脸,给千秋夹了一块炒鸡蛋,又说:"好些事,一句半句很难说清,你要是听表哥一句话,就莫在外面提这共产党的事,那样很危险,会招惹许多是非。至于目前的难关,

73

我看还是可以闯过的。"

任千秋眯缝着眼看看表哥说："我看是巴中的监狱把你关顺服了,本想找你引路去见曹伟,你却提都不敢提。好吧,你说我该怎么办？"

"嗨,哪里有活人遭尿憋死的？"文如松并不和任千秋反驳,他边呷着酒边说："别人会拉势力,你就不会？"

"我？"

"对。"文如松说,"目前不是要竞选'国大'吗？要很好利用这个时机,干出些事来,广结些人缘。"

任千秋云里雾里,他不知这个"国大"竞选与他有何关系。文如松给他说了好半天不痛不痒的话,才让他多少领悟出些道理,说："我那几个人儿还能翻得了大浪？"

"你就不想为李大爷凑几张票？他可是个有实力的人物呢。"文如松如此这般地对任千秋作了说明,使他茅塞顿开,他感到的确是眼前的一条路。

原来,国民党当局为了维持摇摇欲坠的统治地位,搞了个假民主骗局,于1948年在全国公开选举"国大"代表,各县的头面人物都四处活动拉选票。在任千秋所在的县里,大大小小几十股势力卷入了竞选的旋涡,为全县一个绝无仅有的代表名额,争来夺去。

当然,势力最大的要算县党部书记长杨郓九,还有李子镇袍哥大爷王汉九,其次就算县城袍哥李大爷。他们虽然都是一路货色,但内心却各打各的小算盘。相比之下,县城袍哥李大爷对于任千秋他们的威胁要比其余两股势力小得多。况且,水寨所在的莲花乡李乡长又是李大爷的远房弟弟,要是支持了李大爷竞选成功,无疑就等于支持了李乡长。

在莲花乡这块地盘上,主要是"金兰社"和杨郓九的势力,李乡长只是个空架子。当然啰,眼下"金兰社"正四面楚歌,也翻不起大浪。身为县党部书记长的杨郓九,仗着自己老家在莲花乡,地方豪绅都得向着他,又有宝疤子的武装力量作后盾,料想选举必然稳操胜券。自然,封官许爵是少不了的。那李子镇袍哥大爷王汉九也不是等闲之辈,他手里没有官权,可有的是钱财,家中开了几个商号不算,每年还得收几百石租谷。他舍得花血本,到处请客送礼,大把钞票直往外扔。李乡长曾暗中盘算过,要能得到莲花乡的多数选票,只有求助于"金兰社"的弟兄,他找人向任千秋作过姿态,可是没有回音。任千秋的想法是,选举总是狗咬狗的斗争,谁胜谁负都一回事,根本与己无关。

任千秋从青竹乡文如松处回到水寨,连夜派人给李乡长送信,表示愿意与他合作,支持李大爷竞选。李乡长喜出望外,立即请任千秋去乡公所共同制订了措施。决定立即派出各保甲的"金兰社"弟兄暗中到选民中去拉票。当然,弟兄们的安全问题完全由李乡长负责。

选举开始了,莲花乡为一个选区,就在乡公所附近的小学礼堂举行。

天还没亮,不知是谁在礼堂门口贴了一张招贴,排头是一首打油诗:

咏酒
这个酒,那个酒,
都是浑酒。
名酒不如高粱酒,
国大要选明老九。

"耶,这是啥意思?"一个选民轻声问同伴。他被这"咏酒"诗弄得云里雾里。

可是,同伴一时也说不出个所以然,他细细品味了好一阵,才轻声说:"我想,这是针对那两个人的。"

"哪两个?"

"还不是王汉九、杨郓九!你看,把他们两人名字中间那个字合起来不是个'浑'吗?"

"噢,果然是这样。"

"至于那个明老九嘛,就是全县有名的叫花子头儿。"

"真是入木三分,惟妙惟肖。"

此时,太阳已升起大约两竿子高了,选举还没开始,人们都在悄悄议论那首打油诗。在打油诗下面,写的是"国大"候选人简介:

姓名:明老九。

学历:甄子(政治)大学抄手系毕业。

历任职务:酒行行长、孤老院院长、栖留所所长……

作风:工作积极、负责,红白喜事从不缺席。

如此辛辣刻薄的招贴,据说当天在全县各大选区会场门前都有发现。

真不知道谁凑了这么大个热闹。

选举开始了,莲花乡李乡长到会场宣布了纪律。自然无非是填写选票字迹要清楚,不许徇私舞弊,不许扰乱选举会场等项上面规定的那些条款,然后选出监票人、计票人。自己便溜之大吉。

李乡长派来维持秩序的十几个乡丁,身背长枪,在昏暗的会场里踱来踱去。

选票由监票人和计票人向各保长发,保长又发给甲长,甲长再发给选民。所谓选民,实际是各甲派的代表,百姓们对这种选举从来都不感兴趣。这一来,一个人手握几张甚至上十张选票的情况都不足为奇。

"他娘的,睁开狗眼看个明白,老子是不是好惹的?"

"请你把嘴巴放干净点,别说你不好惹,就你祖辈先代我也不是怕人的。"

发出了选票,会场里就像滚开的油锅里淋了瓢冷水,暴烈得使人有点儿忍受不了。各派势力为了争夺一张选票,相互争吵、辱骂,甚至打斗。

在会场的巷道里,摆满了大小不等的方桌或条桌,桌前都坐着一两个或三四个识字的人,是选举委员会专门设置的,为的是帮助那些不识字的选民代为填写选票。为了装模作样体现所谓"充分的民主",在会场的场子中央,还用屏风围了个圆圈,上书"秘密写票处"几个字,可是从领票开始到计票结束,却没见一个人进去写票,即便有人想去,也不敢去,那地方太显眼了。

"先生,请替我填个明老九,他是穷人,我也是穷人。我打老远跑来就是要选他。"一位白发苍苍的老大爷,从甲长手里拿到张选票,径直走到墙边一张桌前,抖抖颤颤地把选票递给代为填票的人。

"那好!"那人应着,接过选票就飞快地填写。

另一张桌上的人死盯盯地看着他填好选票,骂道:"你他妈的胡扯鸡巴蛋!"边嚷着,就要伸手去夺票。

那填票人也不认输,回道:"以为老子怕你?怕你的人娘还没有叫春。未必你就没干这事?"

老大爷被弄得莫名其妙。他哪里知道那填票人已"移花接木",将他说的"明老九"填成了"杨郓九",殊不知被王汉九的人看见。于是双方就没完没了地争吵起来。像这样指东填西的事随处可见。那些代为填票的人都各为其主。耀武扬威的乡丁们,对眼前发生的这一切视而不见,听而不闻。就像一个个瞎子或聋子在会场里来回走动,机械地"履行"着他们维持秩序的职责。

突然,会场一阵骚动。辱骂声、砸桌凳声、拳打脚踢声,还有惨叫声,响成一片。

谁都清楚,这是为争夺选票引起的。

原来,选举刚开始,受杨郓九之托由宝疤子派来的几个保安队员在会场嚷道:"各位选民都要与政府保持一致,一定要支持杨书记长竞选,不然的话,就以共匪捣鬼事件论处,那老子手里的家伙就不客气了!"

谁知,那王汉九的人立马就骂起来:"屄个书记长,你杨郓九又算老几?可别忘了王大爷手下的弟兄也不是好欺的。"就这样你一言我一语,双方便动起武来。打了一阵,又觉得这样下去不是个办法,有人提出"分票",也就是双方各控制几个保甲的选票。怎么个分法?对半分是不行的,双方都不赞成。干脆,就四六开或三七开好了。这个分法都同意,问题是谁要三成或四成,又谁要六成或七成?于是,僵持、打斗也就没个了结。

"啪!啪!"会场门口突然响起枪声,是长脚杆带人开的枪。他高声喊道:"既然这次选国大代表叫做民主选举,那就要由选民自己做主,愿选谁就选谁,不能由你们这样拉拉扯扯,打打闹闹。"边说,边带着弟兄们冲进会场。他看了乡丁一眼,又说:"你们这些背梆梆枪的不主持公道,我们来主持!哪个龟孙子敢乱来,就试试看!"说完,安排众弟兄各就各位。有的把住大门,有的站在代为填写选票那些桌旁做监视,有的混入人群之中推波助澜。

乡丁们见此情景,并不吱声。

这一来,使得杨郓九和王汉九的人大惊失色。他们对"金兰社"插手选举的事大感意外,但此时由于力量悬殊,也不敢多话,只好将事就事,各自抱着碰个运气的态度。可他们哪里知道,"金兰社"弟兄们早在各保甲做了大量工作,要求他们一致投杨郓九和王汉九的反对票。

投票结果,杨郓九和王汉九基本上没得到什么选票,李大爷得票最多,叫花子头儿明老九也得了不少选票。

事到如此,王汉九的弟兄虽然气得要命,可是没办法,只得快溜溜地回李子镇去。杨郓九请来的那些保安队员却不认输,他们还要挽回败局。在监票和计票人都要离场的时候,保安队员提出计票不准确,要求将选票全部封存送县复查。计票人和监票人本来就对这个选举结果满意,便一致赞成将选票送县，至于下文如何，他们也不想多管。

这时，早有人将李乡长找来。他二话没说，派乡队副亲自带领十来个乡丁将选票火速送往县城。

中午刚过，太阳还没倒威，路上的行人非常稀少，从莲花乡通往李子镇的那条山路上，护送选票的乡丁们倒背着枪，呼哧呼哧直喘气，他们要在天黑前赶到马家河坝，搭乘通往县城的船。

前面有个垭口，翻过去就是马家河坝。在这节骨眼上，乡丁们再也走不动了，吵吵嚷嚷要歇息。队副说："好吧，少歇一会儿就走。"

话音未落，林子里走出一二十个保安队员，挡在路前，为首的打过招呼，说："奉上司命令，选票由我们接管，你们回去吧。"说完，上前夺票。乡丁们情知不妙，这分明是宝疤子要为杨郓九抢票，毁了这些选票，姓杨的就可以在县城里大做文章。但他们又无所作为，人家人多，武器又好，有啥办法？

保安队员们把票箱抢过来，大摇大摆地朝垭口走去。

"大胆毛贼，敢夺选票，量也逃不出我们的包围！"随着一声高喊，"金兰社"五爷浪里白带着数十弟兄，从四面八方向保安队员扑过来。

"啪啪啪啪……"清脆的枪声，划破寂静的长空，两队人马展开了激烈的枪战。保安队员们自知不是对手，打了一阵，丢下票箱夺路而逃。嘴里还不停地骂着："狗杂种，等着瞧吧！"

"金兰社"的弟兄们得胜而归，李乡长大受感动，决定履行竞选前与任千秋达成的协定。自古道："祸兮福所依，福兮祸所伏。"

第九章

莲花乡乡公所的二十多支长短枪全部被抢,李乡长中弹逃出,险些丧命。至于是何人所为,他李某一概不知,据说来人都打着花脸。

姚县长得到呈报,急命保安中队长宝疤子连夜侦破。据可靠情报,此事系任千秋所为。

一向温文尔雅的姚县长一拳砸在桌上:"成何体统!成何体统!"他哪里知道,这是李乡长演的一出"周瑜打黄盖"的把戏!

按"国大"竞选前与任千秋达成的协议,李大爷在莲花乡获得多数选票,李乡长应送"金兰社"二十支枪。李乡长再三诉苦,为了好向上司交差,以明抢暗送的方式进行。半夜时分,"金兰社"的弟兄们打着花脸,首先朝李乡长手臂上开了一枪。李乡长惨叫着,命乡丁和师爷快快逃命。"金兰社"的弟兄们轻而易举地提走了乡公所的全部枪支。

姚县长毫不犹豫,连夜加派县驻军邹营长带一个连的兵力,协助宝疤子的保安中队,前往莲花乡进剿。

正午刚过,全副武装的驻军出发了。出发前,邹营长公布了赏格,打死一个抢匪,赏大洋三元,打死一个抢匪首领,赏大洋五十元。如是任千秋这个目前本县最大的匪首,打死者赏大洋一百五十,活捉者赏大洋三百元。

出城门不远,队伍向左一拐,走上一条小路。

原来,宝疤子事先告知邹营长,据下人密报,任千秋正带着兄弟伙在昙花寺,如果赶在天黑前给他个突然袭击,定能全歼。县城离李子镇八十里有余,抄小路去昙花寺却要节省十几里,因此,邹营长在电话上告诉宝疤子,两队人马天黑前在昙花寺会合。

邹营长情绪激昂,命部下全速前进。不到几个时辰,已经走了大半路程。虽然士兵们汗流浃背,满脸疲劳,有人提出休息片刻,他却一刻也不准怠慢,要求尽快赶到昙花寺,一鼓作气把任千秋他们围住。当然,他邹某升官发财的时候,也就在眼前,如果一举消灭任千秋,他离团长的宝座就不远了。其实,他的算盘一点也没打错。任千秋和他的几十名疲惫不堪的弟兄,此时正在昙花寺内呼呼大睡呢。他们哪里知道大祸就要临头!

近日,"金兰社"的弟兄提了莲花乡的枪,虽然李乡长再三发誓,绝不告密。可是任千秋还是留了一手。先把水寨弟兄们的家眷都接进寨去,安排专人在各要道放哨,一有风吹草动,全部转移。接着又按李大爷说的:"人逼毛了,怕个屁!啥事干不得?"带领弟兄们在山下抢了几家恶霸,准备将所得钱财部分分给穷人,留下部分作为转移备用。

这一向水寨的弟兄们在三县交界附近打土豪,昼伏夜行,神出鬼没,伤亡不大,收获不小。弟兄们非常疲乏,准备回寨休整,夜里路过昙花寺,反正离水寨也不远了,加上住持慧正本来就是"金兰社"的人,料想不会有啥不测,便命令进寺歇息。

昙花寺在一个前不挨村,后不巴店的马鞍形山坳中,始建于清代乾隆初年,颇具规模,占地五六十亩。极盛时,有僧众百余人,香火昼夜不息。光绪年间以来,由于战事频繁,民不聊生,寺院也日渐衰落。民国八年,天大旱,和尚们断了粮,纷纷离散还俗。寺中物件,凡值钱而又能带得动的,几乎无一剩下,徒留大片长年失修的庙宇,几棵高松古柏,和几个老得不堪的和尚。又过了几年,来了个慧正和尚,担任寺中住持。此人自幼出家,受戒于著称东南亚的佛教圣地梁山双桂堂。双桂堂原本是个出大和尚的地方,慧正出家后,又云游四方,广结善缘,洞明世事,在佛界自成一体,是个有名的怪僧。来到昙花寺后,不辞辛劳,讲经说法,四处化缘,决意重振旗鼓,发达昙花。但因国弱民穷,虽费尽千辛,寺院也有所改观,到底无法重现当年兴盛。而今这寺中也还是冷冷清清,总共不过十几个和尚。

慧正不是闭门谈经之辈,他研究时局,普度众生脱离苦海与经世济民,向来有些独立见解。眼见得国家贫弱,政治腐败,作为佛门中人,虽不必如尘世热血男儿那般咬牙切齿,也难免有忿激之时。因此,教授弟子,爱插入些经外之论。用现在的话说,就是"理论联系实际"。弟子们多为贫苦出身,生活无着或心如冷灰之人才遁入空门,当和尚并非他们的"远大理想",慧正的讲经说法最易引起共鸣。因此,对这位本来就声望很高的大和尚住持倍加敬重。

但内中有个壮年和尚却不以为然。此人法号慧深,生性古怪刁钻,自视聪明,心口不一,凡是爱盘算个小九九。曾因与一进香的少妇发生苟且,被小和尚拿住,慧正恨他辱没山门,欲将其逐出,亏他百般悔过,保证下不为例,又才留下。从此,慧深对慧正表面尊重,内心怀恨,伺机报复。慧正虽有所察觉,却并未放在心上。

事情就坏在这个慧深身上。

昨夜三更时分,慧深被一阵响动惊醒。打开后窗一看,只见黑暗中一些人溜进寺来,慧正住持提一盏灯笼在前面引路,一边与旁边那汉子低声说话。待人影走得近时,看清那一干人背着刀刀枪枪,提着些东西。慧深大惊,那不是水寨的人么?走在前头和慧正说话的那人他也认得,正是过去常来寺内而今官府正在通缉的任千秋。

慧深急将窗户关上,心头怦怦直跳。却又忍不住,把耳朵贴在窗上静听。不一会儿,那些人似乎正从窗下路过。只听得慧正说道:"就在这后院空房歇息吧,这地方多时不用,绝少人来惊扰。"任千秋说:"给三哥添麻烦了。"慧正是"金兰社"的三爷,慧深根本不知,他被弄得莫名其妙。忽又听慧正吩咐:"一清、悟清,快去给任大爷他们准备一天的伙食,可别忘了进去将门锁上……"

慧深又惊又怕,想不到这慧正如此胆大妄为!好哇,既然你敢通匪,那就莫怪我慧深了,杀身之祸,你慧正自是难逃!

慧深这么想着,突然心花怒放,他哪里还能入睡。蹑手蹑脚跳下禅床,轻轻将门带上,然后摸到后院空房墙下静听动静,只听得窸窸窣窣的稻草声,大概是有人在翻身。他心中一喜,摸到一处矮墙旁,翻将出去。

本来,昙花寺向西不足十里便是莲花乡公所,但那乡里的枪支刚被抢劫,李乡长又身负重伤,谁来管这些事?向东十余里就是青竹乡,可那乡里兵力有限,根本不是任千秋的对手,况且那文乡长又是个害怕惹事的人,找他也没用。慧深寻思着,径直朝李子镇奔去。他要去报告保安中队长宝疤子。当然,得多走点路,二十来里。

就这样神不知鬼不觉,天亮前慧深又赶了回来,关门大睡。好在他年纪大,安排他独自住在一间禅房,没人知道他夜里干了些啥。

这会儿,太阳刚刚偏西,马不停蹄的县驻军已经赶拢县花寺。邹营长命令两挺机枪架在寺院两侧斜坡上,居高临下封锁住山门和后门,其余人埋伏在四周密林之中。尽管如此,也还不敢轻举妄动,毕竟是对付二三十个荷枪实弹的亡命徒。因此,一面等宝疤子的队伍,一面拿望远镜观察寺内动静。邹营长犹如一员将军决战前夕的气派,顿时生出一种少有的威猛高大感觉,非常惬意。

似乎风平浪静。邹营长留神看那后园,荒草中一条小径,一两个小和尚挑水劈柴,并无什么异样。而天色渐近黄昏,从寺院中升起淡淡的炊烟,夹几许洪浑的梵钟之声,漫漫飘散。

已等了个多时辰,邹营长耐不住正在骂"狗日的宝疤子还不来"时,宝疤子的队伍才姗姗迟来。其实,宝疤子来迟,也有他的道理。他多次领教过任千秋的厉害,如抢亲、夺票……既然县驻军出马,不如等他们大战之后,再由保安队来收拾战场?

邹营长劈头问道:"你的情报可靠?"

"绝对准确!"宝疤子看了邹营长一眼,补道:"当然,除非这阵有人放信,走漏了消息!"

"这你放心,自从我们到达,即便寺里有只苍蝇飞出来,我们也看得清清楚楚。"邹营长说着,挥了挥手,命令道:"全体注意,机枪掩护,其余人分前后左右四路进攻。出发!"

大出意料的是,吼声震天的兵丁一气包围了整个寺院,有的差不多就要冲进大门,可庙内竟然毫无反应。

"停下!"邹营长心中好生疑惑,这到底是怎么回事?

正在这时,那山门吱呀一声,慢慢地打开了。兵丁们迅速举起枪,子弹上了膛,料想有一场恶仗,几个胆小的早就缩到一边。

有个小和尚探出头来,见此情景,拔腿就往回跑。

"刘队长,你带领保安队冲进去!"邹营长见宝疤子没作声只是愣愣地看着他,接着说:"我嘛,就和我的全体官兵一起围住寺庙,来他个内外夹攻!"

"妈的,滑头鬼!"宝疤子暗骂着,心想:"吃亏的事归保安队,冲进屋里明明是要吃枪子的。"但转念一想:"任千秋机灵过人,哪一次被包围他是冲不出去的！你他妈的堵外面也没啥好果子吃！"于是命令牛副官在前面开路："给我狠狠地打，打得越猛越好！"他心里明白，只有这样才不会吃亏。任千秋一旦被打得招架不住，只能从薄弱环节突围，到那时就有你邹某人的好受了！

牛副官毫不犹豫，枪一挥，领头就上。谁知慧正走出山门，作一个揖："阿弥陀佛！各位施主，这是……？"

"你这和尚，装模作样干个尿！"牛副官嘴里骂着，带着保安队员就要冲进去。

邹营长挥挥手说："莫忙！"他到底多一个心眼。对慧正说："你这老和尚，胆敢在庙里窝藏枪匪，还不赶紧交出！"

慧正吃惊道："佛门清净之地，哪有什么匪与不匪？"

宝疤子怒道："啰嗦个尿！还不快把这老东西抓起来，冲进庙去把人找出来，再拿他是问！"

保安队员在牛副官的带领下，一拥而进，并未遇到什么抵抗。又冲至后院，将那单独的一个房间团团围住。一个个扳动枪栓，啪啪啪地将子弹从门窗射了进去。邹营长听到里面枪声不断，以为是任千秋的人马要突围，便令部下开枪射击，截断后路。

"啪啪啪……""突突突……"庙内庙外，机枪步枪如炸包谷泡似的响成一片。慧正急得直跺脚："佛门圣地，休得无礼，休得无礼！"尽管他喊破嗓子跺断脚，没有一个人理他。

密集的枪声响了好一阵，那房间里仍无半点回音。宝疤子甚觉情况不妙，领人冲开那空房间之门，壮着胆子细细打量，里面除了些破烂家什，灰尘蛛网，并无别的什么，更不用说人影！

此时，邹营长已从外面进来，令人四下搜寻，仍一无所获。他好不生气，问宝疤子："刘队长，枪匪呢？我可是要回去交差的呀！"

宝疤子非常着急，大叫："给我把慧深和尚叫来！"

慧正此时倒是真正的一惊，上前说："他打柴去了，尚未归来。"

正说着，有人大叫一声："抓住了一个！"带上来一看，正是慧深。

宝疤子一把将慧深和尚提起，喝道："快说，枪匪都在哪儿！"恨不得一口将他吞下。

慧深全身发抖，说："就在那，那后园的空，空房里……"话没说完，啪啪就挨了两个耳光。慧深知道情况有变,却又不知怎么个变法。他原怕打起仗来遭到误伤,谎称砍柴,在地窖里呆了半日。这会儿也只得反复申明:"我是亲耳听见慧正吩咐一清、悟清的……"

问那两个小和尚,两个小和尚说昨夜一直在禅床上睡觉,其他和尚也作证是这么回事。

慧正好生气忿。微闭双目,双手合十:"阿弥陀佛!老衲从未薄待何人,为何遭此厄难?罪过罪过……"

邹营长刷地掏出手枪,对准慧深的头,骂道:"你这尿和尚,到底玩个啥花招?快说!"

慧深面如土色,作声不得,又不得不吱声:"老总,对不起了,我想,我是听,听错了,或是做,做,做了一个噩,噩梦……"

"龟儿子,把这狗日的秃贼带走。"邹营长脸色阴沉得可怕,"弟兄们,上路了,到李子镇再去论理!"

走了一程,兵丁们将那慧深毒打了一顿,丢在路边。这个慧深和尚,好似一股祸水,流到哪里,就会给哪里带来灾星。此是后话。

邹营长一路对宝疤子破口大骂:"你他妈的拿老子当猴儿耍么!啥尿毛保安队长,混账王八蛋,县长那里,你去交代……"他是搜肠刮肚,把晓得的所有下流话全骂了出来。宝疤子自认晦气,大气儿不吭一声,他真不明白,这任千秋到底是如何是逃脱的?此时又在哪里?

第十章

在那条通往水寨的险峻山路上,任千秋带着吃饱喝足的弟兄们正在疾行。

秋风呼呼地刮着,并没有把"金兰社"弟兄们那热烘烘的心吹凉。他们满载而归,这一路杳无人烟,众人说说笑笑,浪里白还唱起了山歌:

　　天不怕来地不怕耶,
　　我比玉皇还要大。
　　管你是官是财主,
　　老子喊杀就得杀。
　　……

珍儿更是高兴得不得了,她算是真资格的"军中一员了",为了参加大男人们的行动,她不知跟任千秋磨过几多嘴皮,幸好长脚杆说情,才被批准。那晚虽没把那狗日的财主打死,但也跟着大伙追了一程,还得了一支枪。长脚哥说,回去要把她带成个神枪手。长脚杆不太说话,但对这快成熟的小妹很关心。她还知道,是长脚杆把她背进水寨的。

珍儿走路还有些爱蹦跳,爹说她,她不听,可长脚哥一说,她就不蹦了。因为长脚杆很了不起。一天一夜可赶了一二百里路。他还跟任大爷一起把刘四毛给枪毙了,换了别人,不知要夸耀成啥样子呢?可他却从来不讲。他从小就很聪明,又福大命大,四岁的时候,父亲因为贫穷,加上爱酗酒,养不活自己那四五个孩子,便硬着心肠把他丢进了一个路边的水塘,谁知他却慢慢爬了起来,被人收养。珍儿一想到这些,心里就有点那个。

"小妹,把家伙给我。"山路不好走,天又黑,长脚杆要珍儿把枪给他背,可她哪里肯?他怕她出事,就拉着她走,她更是"长脚哥"前,"长脚哥"后地问个不停。

"长脚哥,你说,今天任大哥说得好好的,晚上才离开那庙子,为啥说走就走了呢?"

"我也不晓得。"长脚杆应着,他是真不知道。那阵,一个个都睡得死死的,任千秋忽然叫醒大家,叫赶紧出发,接着便是一阵好跑……谁也弄不清楚任大哥那葫芦里卖的啥药。

其实,直到这阵,任千秋自己也纳闷着呢,究竟是谁带的信呢?慧正法师只说是个年轻人,也不肯说姓名,也不肯说是哪部分的,跑得满头大汗,递上一张纸条又走了。纸条上就说一句话:"大军临境,火速撤出,若有迟疑,全军覆没!"尽管猜不出这消息是否可靠,为防万一,任千秋还是带着弟兄们转移了。只留下长脚杆躲在山上观察情况,他刚才赶上队伍,向任千秋报告,撤出昙花寺不久,果然县驻军营和宝疤子的保安中队包围了寺院,还连声说:"好险!好险!"

任千秋怎么也想不出,为啥这么快就走漏了消息,又是什么人救了兄弟们?管他呢,反正以后第一是要更加小心,第二是要设法弄清那年轻人的来历。

弟兄们平平安安回到水寨,个个欢天喜地,将任千秋视为所向无敌的救星。他们连日来东砸西打,无往不胜,又分了不少浮财,沿途经过的地方的穷苦人有了衣穿,有了饭吃,百姓们都很拥护他们。

任千秋虽然精神百倍,弟兄们面前总是慷慨激昂,气贯长虹,但内心却并不实在。

这天半夜,他猛然惊醒,浑身大汗,喘息不止。身边的碧玉急忙将他抱住,问他怎么了?他说做了个梦,梦见水寨被包围了,弟兄们鲜血飞迸,尸体累累,以至把他埋在底下,怎么也爬不出来……碧玉说他胡思乱想,水寨不是那么容易攻得下来的,又百般地温存他:"睡吧睡吧……"

他却再也睡不着,一会儿让碧玉睡在他身上,紧紧地抱住她。一会儿又与碧玉并排仰躺在床上，眼睁睁望着黑夜，听那海啸般的江浪怒吼。是啊，他的确无法知道明年是个什么光景，将来又是什么光景。难道就这样有吃就饱胀，无吃蹲火塘？就这样沟死沟埋，路死路埋？就算这样，他一个人也还好说，可是这些弟兄们呢？还有碧玉、老母，以至众弟兄的家眷，都把他们带向哪儿？他自幼读书，也知道不少英雄好汉的故事，最热闹的，莫过于《水浒》了。那一百零八条好汉闹得多来劲，但结果又怎样呢？想到此，他虽不是那种瞻前顾后的人，也难免不寒而栗。他当然知道，无论怎么说，这些弟兄们，都是没有什么退路的，但总得找个进路，流血掉脑袋也得进……好不容易把队伍拉起来，把大家团在一块儿，但下一步应该怎么走，自己却犯难了，游击队肯定不是这么个搞法，游击队到底应该怎么个搞，自己知道得也不多。还有，有些事整急了还不行，弟兄们一时半会很难转过弯来。有些事单靠自己一个人也不行，要有人来点水，名正言顺弟兄们才会服气，没有个帮衬孤掌难鸣。可是路又在哪里？那李大爷不过是抱膀子不嫌柱大，说着热闹而已，真有事来，他也帮不上大忙。千秋真想把这心思跟大伙儿摆摆，可如果真话相讲，岂不乱了"军心"？

就这样胡乱地想着，内心一阵阵孤独。千秋真希望哥哥还活着，甚至希望老爹还在世，但他们都活着又怎样？不也白活……

他拍拍碧玉："你千万别把我做梦的事给弟兄们讲啊！"碧玉没听见，她已睡熟了。他轻轻地叹息了一声……

其实，他已派人下山去了。

长脚杆出寨三天，珍儿三天都不高兴。跟大伙儿一起练武，练一会儿就没劲了，又到山边路口去望望。

她问爹："长脚哥为啥还不回来？他去做啥？为啥一个人去？"

爹说："这些都是爷们的事，女娃儿家别多问。"

珍儿好没劲。她对长脚哥正憋着气，走的时候也不跟她说一声，等到第二天早上起来，才知道他走了。珍儿是除了爹就只把他当作最亲的人，可他却并不把她放在心上，自然是很气人的。等他回来，她下决心不理睬他。说实在的，她是担心他一个人在外面出事。他是一个可怜巴巴的人，从小就没得到过父爱母爱。

珍儿对长脚哥外出很不放心，她想去问问任大哥，具体情况到底怎样？她走了一段路，又停了下来。她有点犹豫，怕别人笑话。毕竟是十五六的姑娘了。可站了一阵,双脚又不由自主地往前移,自己也说不清为什么。不知不觉到了任千秋住的地方。正好,浪里白他们也在那儿。

"珍儿,你是来问长脚杆几时回来。对吗?"任千秋也够神的,珍儿还没开腔,他倒先猜准了。弄得她一对脸蛋刷的红到耳根。

浪里白见状,也来凑热闹:"珍儿,你那么喜欢长脚哥,我来当媒人,让你们成了亲,我也好得个大猪头!"说得众人哄堂大笑。

珍儿被笑得很不好意思,她不知如何是好,张口说道:"我才不嫁他这种无情无义的人呢!"真是又单纯又泼辣。大家一愣,接着,是一个个笑得弯腰驼背。任千秋正要喝茶,噗地一口喷出了半碗茶水。

珍儿红着脸朝外跑,差点与进来的一个人碰了个满怀:"长脚哥!"

风尘仆仆的长脚杆大步走进来,叫声:"任大哥,你们等急了!"众人好不欢喜,浪里白一把将他按在凳子上坐定,赶紧递一碗茶,说:"这曹操真是说不得,一说就到了!"

长脚杆接过茶,咕咚咕咚喝了个精光,说:"各位兄长,事情弄出点眉目了,但没办得很好……"

千秋说:"莫急,先给珍儿打个招呼。你一走,她好像六神无主了。"

经他这一提,长脚杆才想起刚才对撞而过的珍儿。回头一望,她正躲在洞壁的影下绞辫子呢。

"长脚老弟,你这无情无义的人,这阵子怎么突然又变得有情有义了呀?"浪里白边说,一阵笑,引得众人又是一阵大笑。长脚杆听说了那原委,竟是闹了个大红脸。珍儿见别人又在议论,也羞涩地跑开了。

不多时,珍儿又进来了,用一个木制的小盆端了半盆热水,手上还拿着双棕窝鞋,跑得脸红扑扑的,她把木盆和鞋赌气地往长脚杆面前一墩。

大家这才看到长脚杆脚上那双满是尘土的鞋早有个老虎嘴了,都夸珍儿心细。

长脚杆也望着珍儿嘿嘿一笑,直叫:"多谢多谢!"

珍儿嘴上不说,心头的气早已无影无踪。

千秋说:"珍儿,叫大姐给你长脚杆哥弄点好吃的来。"珍儿不作声,一口气跑了出去。

又说笑了一回,言归正传。长脚杆将这几天跟踪那陌生人的情况仔细地讲了一遍。

原来,那日一个青年人送信到昙花寺救了他们之后,又有两回类似的事情,使金兰社弟兄们虎口逃脱,化险为夷。任千秋好生不解。尽管每次别人都不肯留下姓名,但江湖中人,哪有知恩不报的?大伙商定,一定要查出来,再备一份厚礼作谢。所以派长脚杆只身下山,暗中查访。线索只有一点,最后一回脱险,是那晚在桑树坪的路上,是个挑担的中年人送的信。弟兄们有人觉得面熟,想起是在罗家坎一带见过,是个货郎。长脚杆先到罗家坎找,见着两个货郎,都不是。又到附近村子寻访,也没见着。第二天李子镇赶场,估计一般货郎都要去,便也去了。

浪里白说:"要叫保安队碰上,你就没命了!"

长脚杆说:"我也化了装。那货郎果然在那儿。我想问问他,可他才说两句,转眼就溜走了。我只好跟在后面吊线,看他到啥地方。他走我就走,他歇我就歇。七弯八拐地走了一整天。你们猜他最后到了啥地方?到了青竹乡场上。"他说到这里,见众人都鸦雀无声,听入了神,于是又说:"擦黑的时候,那人一下闪进了一个屋里,关上了门。我一打听,那是李师爷的家,那货郎大概是他家里人。这事把我弄糊涂了,不敢乱闯,就先回来了。"

大家都还在纳闷,任千秋把手一拍,恍然大悟地说:"我为啥就没想到会是这个人呢!长脚老弟,你的事干得很好。"众人问,任千秋一说缘由,也都明白了。千秋说:"一定是他,确定无疑!别看平时树叶掉下来也怕打破脑壳,可我了解他,是个讲情义的人!"

青竹乡文乡长刚要吹灯上床的时候,后面的小门被人敲响。这么晚了,会有谁来呢?再听,那敲门声也不熟悉,他从枕头底下摸出手枪,推上子弹,一边慢条斯理地问:"是哪个?"

门外轻声回答:"是我,表弟。"

他小心地拉开门,只见千秋笑容满面地站在门口。

"是你?"

千秋搓着手,说:"表哥,好久不见,想死我了!"

"快进来快进来。"文乡长轻声说道,"小声点儿。"

千秋忙说:"后面还有一个兄弟。"

背着个大背篓的长脚杆跟了进来,文如松忙把门关上。接着,又到外面办公室门口张望一下一道道插严了的门闩,这才喜形于色地笑道:"快坐快坐。"他指着任千秋的鼻尖:"你这家伙真是胆大包天,闯我的乡公所来了,也不怕我叫人抓你！"

"嘀！"任千秋笑道，"你要是那种人，说不定我早端你老窝了！"

文如松问："你们是去哪里发财路过这里？"

"不！"千秋说，"是专门来看你的。"

文如松笑道："大爷下山，小的可领当不起。"

"狗屁大爷，你又取笑我了。"任千秋说着话，努努嘴，示意长脚杆到门外去放哨。长脚杆是个机灵鬼，一转身就要出门。

"没那个必要。"文如松轻声说，"这么夜深了，我这儿是不会有人来的。当然，我也不会留你们住到天亮。"他转身从桌上拿起个酒瓶："我这儿还有点烧老二，只是没菜。"

任千秋说："酒菜我们都带上了。"话声刚落，长脚杆就端过背篓，一样样往外拿。好酒好菜，一样样地往桌子上摆。最后还拿出包沉甸甸的东西，打开一看，全是白花花的银圆！文如松有些惊讶，问："这是干啥？"

千秋没作声，把文如松拉到桌前端端正正坐定，再把长脚杆拉上前来，两人齐齐给文如松丢了个歪子，又行过大礼，说："多谢你的救命之恩，要不是你，我们众弟兄哪能活到今日！"

文如松云里雾里："这是怎么回事？"

长脚杆说："文乡长，我们是找了好久才找到这儿来的。任大哥说李师爷是你的人……"

文如松摆摆手，忙说："小声点！"他又去前后门听动静，他真没想到这任千秋反而侦察到他头上来了，还拉出一串人来，便轻声说："千秋，你们跟我跟李师爷都毫无干系，即便有人帮了你们，也大约是别人认为你们值得帮助。不过，这不会是我们，世上同名同姓同模样的人多着呢，希望一定不要瞎猜。你们是政府缉拿的抢匪。你们是政府要缉拿的要犯，稍不注意，你一句话就会把我们送进监狱的。"文如松看了千秋和长脚杆一眼，叹道："唉！不谈这些了，我们喝酒，说点别的事情吧。"

任千秋也不深说，一边喝酒，叙些往事，再天南地北地吹些飞天龙门阵，也还十分投机。

过了半夜，二人告辞回山，文如松把钱放回背篓说："留着自己用吧，我当乡长的不缺这个。"

任千秋和长脚杆一道出了后门，摸着黑在回山的路上走着。他一路寻思这个表哥,到底是个什么人?你说他坏呢,可谁都拥护他,无论是官府绅士平民百姓,从没有人说他个不字。你说他好呢,为啥那次国大竞选,他叫别人投县党部书记长杨郓九的反对票,而他这个乡却多数投了杨郓九的赞成票。当然,因其他选区都不赞成,杨郓九最终还是落选。"唉!"任千秋长叹一声,心里嘀咕着:"这文表兄到底是国民党的人还是共产党的人?他是国民党的人,为啥不把我们抓起来?他是共产党的人,为啥又不愿带我们去找曹伟?"

其实,任千秋用不着苦苦思索,地下党组织早已注意到他们的活动了。中共川东临委指示,查清任千秋等人的各种情况,弄清他们的背景,并密切注视其动向,必要的时候给予帮助……

此时,下川东地下党正派人前往莲花、青竹各乡……

第十一章

　　天边还挂着圆月，小武就匆匆忙忙出发了。没走几步，便停了下来，摸了摸身上携带的秘密文件，又收拾了一阵，这才放下心来，迈开大步朝青竹场奔去。他是受川东地下党负责人老陈派遣，从云阳县的一个乡村出发的。临行前，老陈再三嘱咐，目前国民党正在川东各县大肆搜捕地下党人，路上一定要加倍小心，把文件安全送达李家栈房。

　　小武是个机灵鬼，多次出色地完成党组织交给的任务。可是，这次他却有些犯难，那偏僻的青竹场他从未去过，更不知道那李家栈房的"门朝哪边开，树朝哪边栽"，头又怎么个接法？那接头人啥模样？他觉得这个担子太重，稍有疏忽，丢老命事小，给党的事业造成损失事大。他虽然嘴上没说，心里却在认真思考。最后，还是愉快地接受了任务。

　　这天正好逢场，太阳还没当顶，那依山傍水的半边街已挤得水泄不通。两头场口，不仅有倒背枪的乡丁转来转去，还有宝疤子专门从李子镇派来的部分保安队员，对来往行人进行盘查，他们是奉命来抓共产党的。

　　"娘的个屄！一天都在抓共匪，把老子们弄起到处跑，连个屁都没闻到。"一个保安队员坐在场口，嘴里叼着烟，很不耐烦。

　　另一个在一旁也开了腔："我说老兄，你说共匪啥模样，弄不好走到你眼前也不认得。人家背上又不曾刻字。"这答话的是个乡丁。

　　"慢！"那骂娘的保安队员似乎有点神经质，他一股劲从地上爬起来，死死盯住对门的一个铁匠铺，接着，拉起身旁的乡丁就跟了过去。

"喂,打铁的,你两个在说些啥?"保安队员伸手拦住铁匠身边的一个年轻人,眼睛盯着铁匠。

铁匠说:"这老弟不晓得李家栈房在哪儿,我就告诉他了。"

"哼!我早就看出来你不是本地人。"保安队员把枪管对准那年轻人,问:"你是干啥的?叫什么名字?"

那年轻人不慌不忙地从怀里掏出一张万县警察局发放的身份证递给保安队员,说:"你拿去看吧,都在这上面。"

保安队员不识字,只好交给身旁的乡丁,只见上面写道:"姓名:吴德扬;性别:男;籍贯:四川万县;职业:药材商……"

其实,这个年轻人的身份证是假的,他就是老陈派来接头的小武。他做梦也没有想到,一个小小的青竹场,会有那么多兵丁盘查,难道闯过无数滩口的他,还能在这儿翻船?他无论如何也要闯过去。

"喂,我问你,"保安队员听乡丁念完身份证,又问:"你到青竹场来买啥药材?"

小武不假思索地回答:"买黄连!"其实他不知道这么说对不对头,管他的,既然青竹是山区,说买黄连大概不会错。

"哈哈哈!"保安队员鼓着一双豆豉眼,放声大笑:"你知道吗,这儿根本不产黄连,我看你心里是有鬼!"

小武暗暗一惊,想不到这天寒地冻的青竹乡不产黄连。真不知如何是好。过了一瞬,他笑着说:"老总,跑生意的人有个啥鬼哟,没有黄连买党参,没有党参买厚朴,我既是药材商就得做药材生意。"

"胡扯!我看你就是共产党。"保安队员骂着,就要动手搜身。

小武连连摆手说:"老总,何必嘛,我身上除了点儿盘缠,只有两件换洗衣服,若看得来,就把这点钱拿去。"说完,"当"地抛出两个大洋。

"你以为两个大洋就收买得了我?说不定你身上还藏有共匪的啥子文件。老子今天一定要搜。"保安队员边说边动手搜身。

事情到了这一步,还有啥好说的?人家是两个,你只有一个,人家手里有枪,你赤手空拳。要搜就搜吧!小武这么想着,让人把全身搜了个遍。

"他娘的!还说是药商,身上钱都没有,做个啥药材生意?"保安队员骂着,心里很不是滋味儿。这家伙向来爱敲诈勒索。他抓共产党是假,诈钱财才是真。他哪里是要搜小武身上的什么文件?分明见他是药商,料想带了

第十一章

93

不少钱财。借故大敲一坨,想不到啥也没有,你说气人不气人?他把那包衣物又翻腾了几遍,扔到一边,骂道:"去你娘的!分明是个共匪,把他关起来!"

小武被反缚着手,动弹不得。他望着被扔掉的衣物,说:"你们要抓,我也奈何不得。不过,烦你们把我那衣物还给我,在监狱里还得穿。"他停了一会儿,又说:"另外,麻烦二位老总给李家栈房说一声,就说我被关在那儿,请李家告诉我老板,他是李大哥的好朋友。"

"老兄,"那乡丁拍拍保安队员的肩膀,轻轻说:"他既与李家栈房有瓜葛,何不先把他带去问个明白。"

"问个尿,老子想关就得关。"保安队员有些不耐烦,一对豆豉眼睛不住地翻动。

"你这人怎么了,拣到的人情不晓得送。"那乡丁并没动气,仍旧轻声说:"老兄你有所不知,这李家在青竹场是有势力的,如果真的这人与他家有什么瓜葛,你能抓进监狱去,他就能弄出来。何况,你也没搜到别人啥证据。"他看了保安队员一眼,接着说:"如果这人与李家毫无干系,等把他带到李家去一证实,不就亮相了吗?那时再把他关起来也不算迟。"

保安队员觉得这话十分在理,便大声对小武说:"走!看在我这位弟兄面上,先饶你一遭。让你到李家栈房去对证。哼!要是李家不认黄,老子对你可不会客气!"

三个人并排走着,小武被夹在中间,他默默不语,心里想着下一关怎么过。他不认识李家栈房的主人,也不知前几天老陈寄去的接头暗号他们是否收到,要是接不上头,事情就糟了!

李家栈房正处在青竹场半边街的中间地段,尽管街上行人拥挤,他们还是很快就到了。门前是一溜铺面,一个药房,一个斋铺。所谓斋铺,实际相当于现今的糖果店。斋铺旁边是个深巷,旁边挂着块蓝色布帘,上书:"内设栈房。"这药房、斋铺和栈房都是李家开的,虽然栈房没打招牌,人们还是习惯叫它"李家栈房"。其建筑不算豪华,木柱、木板墙、木楼梯、木板楼、木板房……总之,整个建筑除了房瓦以外,全是木质。

小武被带到斋铺,不见有人理他。据下人说,掌柜的在栈房里。他们便沿着又深又窄的巷子进入里面。楼梯口坐着个穿长衫的中年人,手里拿张《万州报》。小武凑上前去,只见头版报缝里登着醒目的广告:

第十一章

祖传秘方 专治头风
药到病除 从不放空

小武不觉心中一喜,料定这人便是接头对象。可他一声不吭,担心弄错。在这种情况下,万一出现差错,就会给党的工作造成损失。

此时,那保安队员和乡丁也很沉着,都不露声色,要看这药材商是真是假。

"咳!"保安队员干咳一声,向那看报的人示意有人来。

乡丁也随即开了腔:"掌柜的,住店!"

小武却啥也没说,趁那看报人抬头之际,暗暗摇了几下头。

"啊,稀客,稀客!"那看报人见进来两个背枪的,中间夹个年轻人,很是惊奇,立即站起身来。

"李大哥,叫我好找哇!"小武喜出望外地说,"杜老板叫我来买点药材,他寄的钱你收到了吗?"

"喔……"那李大哥有点儿失常,他何曾收到过谁寄来的钱? 只是一瞬间,他又镇定自如:"收到了,收到了,你就是他派来的……"

"吴德扬。"小武自报了姓名。

李大哥说:"看样子,你们是要做大生意了。你家老板刚寄了钱票来,你可能又带来不少现钞。"

"现钞?"小武和两个背枪的都感到愕然。

"你不是请了两个保镖吗? 料定你是要做大生意。"李大哥边说,边拿眼看两个背枪的。

"哈哈哈……"小武笑着说,"我哪里请得起保镖呀,是他们自愿帮干忙。"

保安队员被他们讥笑得无地自容,心里暗暗骂道:"娘的! 要是老子拿到了证据,不剥了你的皮才怪!"

那乡丁虽然也被讥讽得满面通红,但因本乡本土人,只好赔着笑脸:"李老板,这完全是误会,他……你……"他结结巴巴搞了半天,不知道该如何解释才对。

"没关系,没关系。"李大哥赶紧开了腔:"都是自己人。来,抽烟。"他说着,顺手递过香烟,又朝里间喊道:"兰香,给客人上茶!"

"不麻烦了。我们还有公干。"乡丁说着,就要退出。那保安队员也默不作声地跟着往外走。

"既是有公务,我也不强留。你们为我家客人带了路,也不能空慢。"李大哥给每人递过两块银圆,说:"小意思,买碗茶喝。"

"多谢多谢,我们哪里好意思要李老板的钱呢。"乡丁虽然嘴里这么说,手还是伸过来接了钱。

一直紧绷着脸的保安队员接过两块银圆,脸上才绽出笑意,他冲李大哥抱抱拳,说声"多谢",便与乡丁一道退出了那深深的巷子。

这时,李大哥走过来,热情地握住小武的手,轻声说:"同志,吃苦了!"

"还好,总算顺利达到。"小武笑着说。他感到李大哥的手是那样温暖,暖遍了他的全身。

李大哥把小武带到里间,笑着说:"这次接头暗号传递方式真有点儿新奇,我还差点儿没弄清楚呢。"

"这是老陈想出来的,不是把那广告都给你叠在面上了吗?"小武说:"虽然这个接头方式是像以前一样公开登在报上的,可是既无地点,又无时间,这样敌人就无法察觉。当然,既是要与你接头,就得提前把这张报纸寄给你才行。"

"难为他想得这么周到。"李大哥说着,若有所思地问:"上面有啥指示?"

"有!"小武说,"你家有碘酒吗?"

李大哥大为不解地问:"要这东西干啥?"

"你拿点儿来吧,到时就知道了。"

等到碘酒找来时,小武已在桌上铺开一件白色汗衫,用棉签沾着碘酒朝汗衫上面涂抹,汗衫上清晰地出现了一行行紫色的字:

"……放手发动群众,再次组织武装起义,开辟第二战场,配合正面作战,迎接主力部队入川……"

小武告诉李大哥,这汗衫上的字是用小麦粉的面筋配成溶液写成的,晾干后,洁白无瑕,即便敌人搜查,也万无一失。但面筋一旦遇碘酒,就会显色。小武还告诉李大哥,根据上级的指示,要尽快利用各种武装形式,开展一连串的出击。

"看样子是要大干了?"李大哥问,"那么,我们的解放军从哪个方向进来?"

小武说:"目前形势发展很快,看样子是要从陕西入川。我们要尽快行动起来,配合解放大军。"

"那么,"李大哥问,"我们都依靠些什么力量?比如,任千秋的袍哥兄弟能不能利用?"

小武说:"不是早已利用了吗?我这次来的主要任务,就是了解他们那支力量的具体情况。"

"好!"李大哥把任千秋的家庭身世,他如何被逐出家门,如何坐牢,如何越狱,如何抢亲,又如何创建袍哥组织。杀死县参议员刘四毛、教训法院院长、杀死匪首郑占魁,以及国大竞选等等依次讲了一遍。最后说:"任千秋的弟兄们多数是受苦受难的穷人。他本人对国民党政府极为不满,曾四处打听曹伟的下落,要参加游击队。"

小武听得入了神,问道:"那你们是如何对待的?"

"这个嘛,"李大哥呷了口茶,说:"因为他是袍哥大爷,他的弟兄们也都是袍哥,要发展他们入党吗?我们还拿不准。但我们早就在注意引导他们开展对我们有利的斗争。如'国大竞选',打土豪",他说到这里,看了小武一眼,又说:"当然啰,对于他们有什么困难,我们也暗暗帮助,只是不直接与他们打交道。"

小武听完汇报,说:"你们做得很好。但对于这些人应当具体分析,不能说参加袍哥土匪什么的都不能发展入党,重要的是要看他们干了些啥。至于下一步到底怎么办,等我回去向老陈汇报后再说。"

第十二章

"大哥！他娘的宝疤子又告阴状了,都告到省里去了!"长脚杆从外面归来,径直冲进任千秋的家,任千秋为了陪伴母亲,经常住在长江岸边的家里。长脚杆气呼呼地递给他一张满是文字的纸说:"看吧!"

任千秋顺手接过来,只见上面写道:

四川省政府训令　　民保一字第013号

民国　　三七年九月八日发

事由　　　　为呈报□□县奸匪首领任千秋与众匪相勾结予剿办一案饬查明究里办具报由第九区行政督察专员兼保安司令公署

〔据署名现任保安中队长刘宝呈控□□县奸匪首领任千秋勾结众匪诬害良民予转饬剿办等情到府合行抄发原呈令仰该署查办具报〕

此令。

附抄发原呈一件

主席兼保安司令　　邓锡侯

保安处处长　　王元辉

"哈哈哈!"任千秋看完训令,放声大笑:"难为他疤子想得周到,给老子扬了个大名,连刮民党省政府那些龟儿子也晓得我了!"他把那抄着训令的纸捏成一团,正要扔掉,忽然又想起了什么,便问:"喂,长脚老弟,这东西是从哪儿来的?"

"说来奇怪,"长脚杆想了想说:"一个货郎好像是故意放在我跟前的一样,还用一块小石头压住纸的角,生怕被风吹走。"

"货郎?"任千秋若有所思地问。

"好像又是上次送信那个,我还追了一阵,没追上。"

"噢?难道真是他?"任千秋轻声问,立即作出一个决定:"长脚老弟,辛苦你了,快去休息一阵,今晚我们下山去。"

"是不是去端宝疤子的老窝?"长脚杆疑虑不定,直拿眼看千秋。

"就凭我们这几个弟兄?"任千秋反问一句,接着说:"等我找到曹大哥,老子不光要端宝疤子的老窝,还要扫他龟儿子县政府姓姚的那县长的圈!"

找曹大哥,谈何容易!为这事,"金兰社"的弟兄们不知跑了多少路。可是连曹伟的影子也没见到。有一回,任千秋去四十八槽向绿林兄弟王伦碧打听。老王说:"那云阳曹伟吗?我确实打过交道。"

任千秋喜出望外,忙问:"啥时候的事?快说给我听听。"

王伦碧十分得意,慢吞吞地说:"有天夜里,我领着弟兄们去盐镇,准备端了那镇上'秦和'钱庄,谁知街上布满了岗哨,盐税警和保安队不停地走来走去,不好下手。忽听一阵枪响,满街都乱了起来。原来有人在攻打盐场公署,机枪手榴弹全用上了。只听得有人在喊,曹伟来了!我们便去看热闹,那时盐政公署已经燃起了大火,一些人直是往外跑,那屋顶上有个人,手打双枪,一枪一个。这边保安队的人马去救援,却又被一挺机枪火力压住,哪里过得去?直杀得盐税警片甲不留。我这时便想把钱庄端了他娘的吧!车转身就去攻打钱庄大门。嗨!就在这时,有人将我身子一扳,说:王老兄,快走吧,今天不是抢钱的时候,慎防吃亏。我回头一看,正是那个打双枪的角色。便问:老兄你是?那人说:在下曹伟。我好生奇怪:你如何晓得我姓王?只见曹伟笑着说:不光晓得,啥时还想来拜望你呢!我正要问,曹伟两手一拱:这儿不能久留,少陪了!一眨眼就不见了。千秋兄弟,你我是江湖上见得多了的人,却从没见过这等身手的,真是一眨眼就不见了!这时钱庄的门已经撞开,依得我的老例,早冲进去干他娘的了。可我想着曹伟的话,赶紧叫弟兄们撤走。一口气跑到岔路口,躲在林子里一看,天啦,长长的一队人马向盐镇开去。扯谎不叫人,尽他娘的是些兵!幸亏我们跑得快,不然还有个尿命!千秋兄弟,你看看,这姓曹的是不是料事如神……"

任千秋听得云里雾里,觉得王伦碧吹了些飞天龙门阵,但还是问道:"他后来和你有无往来?或是派他的手下人来找过你没有?"

王伦碧说:"没有。他到处打游击,把不定说啥时来就来了。"嗨,终究还是个不过瘾的故事。

夜,一团漆黑,任千秋带着长脚杆高一脚低一脚地摸进青竹场那条半边街,顺着街背后那条长长的阳沟,摸索着朝乡公所走去,他们要把满腹心思讲给文乡长听,要他千万帮助找到曹伟。

忽然,前面闪出一条人影,轻声叫道:"长脚兄弟,你和任大哥上乡公所去吗?"

神了!是谁猜得这么准?任千秋和长脚杆这么想着,不约而同地从腰间拔出短枪,轻声喝道:"什么人?"

那人平静地回答:"是我呢。长脚兄弟,你听不出来吗?"声音很轻,却又那么熟悉。

"你到底是哪一个?"长脚杆说,"我一时想不起来了。"

"噢?"那人反问道,"你们不是好几次都要找我吗?"

"是你?!"任千秋和长脚杆同时惊叫起来,他们虽然眼前一团漆黑,根本看不清那人的面孔,却"刷刷"地抖动袖子,齐齐给那人丢了个歪子,按袍哥礼节行过大礼,齐声说:"承蒙货郎大哥三番五次给我们通风报信,我等弟兄大难不死,全靠你的救命之恩……"

"快走,有话到后山林子里慢慢说,这里不是久留之地。"货郎打断了任千秋的话,三个人径直朝后山那片密密麻麻的树林奔去。

天空中的星星从浓厚的云层中露出笑脸。

"货郎兄深夜途中等候,想必有要事相告。"任千秋靠在一棵大树上,拉着货郎的手,动情地说:"我和弟兄们虽然算不得人物,但总还是常在江湖上走的人。虫蚁也还知道报恩呢,我们总不至于连虫蚁不如吧?老兄有话,尽管盼咐,即便是要拿我任某脖子上这个二斤半,我也认了!"说完,重重地拍了一下对方的肩头。

长脚杆接着说:"我们任大哥日夜都在念叨你的恩德,总觉得这个人情不还,就是知恩不报,猪狗不如,够不得江湖中人的义气。"

"多谢你们了！"货郎有些感动地说，"其实，我们所干的那些事，都是应该的。我们所做的一切，从来都不希图报答，我们还要为全人类求解放呢，干那些小事算个啥？"

"为全人类求解放？"任千秋感到很惊奇。早在1938年，从延安回莲花乡老家养病的远房堂兄也曾说过这话。那时千秋还只有十多岁，他根本不懂得这话的真正意思，便问堂兄啥叫"解放"。堂兄告诉他，就是要建立一个没有剥削、没有压迫，人人都有土地耕种，任何人都不能随便欺负人的国度，延安就是这种……。千秋当即就要堂兄带他去延安，到那解放了的地方去。堂兄满口答应，要他回去征得父亲同意。谁知话刚出口，父亲就骂千秋不安分，还说那"解放"是"异端邪说"。

多少年来，千秋一直把"解放"牢牢记在心中，半年前彭咏梧政委讲"解放"，他才真懂起了"解放"的含意。每当遇见那些不平之事，就想自己组织一支"解放"的队伍，把宝疤子、姚县长这些狗日的杀光。

这大半年来，真是费尽周折，组织不知到哪里去了，可苦了他任千秋了，踏破铁鞋无处觅！今天组织却主动找上门来，组织知道他是组织的人，没有忘记他。他理解，组织也有组织的难处，在国民党国统区的白色恐怖之下，组织上采取谨慎的态度是完全必要的，如果贸然接头，只能是更多的共产党人人头落地，给革命造成更大的损失。看来现在时机成熟了，这应了彭政委讲过的一句话：真正的共产党人是斩不尽杀不绝的。彭政委在讲这句话的时候还形象地背了一首诗：离离原上草，一岁一枯荣，野火烧不尽，春风吹又生。

任千秋真有千言万语要向组织一吐为快。但是他多了个心眼。他告诫自己越是在这时候越要镇静、冷静，千万不可出差错。

他压制住那颗快要跳出来的心，借着星光认真地打量着货郎。他感觉到这货郎器宇轩昂，眉间清新，给人阳光、诚实、稳重的印象。任千秋的脑子里迅速地转开了，不能只看表象而上当受骗，自己一个人的事小，如果上当受骗，重蹈浪里白被李乡长捉拿的覆辙，就是坑害弟兄们。

任千秋试探着问："那，你是共产党啰。"

货郎并不答话，而是用他那双手紧紧地握住任千秋的手。

虽然黑暗中谁也不能完全看见谁的表情，但对方完全可以从任千秋那双手的温度和握着的强度，感觉到他此时的心跳得厉害，心情很激动，表情很严肃。

"任大哥，我不想在你面前隐瞒自己的身份。"货郎平静地说，"我确实是共产党员，正因为这样，有些心里话我才想和你谈谈。"

任千秋说："既然货郎兄看得起我，就请赐教。"于是，回头对长脚杆说："你到周围转转，怕莫有人盯梢。"

货郎轻轻拉了任千秋一把，两人便坐在树下的茅草丛里谈开了。从国民政府的腐败，谈到任千秋兄弟们目前极其困难的处境，最后谈到只有共产党才能救中国。任千秋没有说话，静静地听着。

货郎问千秋："你愿不愿意跟着共产党走？若愿意，我们党的负责人陈主任就和你商谈，把你的弟兄们带来参加游击队，为穷人打天下。当然，人各有志……"

任千秋警觉起来，货郎并不知道他以前是游击队员。

初冬的夜晚，寒气逼人。兔子钻了洞，鸟儿归了窝，连那只有在夜间才活动的猫头鹰，此时也躲进了那常青的绿叶丛中。夜，是这样的静，静得使人有点受不了。货郎和千秋坐在茂密的茅草丛中，没有再说一句话。

此时，千秋的心中，十分矛盾，却犹如翻滚的波涛。一方面，他早就盼着这一天，他今天做的这些事也是为了这一天。这大半年，他像个没爹没娘的孤儿，有话无人讲，有苦无人诉，虽然有这一大堆弟兄，但有些事情是不能过早地给他们讲的。另一方面，组织并不知道他是曾经参加过奉大巫起义的"自己人"，让他有些失落。因为知道他身份的彭政委已经牺牲了，其他的游击队员也牺牲了。副司令陈太侯一直没有露面，不知上哪去了，找都找不到。他转念一想，今天机会难得，不能错过。他断定货郎是真共产党，是受组织委托来找他的。只要跟了真共产党，从做头起就从头做起。他压制着内心的喜悦，尽量不要表现得太突出。他并不想此时就把这件事情揭穿。他也知道，要是现在就说出他游击队员的身份，必然会带来组织对他严格的审查。当然这是组织的事，这是必须的程序。他想这也很好，以全新的面孔，全新的思想投入到全新的组织生活，投入到全新的战斗。

"任大哥，这事我们是不是提得有些突然？"货郎见任千秋一直不说话，站起身来说："夜已深了，我们分手吧。你回去好好想想，到时再说。"

千秋仍然一言不发，他站起身来，紧紧握了握货郎的手，欲语又止，最后依依惜别。带着长脚杆一口气跑回水寨。

几天后，任千秋带着长脚杆摸到镇上，去李家栈房找那货郎。谁知李家告诉他，那货郎根本就不是本乡人，只不过是长期在栈房投宿。那天夜里出去后，就再没有回来。

千秋问栈房老板知不知道他上哪儿去了。老板说根本不知道，货郎的房钱已结清，说不定再也不回来了。千秋一听，气得半天说不出话来。原打算在和主任见面时，先弄一份厚礼献上。因此，在弄到礼前没表态。谁知礼品搞到了，人又没影了。真是倒霉透顶！这一耽误，又不知何年何月才能见到共产党了！任千秋怀着不安的心情和长脚杆一道蔫溜溜地往回走。

天上依然没有月亮，也没有云彩，几颗星星稀稀落落地撒在天空之中，使夜晚也就自然不是那么漆黑，崎岖的山路折射出一定的亮光。心灰意冷的任千秋和长脚杆在羊肠小道迈步。长脚杆十分理解任千秋此时此刻的心情，尽量把脚步迈得稳健一些，尽量不弄出什么响动来。

突然，一道黑影从前面闪过，在小路上留下一个白色的东西。长脚杆快步走过去一摸，是一个纸团。他刚要扔掉，突然又意识到，这半夜三更在道路上丢纸团，能是一般问题吗？他赶紧摸索着打开，划了根火柴一照，一声惊叫起来："任大哥，找到了！找到了！"本来进镇前千秋就吩咐不要大声说话，以免惹事。可此时的长脚杆哪里还记得这些？他太激动了！

千秋本能地拔出短枪，要去追那黑影。"你说啥？！"千秋转身见他手里拿着东西在看，惊奇地跑过来。对长脚杆说："给我看看。"当他把那张皱巴巴的纸握在手上，长脚杆再一次划燃火柴照着那张纸。任千秋乐了："快！我们回家去！"他已经没有必要再去追那黑影了，拉着长脚杆一阵小跑回到了水寨。他吩咐长脚杆："睡觉，明天再说。"

千秋躺在床上，怎么也睡不着。他想："共产党为啥这样料事如神？时时都好像在你身边，又让你看不见，摸不着。当你有困难的时候，当你最需要的时候，他们总是暗暗地使劲帮助你，还不让你知道……。这个陈主任想必是个大神人！身材嘛，一定很魁梧。样子嘛，一定很慈祥，就跟昙花寺里的佛祖差不多。会不会像观音庙里的观音？无论是佛祖或是观音，都没真正给穷人办过好事。只有共产党，才是穷人的救星！只有游击队才是穷苦人自己的队伍。"想着想着，睡不着，就一个劲地翻身，像烙烧饼样，好不容易迷迷糊糊地眯了一会，不知哪家的公鸡一声长鸣——天亮了！

他赶紧穿上衣服，到厨房去帮做早饭的碧玉往灶里不断添柴。借着火

第十二章

103

光,他又从怀里摸出那张皱巴巴的纸,仔仔细细地观看,生怕错过这次难得的机会。他把那简单的接头暗号反复地背了又背,不知背了多少遍,直到十分流畅了才极不愿意地放回怀里。

吃过早饭,他把浪里白找来,说今日有贵客进寨,不准任何人来打扰。另外,凡有可疑之人来,不得惊动,只是暗暗监视。浪里白问:"啥样的客人这么神秘,这么重要?"

"浪里白兄,我千秋办事从来都没瞒过你,可这次例外。"任千秋看着疑虑不定的浪里白,又说:"这样吧,你把弟兄们都集中起来,到时我会通知你们来见他。"

浪里白走后,任千秋又从怀里掏出那张皱巴巴的纸看了又看。"嗨!"他惊叫起来:"我这人怎么了?明明这上面写得清清楚楚,接头时间在晚上,我却看成了白天!"

碧玉见他昨夜归来一反常态,这阵一个人又说又笑,还不停地走动,很是放心不下,以为他是得了病。忙去找浪里白为他请医生。浪里白信以为真,叫来长脚杆,谁知他笑着说:"没事,大哥的病晚上就会好。"浪里白见他这么说,知道内中定有缘故,因千秋有话在先,他也不便多问,估摸着不会是什么坏事,便把平时持枪的二三十个弟兄集中起来,在水寨下了一天"三三棋"。

老天,从来都爱作弄人。你嫌时间不够用,可一眨眼工夫又过了一天。你若需要时间跑快点,太阳却磨磨蹭蹭怎么也不愿意落山。

这一天,任千秋认为比过去一年还长。他一会儿坐,一会儿站,一会儿摸一摸身边的锄头,一会儿看看怀里那张皱巴巴的纸,一会儿又到山口望望,好容易才等到天黑,又好容易才等到深夜。他看看敞开的寨门,外面一团漆黑。他想,这远道而来的客人,怎么走呢?那又高又陡的木梯,他能爬得上来吗?他正想打个火把出去迎接尊贵的客人,门前有人高喊:"里面有人吗?"

任千秋拿起桌上那松树明子做的灯一照,只见一个中等身材的男人已经站在门口,右手摸了三下耳朵。千秋欣喜若狂,就要扑上前去抱住那人,但很快想起了怀里那张皱巴巴的纸上交代的接头暗号,连忙伸手将身边的锄头在地上杵了三下。

"任千秋!"那人也热情地打着招呼进了门。

"浪里白兄,赶快把弟兄们带过来会见稀客!"隔壁的弟兄们听到任千秋的喊声,赶紧跑过来。千秋说:"事先我没告诉你们,是想让你们突然吃一惊,高兴高兴。"他指了指客人,说:"这位是共产党游击队的政治部陈主任。"他看看兄弟们,又说:"来,我们这些蒋该死喊的土匪,都来拜见这位蒋该死喊的共匪!"

大家一点都没觉得突然,原来,这几天任千秋外出的活动,长脚杆已经漏出些风声,大家已有了些思想准备,只是他们没有想到,事情会来得这么快。

弟兄们齐齐走到老陈面前,丢了一个歪子,大声喊道:"小的们拜见陈主任!"

老陈赶忙拱拱手,还过礼,笑着说:"起来,起来,坐,大家都坐。共产党里不兴这个,我们都是平等的。"

任千秋叫道:"浪里白兄,快带弟兄们去把家伙拿来,就是给陈主任的见面礼!"

不多时,弟兄们从隔壁搬来一大堆乌黑发亮的枪,足有二三十支,摆在老陈面前。千秋说:"请陈主任笑纳!"

原来,上次货郎提出游击队主任要与任千秋见面时,千秋没有马上作答,原因一是要先稳稳神,二是一时还没找到见面礼。不久,他专门带着弟兄们下了一次山,到邻县一个乡提了乡丁们的枪,作为献给共产党游击队的见面礼。

老陈摸着一支支乌黑闪亮的枪,看看面前一个个憨厚的金兰社弟兄,竖起大拇指,爽朗地说:"你们都是英雄好汉,真的了不起!要多一些你们这样的人,宝疤子和姓姚的县长这些狗官早就垮台了!"

弟兄们就着老陈的和蔼可亲,一个个打开了话匣子。

"嗨!我们还不是被逼上梁山的。"

"是呀,宝疤子杀了我的爹。"

"黎麻子占了我家仅有的养家糊口的一块地。"

"伍瘸子抢了我的婆娘。"

……

是呀,这些弟兄,谁没有被国民党反动派欺负过,谁没有对国民党反动派的深仇大恨,人人都有一本血泪账。

任千秋说:"我们东捅捅,西凿凿,早已和那些狗日的结下子孙仇。叫我们放下家伙洗手不干嘛,性命保不住,要干呢,又干不出个名堂……唉,说不定哪天丢了小命就算了。"千秋长叹一声,显得很悲观。弟兄们也一个个垂头丧气。

"哈哈哈!"老陈放声大笑说,"才说得好好的,英雄豪杰怎么突然悲观起来?我们中国有了共产党,穷人个个都会有出路。"

齐章佑不慌不忙地问:"主任说的是个啥出路?"

"我今夜走几十里路,就是来给你们谈这件事。"老陈看了众人一眼,接着说:"当然,打家劫舍的勾当不能干了。抬起头,挺起胸,堂堂正正地做人,跟着共产党闹革命!"

"闹革命?"浪里白有些不解地问:"这跟解放受苦人一样吗?"他只偶尔听任千秋说起解放受苦人这个词,却没听说过"闹革命"这个说法。

"革命当然要解放受苦人啰!"老陈说,"我们要打倒蒋介石,建立新中国。"

"这话很在理。"任千秋站起身来说,"我一生乱撞,没人指路,共产党的主张太好了,我们坚决跟共产党走,杀头也不变心。"

老陈说:"任大哥,说得对头!"他看看众人,又说:"凡是愿干革命的,就跟着共产党走。用手里的枪杆子,为穷人打天下!"

长脚杆不解地问:"这就算闹革命?"

"对头!"老陈认真地说,"农民参加革命,成为游击队员,既壮大了革命队伍,也洗掉了过去的坏名声,找到了真正的出路……"

齐章佑认真地问:"我们啥时能成为游击队员?"

老陈笑着说:"现在就可以!"

"啊!我们是共产党的游击队了!"众人一片欢呼。

"主任,听说外面闹起了游击,我的心早就痒了。"浪里白指了指地上那一大堆枪,说:"你就收下这点见面礼吧,从今以后,我们就跟你一起闹革命,扫那龟儿宝疤子的圈,提那姓姚的杂种县长的脑壳,替穷人出气……"

"嗬!"老陈看了看众人,笑着说:"就你?凭我?凭我们在场的这三二十人?"众人愕然。老陈又说:"应该发动更多的人,在中国共产党的领导下,一齐干!因此,这份见面礼,我代表党组织收下了,又代表党组织把这些枪发给你们。"

"弟兄们,"任千秋大声说,"从今以后,我们就是共产党的游击队了。我们一定要按党说的去做,哪个如果要乱来,莫怪我这当大哥的翻脸无情!"说完,把腰间的双枪朝桌上一拍。

东方发白了,弟兄们还没散去。他们和老陈一起,研究下一步的工作。

第十二章

第十三章

　　老陈就要回去了。老陈要任千秋单独送送他，弟兄们也很理解，头头们之间还有些细节总是要托付的。

　　走了一段路，老陈突然说："你的事情，原川东游击纵队副司令员陈太侯同志临走时给我们讲过，只是为了你的安全和便于工作，我们游击队员里只有少数几个领导层的人员通过气，其他人都不知道。我们几个领导认为，你以袍哥龙头大爷的身份参加革命影响力更大一些，更有利于引导其他一些社会组织的人物参加革命，加入游击队。前段时间由于条件不成熟，所以我们没有来与你找关系。通过近段我们的观察和考验，我们认为你仍然是一名优秀的游击队员。我走以后，你要大胆地挑起这副革命的担子。"

　　其实，搞袍哥组织是万不得已的事，也是没有办法的办法，原以为共产党会生气，结果是歪打正着，还很对路，任千秋心里荡起一股美美的滋味。

　　任千秋紧紧地抓住陈主任的一双大手，此时他有好多好多话要和陈主任讲，但头绪太多，却不知从何说起。千言万语，他终于蹦出一句话来："我算是回归组织了。"他眼眶里溢满了泪水，终于找到自己的组织了，这大半年来他做梦都在想与自己的组织找上关系，他历经千辛万苦，寻觅着寻觅着，后来也曾想，找不到自己的组织，能找到共产党的其他组织也行。结果，还是自己原来的组织找上了他，他怎能不激动。他果断地说："请组织放心，我一定按组织的要求办。"

　　陈主任说："还有什么需要讲的？"

任千秋原来想把去年川东游击队夔巫支队失败的原因和自己总结的教训给陈主任说说,但又想初次见面就讲这些伤情伤感的事,未免有些唐突,有些不合时宜。他忍住了,迫不及待地问:"陈太侯副司令现在哪里?"

"他已经到前方参加了人民解放军。陈副司令员临走时对我说过,任千秋是个好苗子,要我们很好地培养。你一定要经受住残酷斗争的各种考验,争取早日加入中国共产党。"陈主任认真地说。

任千秋说:"如果彭咏梧政委不牺牲的话,我早应该是共产党了。去年他还说要栽培我当共产党呢。"

陈主任说:"革命不分先后,只要条件成熟,我愿意作你的入党介绍人,你一定要经受住党对你的考验。"

陈主任又向任千秋说了几件事,其实就一件,那就是以水寨现有武装为基础,发展壮大游击队伍,准备在云阳、奉节、巫溪、开县边境组建一个川东游击纵队水寨支队。也就是说,最急需解决的就是人、枪、地盘。陈主任指示任千秋要做好国民党基层干部的统战工作,要联络一切可以利用的力量来反对国民党反动派。

人的问题好办,无论是谁,只要反对官府都行。农民、工人当然要,乞丐、力夫同样要,即便是土匪,也可以吸收,当然,必须是被迫上梁山而不危害穷人的土匪才行。

枪嘛,问题不算大,可以采取多种形式搞。既可筹钱买,也可向人借,还可支持土匪抢,抢得的钱物归土匪,枪支弹药归游击队。更好的办法是控制乡、保政权,掌握政府武装,瓦解乡丁、保丁,变政府武装为游击武装。

地盘嘛,是最麻烦的一件事,在川东这种白色恐怖笼罩的情况下,要开辟一块红色区域,靠武装夺取是困难的。最好的办法是做国民党地方政权的统战工作,或派自己人掌握地方政权。这事,自然得从水寨邻近的几个乡着手才行。

水寨的地盘不算窄,方圆几十里。到处是悬崖绝壁,长江岸边的山上,灌木丛生,间或有一片高大的松树或杉树林。耕地不多,仅能养活百十户人家,统归一个保管辖。全保二三百口大人,多数都参加了任千秋的袍哥组织"金兰社",当然,保长未曾参加。那家伙软硬不吃,他只服一个人,就是莲花乡的李乡长,因为他们都姓李。

要统战李保长,首先必须说通李乡长。这李乡长虽然与任千秋他们曾有过一段以枪支换取"国大"代表选票的交易,但双方都兑了现,恩怨已一笔勾销。况且,选国大这类狗咬狗的权利之争,官府从来都是视而不见,听而不闻。而对游击队、共产党却是不共戴天,哪个党国官员也不敢沾惹。试问,这统战工作又如何去做?就为了这个,任千秋和那三二十个游击队员急得团团转,不知如何是好。

事情有时就有这么怪,正当你四门无路时,它却突然生出点儿希望来。

莲花乡李乡长有两个儿子,分别叫大毛和小毛,都是精壮的小伙子。大毛在莲花场寻了个商人的女儿做媳妇,眼下就要成亲。不知道怎么的,那年纪不过十八九岁的小毛,一下也动了春心,成天找妈要媳妇。他妈最疼的就是他,莫说媳妇,就是星星她也得设法弄。记得小时候,有一次大雪封了山,小毛硬要耍野兔,李乡长说这样的天气没法弄,可是小毛就是死活不依,又哭又闹。李乡长急得没法,扇了小毛一耳光。为此,小毛妈寻着丈夫大闹,还一气回了娘家。李乡长原本很穷,一份家当都是妻子从娘家带来的,哪里还敢和她斗。于是只好低声下气把她从娘家接回来,并保证以后万事都听从她的。因此,他这个炮耳朵乡长便出了名。

这小毛也很古怪,那么多名门望族的娇小姐他看不上,偏偏喜欢上野性十足的珍儿。

父亲李乡长说:"这珍儿父女都不是安分之人,况且又无家私财产,何必娶她?"小毛却说:"我喜欢她,她人长得漂亮。管她是扒手土匪我都要娶。"

在妻子的督促下,李乡长万般无奈,只得长叹一声,把李保长叫来,如此这般地交代一番。李保长听罢,无比惊讶。他虽不知齐章佑父女是否参加夺枪、抢劫,反正对他父女的风言风语不少。话说回来,其实这些也无关紧要,他从来对水寨的居民都是睁只眼闭只眼,能保住自己这保长的职位就行,用不着去过问那许多。所以水寨的弟兄们绝大多数人在长江岸边搭了棚子,一般时候是住在棚子里的。况且,乡长只托他说媒,又没派他调查齐氏父女的行为。但有一点,李保长是清楚的,别人都说,那珍儿眼里只有长脚杆。这事却使李保长有些为难,当然,不管有多难,他也得保这个大媒。哪怕是出钱买,他也得干。他不愿得罪李乡长,也不能强迫珍儿,那多管闲事的任千秋是惹不起的,官府都拿他没办法,你一个小小保长又能翻起什么梅花浪?说不定把他惹火了,啥时从哪个地方冒出来端了你的脑袋也未可知。

李保长怀着十分不安的心情去找齐章佑,低三下四,先把珍儿的才貌吹捧一番,然后才沿山沿岭地提起说亲保媒的事。

"娘的,他姓李的那乡长儿子算个啥?就是金包卵,我珍儿也不嫁给他!"齐章佑火冒三丈,横着眉毛竖着眼。

"老哥,话不能这么说,男大当婚女大当嫁嘛!"李保长满脸堆笑地说:"你珍儿到了李家,也亏不了啥的。"他本想说人家李乡长有钱有权,你齐家不过逃难到此,比讨饭的好不了多少,还摆个啥臭架子!可一想到事情只能办好,不能弄僵,到嘴边的话也只好吞了下去,谦恭有加笑吟吟地望着齐章佑。

吃亏,齐章佑根本就不在乎,他的大半生都是在吃亏中度过,他确实想让女儿多些幸福。不过他看不起权势和财产,他恨透了这种人。他希望女儿能有个善良能干的丈夫,就像长脚杆这样的就最好。两个人相依为命,白头到老。他许久前就巴望珍儿能和长脚杆成为一对儿。可此时,他又想到任千秋为统战工作着急上火,像热锅上的蚂蚁急得团团转的样子,他突然在心底里生起了一个新的想法,要是能和李乡长结成亲家,这游击队的许多事就好办得多。眼下这李保长低三下四,就是例证。

齐章佑怀着极其复杂的心情,一直坐在屋里抽闷烟,他苦苦思索,但他又拿不稳当,李乡长毕竟是国民党,他不知这事到底该怎么办。最后,他站起身来对等得极不耐烦的李保长说:"让我想想。"

李保长好容易等到这一句话,算是有了一半的希望,连忙站起身,点头哈腰地说:"那好,那好,不打扰老哥了,隔天我再来。"说完,抬腿出门而去。

齐章佑无心思去欣赏李保长那副狼狈相,径直朝任千秋家走去。他把李保长提亲的事原原本本地说了一遍,最后说:"你是我们的鸡母婆,请拿个主意吧,到底哪个办?"

"嗨呀。我正愁没法子做那龟儿子李乡长的工作呢。"任千秋高兴地拍着大腿站起来说:"这事就这么定了。你答应他就是。"

齐章佑吧了两口叶子烟,默默地说:"只是,珍儿恐怕不会干。"他停了停,又说:"还有长脚杆。"

"齐叔!"千秋说,"主任走的时候交代的任务,最难办的就是搞地盘。我们跟李家开了亲,再给那龟儿保长送些礼,等于抓包狗屎涂在他们脸上,无论我们今后干啥事,他们也开不起腔,这偌大一块地盘不就到手了么?"他用期待的目光看着齐章佑,好像还想说什么。

齐章佑见千秋这样,忙说:"我也这么想着,要不就不来找你了。"他吐了一口唾沫,又说:"珍儿那里,我去说吧。"

任千秋紧握着齐章佑的手,内心充满了感激。

齐叔回到了家里,翻箱倒柜,把那段珍藏了好久的花布找出来,拿在手里看了又看,那是珍儿娘留下的,说是等女儿找到了婆家时做件新衣,免得别人笑话娘家是穷鬼,一件新衣也做不起。

"爹!"珍儿连蹦带跳从外面回来,问:"你在做啥呀?"

"来,爹给你比比。"齐章佑将花布披在珍儿身上,再揭下来,又披上。最后拉着女儿的手说:"你跟着爹受了不少苦,没吃没穿。如今人也大了,该打扮打扮了。"

珍儿感到奇怪,父亲从来都教育自己要"吃得苦中苦,才为人上人",为啥今天谈起"打扮"来了?她摇动着身姿,抖掉身上的布料,说:"爹,我不嘛,这是娘留下的。"

"爹知道。"齐章佑边回答边低下头,喉咙好像打了结,哽咽着说:"珍儿,爹对你怎样?"

自从娘死后,珍儿就跟着父亲过日子。齐章佑既当爹又当妈,冬天怕她冻着了,平常怕她饿着了,还怕别人欺负她。有时她任性,和爹顶嘴,尽管他气得直咬牙,也没骂过她一声,更没弹过她一个指头。想着这些,她一头扑到父亲怀里,叫一声爹,一句话也没说。

齐章佑摸着珍儿的头发,问:"你说个实话,你喜欢长脚哥吗?"

珍儿满脸绯红,忙辩解说:"爹怎么也跟着别人乱说?"其实,她心里甜丝丝的。

齐章佑没理会,只管按自己想的说:"如今,你年纪也不算小了,该找婆家了。"

珍儿没作声,一颗心咚咚直跳,本来就绯红的脸,又多了一层红云。她对爹无比感激。说真的,她早就想着和长脚哥成亲,把父亲接过去,甜甜美美过日子。但一个女儿家,怎好对父亲说自己想嫁人呢?她沉默了一阵,娇滴滴地说:"爹,我不找婆家,一辈子在家伺候你。"

齐章佑用手摸着珍儿滚烫的脸,看着她那水灵灵的眼睛,说:"傻女子,男大当婚,女大当嫁,哪个家里是愿养老闺女的?"停了停,他又说:"爹晓得,自从长脚哥救你后,你就一直对他很好。可是……"他不知这个词该怎么措,话该如何说,说轻了女儿懂不起,说重了怕女儿伤心。

珍儿的心此时也紧张起来,她不知爹这个"可是"里头有啥文章。但她相信,爹办事亏不了她的。她极力使自己尽快平静下来,小声说:"有话就说吧,我正听着呢。"

"爹想问问你,"齐章佑转弯抹角地说,"我们如今要建的游击队好不好?"

珍儿口急心快地说:"那还用问,实实在在的好呢。陈主任不是说了?为穷人打天下的队伍嘛。"她真不明白,爹为啥突然间提出这个问题。

"唉!"齐章佑长叹一声,说,"哪里又有游击队立足的地盘呢?"

珍儿更奇怪了,这地盘与前面谈的婚事又有啥相干?简直是风马牛不相及。可她还是回答了爹的提问:"你们不是说要开辟红色区域,要把乡长、保长的官拿给游击队的人当吗?"

"你说得很好,很好。"齐章佑柔声地说,"就是为了这个,爹已决定把你许给李乡长的二儿子……"

"啥?你要把我嫁到李家去?"珍儿这一惊吃得不小,翻身从父亲怀里跳起来,双手摇晃着父亲的肩膀,大声嚷嚷:"快说,快说呀,你说的是真的吗?"两眼直盯盯地看着父亲,好像突然间变得不认识了一样。

齐章佑任女儿摇晃,任女儿吼叫,好半天才说:"是真的,是准备把你许配给李乡长的二儿子。"

"不!不!"珍儿哭喊着,"我不喜欢他,我不认识他。除了长脚哥,我谁也不嫁!"她冲出门去,径直朝长脚杆的住处冲去。

"珍儿,快回来!珍儿……"齐章佑气喘吁吁地在后面追赶,嘴里不停地呼唤。追了一程,他又停下来,远远地看着女儿奔跑。他决定让女儿去见见长脚哥,让他们抱头痛哭一场,或许心里好受得多。

"小妹,谁欺负你了?"长脚杆迎面过来,见珍儿这番光景,关切地问。

是呀,谁欺负了?是爹?爹是为游击队着想。是游击队?又不是游击队要你嫁给李家。况且,而今自己也是个游击队员了,应该为穷人打天下才对。那么,是长脚杆欺负了?他为啥不找人来提亲?要那样,早和他成了亲,也没今天这回事。可是,人家真喜欢你吗?说不定是自作多情呢!珍儿这么想着;见了长脚杆却又无话可说。她转过身来就朝山里跑,她要到母亲的坟上去痛哭一场。母亲把她生下时为啥不是个男娃而是个女儿？为啥不把她生成个没人看得上的丑八怪？珍儿呜呜咽咽地哭喊，一声声地呼唤着娘。

长脚杆不知所措，在后面紧紧追赶。嘴里仍不停地说："小妹，谁欺负你了？快告诉我。"

珍儿见问，哭得更加厉害。

齐章佑赶过来，对长脚杆说："别理她，让她一个人痛痛快快哭一场。"其实，作为父亲，他的心早已碎了。17年前，就在珍儿刚生下不久，他就被人抓了壮丁。幼小的女儿，只好由她妈妈一个人抚养。家里没有一分田土，珍儿妈带着女儿去给人家当佣人。冬天，北风呼呼地吹，母亲怕冻坏了女儿，常用背带把她背在背上。主人见了，非常生气，骂珍儿娘不像个干活的。娘只好把她放下来，等主人走了，又背在背上。夏天，气候炎热，娘怕把她热出病来，常把她放在阴凉处，有时上地里摘菜，大个的蚂蚁爬到珍儿身上，不是咬伤小手，就是咬红眼皮。娘不知为此哭过多少回……这些都是后来别人告诉齐章佑的。妻子把珍儿一泡屎一泡尿地拉扯成人，自己没操过一点儿心。妻子死后，父女团聚在一起，他常想着要为女儿做点什么，给她些欢乐，作为补偿。难道让女儿嫁给乡长的儿子就是一种补偿？那么，为游击队做事不该？齐章佑心如刀绞，又犹如一团乱麻。无论如何，他理不出个头绪来，也不知道该怎么办。

"齐叔！"不知啥时候，任千秋已站在齐章佑身边，轻轻拍着他的肩膀说："我看，这事不能勉强，还是另想办法才行，莫把珍儿急坏了。"

"嗨……"齐章佑长叹一声，"这事我也不知该怎么办才好。"

站在一旁的长脚杆云里雾里，弄不清到底发生了什么事。他问齐叔，齐叔没回答，又问任大哥，任大哥也没作声。他只好默不作声地跟在他们后面，看个究竟。他们来到山口，只见珍儿正坐在一块大石头上号啕大哭，一声妈一声娘，哭得十分伤心，谁见了都会心碎。

"珍儿，"齐章佑靠近女儿，轻声说，"快别哭了。那事，就当爹没说。那边，我回个话就是，你依旧和长脚哥好吧。"

谁知，珍儿哭得更厉害了，她头也没抬，哽咽着说："不，不！我都想好了，生是游击队的人，死是游击队的鬼，既然游击队需要，就是死我也去。只是，我觉得对不住长脚哥。他救了我的命，没能够报答他。如今他都这么大岁数了,还是一只独头蒜,没伴(瓣)。怪可怜的……"

听到这里,长脚杆再也忍不住了,一头扑过去,把珍儿抱在怀里,两个人痛痛快快地大哭一场。长脚杆是条硬汉,从小就被父母遗弃,在社会上流浪度日,无论受到多大的委屈,他也很少掉泪。是珍儿的话使他太感动太温馨太不能自持了,他做梦也想不到自己干了一件该干的事,会在一个纯洁的少女心中扎下这么深的根,会获取一个少女毫无杂质的初恋。他真是受宠若惊。颤声说道:"你放心去做你该做的事吧,我会更加高兴的。"

天底下还有比这更感人的事么!

任千秋和齐章佑再也忍不住了,把头掉转向一边偷偷地擦着泪。

珍儿从头上摘下那根闪闪发亮的银簪,放到长脚杆手里,轻声说:"带上吧,这是我娘留下的,我一直把它戴在头上,今天送给你。看见它,就像看到我。"

长脚杆接过银簪,一句话也没说,赶紧从腰间拔出那把锋利的匕首,插在珍儿的腰间。可她知道,这也是他的爱物,已经跟随他二十多年了。

第十四章

　　这一段的工作,虽然辛苦,但大家的心情很兴奋,干起事情来也不觉得累,陈主任交代的事情都有了些眉目,每项工作都找到了解决的办法,进展还算顺利,中共川东地下党组织比较满意。

　　这天,陈主任给任千秋带来好消息:"川东地下党认真审查了你脱离游击队以后的各种表现,加上你与组织接上关系后的表现和你本人的申请,组织上批准你为中共地下党员了。我就是你的入党介绍人,请你按照党章的要求,办理好文字手续。"这是在特殊情况下,党组织直接决定接收的一个新党员。说完,陈主任从随身的公文包中拿出几本书交给任千秋说:"组织上让我把《中国共产党七届二中全会决议》和《共产党宣言》、《社会主义论》交给你,这是每一个入党的人都要读的。你要认真阅读,并要努力按书中的要求去做。"

　　任千秋双手接过来。然后,从衣兜里掏出一张折叠得整整齐齐的纸交给陈主任。

　　陈主任打开一看,上面恭恭敬敬地写着"入党申请书"。这是去年彭咏梧政委提出要介绍任千秋入党后,千秋就写好的入党申请书。大半年来他一直珍藏着。这一天终于来到了,入党申请书找到了它应该去的归宿。

　　陈主任接着说:"从今天起,你就是一名名副其实的中共地下党党员了。一定要以一个合格的共产党员的标准来要求自己,认同党的纲领,追随党的事业,为天下穷苦人而斗争,遵守党的纪律,服从上级领导,保守党的秘密,绝不叛变革命。随时准备为了党的利益牺牲自己。"任千秋激动地听着陈主任的谈话，默默地把每一句话都记在心里。

接着陈主任换了个话题说："人民革命战争发展的形势很快，人民解放军从今年春季开始大规模解放城市，国民党反动派已经分崩离析，节节败退，正在走向全面溃毁。我们要抓紧时间，大量发动群众，扩大武装力量，早日准备再次举行暴动，迎接解放大军入川。"

陈主任讲到这些事的时候，任千秋突然想到上一次川东游击纵队暴动失败的代价和当时自己梳理的一些经验和教训。于是，带着请教的口气说，"暴动的事情是不是还要考虑考虑，上次的损失太惨重了，我们吃了大亏，特别是彭咏梧政委的牺牲，太不划算。"

陈主任略加思索后说，"革命是要付出代价的，没有代价不能称为革命。我国历史上每次农民革命运动都是这样，要想获得胜利，必然就有牺牲。辛亥革命不也是通过多次暴动，牺牲了许多人才胜利的吗？我们中国共产党人也是这样，是在历次武装革命的失败中，逐步走向胜利的。比如，南昌暴动之后有广州暴动，广州暴动以后有秋收暴动，秋收暴动后有广西白色暴动。中国共产党人就是要前仆后继，从敌人的屠刀下爬起来，掩埋了战友的尸体，擦干身上的血迹继续战斗，直至取得全中国的胜利，直至让劳苦大众真正掌握国家政权，真正当家成为国家的主人。为了全中国人民的彻底解放，为了人民的革命事业，一个彭咏梧倒下去，会唤起千万个彭咏梧站起来，与国民党反动派作殊死的斗争。没有暴动就没有武装斗争，没有武装斗争就不能夺取政权，不能夺取政权就没有中国人民的胜利，没有中国人民的胜利就没有全人类的解放。"

陈主任说得言辞铿锵、坚定有力、豪情满怀，激情万丈。说得他自己也满脸通红，激动不已。他转了个话锋接着说，"当然，这次暴动要注意方法，要思考缜密，尽量减少不必要的牺牲，尽量保护我们的同志。这就要求我们不能采取一个点的单一暴动，那样会引来国民党反动派的集中进剿，而要在国民党统治区的更多地方同时暴动，分散多头，全面开花，让国民党顾得了头顾不了尾。对游击队更要加强训练，队员要有军事素质、要有组织纪律、要有思想觉悟。"

任千秋虽然听得似懂非懂。但人家是大领导，见过大世面，怎么也比他这个山沟里的普通党员强上数十倍。

人民解放战争到了1948年秋,敌我双方的情况发生了根本变化。一方面是人民解放军已由战略防御转入战略进攻,东北、华北、山东地区的大片土地已经被人民解放军占领,成为"解放区"。国民党已由战略进攻转入了重点防御。国民党军队到处都在叫唤兵力不足,反动派有些无暇顾及国统区"固若金汤"的统治了。同时,国民政府对下面农村乡镇管理原本就比较松散,或者是鞭长莫及,更何况巴山蜀水的那些天高皇帝远的地方。另一方面到了1948年,川渝地区的袍哥组织形成了很大的势力。在川渝广大地区无处不袍哥,只要你嗨了袍哥,会丢歪子,就是道上的人。只要你是道上的人,在道上什么都好办。换句话说,国民政府的乡镇对水寨都有些睁只眼闭只眼,爱管不管了。这是一个千载难逢的发展机会。正是这些大好形势和有利因素,也让国统区一些党组织的领导者头脑发热,急于求成。

已经成为中共地下党员的任千秋,工作更有干劲,性格更加开朗,特别是每晚在松树明子下,认真地阅读陈主任送给他的那些书,有时读得如痴如醉,有时读得激情飞扬。有时读到高兴处,还把碧玉推醒,把他认为精彩的部分念出来让碧玉听。他念的段落,让睡眼没醒的碧玉懵懵懂懂,一头雾水,莫名其妙,不知所以然。

多少次碧玉醒来看他还在孜孜不倦地读书,爱嗔地提醒:"几更了,还读书?"任千秋却说:"你不知道,我真是找到了革命的道路了,过去我们只知道与国民党反动派斗,却没明白道理,是瞎猫去撞死耗子。看了这些书,觉得多活了几个来世。"碧玉迷迷糊糊,听了几句又睡着了。

有了革命的理论武装头脑,任千秋的思想像是开了窍了。工作方法更加灵活、多样,解决问题的措施更切实、具体,精神面貌也有了很大改观,较前更加焕发。

过了一段时间,陈主任又来检查工作,这次,还请来了地下党万县中心县委的领导视察水寨。通过工作,水寨附近几个乡的情况有了很大的改善。

任千秋全面落实了陈主任上次下达的各项指示,加强了游击队各方面的工作。

在任千秋的鼓励之下,有几个抗日战争胜利后退伍的国民党正规部队老兵,也加入了任千秋的队伍。他们负责军事训练,教授队员立正稍息,排队走步,用枪用刀,刺杀射击,高姿低姿,撤退掩护,还教一些班排进攻、防御的战术技术。还有一位从中原解放区突围出来回乡的解放军战士,他给队伍带来了一些解放区的工作方法和活动方式。从乡中心小学请来老师,教授队员在长江岸边大唱革命歌曲,学跳秧歌舞,踩高跷,打腰鼓。到附近农家墙壁和江边石头写标语,贴标语。到老百姓中去宣传国民党的腐败、宣传共产党人的宗旨,宣传《土地法大纲》,宣传推翻三座大山的剥削和压迫,组织农民协会和妇女翻身会,组织农民抗粮、抗丁、抗税。江边有妇女洗衣刷鞋,田间地头有农民犁田种粮伺候庄稼,远山有儿童站岗放哨,近处有大妈纳底扎鞋。处处反映出一派祥和向上,百姓休养生息,安居乐业,队伍与老百姓融为一体的样子。

任千秋的队伍已经完全采取公开的活动方式,已经形成了一支群众拥护,颇有声势的武装力量,地方保甲根本不敢过问。地下党万县中心县委的领导十分赞赏,不停地夸耀,说水寨有"小延安"的味道。

陈主任也非常满意,讲了许多赞美和鼓励的话,还深入到队员之中去了解情况。陈主任和中心县委的领导在水寨住了好几天。

从表面现象看,这里的确是一片彻底革命的景象,歌舞升平,处处反映出热火朝天,莺歌燕舞,时时展现出欣欣向荣,蒸蒸日上的样子。但是,如果融入到他们的生活之中,走进他们的活动里面,就可以发现这里离"小延安"的要求还是有距离的。换句话说,形式上是"小延安",其内容实质还不是"小延安"。认真调查,细致研究他们的现实生活,也不难发现一些道听途说,以讹传讹,啼笑皆非的事情。

这天,陈主任与万县中心县委的领导在长江边上的一个村子视察,正遇上那位从解放区突围出来的战士给水寨的一群队员作宣传。他热情洋溢,激情喷涌,侃侃而谈,口无遮拦,满嘴都是新词。那些水寨队员,一个个十分崇敬的样子,认真听他演讲。只见他指手画脚,有板有眼,一字一顿地说:"我在解放区时就听说,共产党打败国民党解放全中国,这是自由王国进入必然王国,历史有规律,不是偶然性而是坚决性!这个事情还得到了国际共产党的帮助和支持。法国,懂吗?就是生产国际歌的那个国家的共产党头头,就非常赞同中国共产党统治中国,为了表示他们的支持,为了扩大他们支持的影响力,他们'待高乐'。啥叫'待高乐',就是待在高处快乐。知道不?欧洲有个阿尔卑子山,是那里最高的山,法国人爬到那座山的山顶上,十分高兴的样子,他们用这样的方式来支持共产党中国,嘻嘻嘻,外国人真的很逗。"他的这些新鲜奇特而古怪的见闻,说得那些队员一个个也像吃了兴奋剂一样,脸上洋溢着红花般的幸福。

接着他又说:"我在解放区的时候,共产党的领导干部都这么讲,人民解放军是正义之师,仁义之师,为老百姓办事,是人民的子弟兵,所到之处都能得到人民群众的帮助。中国有个言子叫做'得到多做,迟到寡做'。解放军现在占领了许多地方,得到了许多地盘,所以,有许多工作要做。我们今后成为游击队了,就和解放军一样,是共产党领导的人民的队伍了,我们也要多做。我们游击队接受共产党的领导晚一些,我们迟到了,就要'寡做(光做)',就是比人民解放军还要做得多一些,把迟到时候做得少的那部分补起来。"因为这位战士的倒懂不懂,抖不伸,道不明,讲得那些水寨队员也云里雾里,不知所以,一个个睁大眼睛,望着这位宣传者。

万县中心县委的领导听到这里,哭笑不得。他感觉到这位战士虽然是道听途说,加自我创造,其理歪曲,其情真诚。却也让听众满意自豪,摩拳擦掌。他微笑着说:"什么乱七八糟的东西,明明是法国在野总理戴高乐,却把别人说成是待在高处快乐,待在高处高兴。明明是'得道多助,失道寡助',就是正义的事业能够得到多数人的支持帮助,非正义的事业不能得到绝大多数人的支持帮助。却说成什么得到了就多做事,迟到了就光做事之类的市俗杂谈。"他对此有些光火。冷静下来又转念一想,原本革命理论就高深莫测,许多东西连党内同仁都一知半解,更何况下层群众,又能得知多少。作为一个战士有这么多的"革命"理论,已经实属不易,相当可观了。在这种情况下,这种事情既不能放任不管,也不能拔苗助长,操之过急,矫枉过正。还是循序渐进为好。他对陈主任说:"老陈啊,这样下去不行。这里有了一个很好的基础,我们要想方设法巩固这个弥足珍贵,来之不易的大好局面,夯实这个已有的成果,拓展良好的基础,不能让它放任自流自由式发展,要尽快派人来加强引导和指导,规范和匡扶,使之尽快成为一支成熟的革命武装。"

陈主任笑着说:"是啊,热情很高涨,工作很扎劲,内容很一般,水平差得远。"

任千秋刚送走陈主任和万县中心县委来的领导,有人来报,宁河生到。

第十五章

　　宁河生,姓宁,因世代船工出身,父亲便给他起了个这么个名儿。他水性极好,又会武功,为人正直,虽刚过而立之年,已是两巫船帮的"会首"。这会首是船业帮会的首领,有的又叫"船头",主持帮内外大事,手下还有"师爷"、"跑河"、"财神"。会馆设在巫溪城,统率着巫溪、巫山上百条船只的几百船工,势力很大。在江湖上,宁河生又是"德字号"上的袍哥大爷,与任千秋很是合得来。前不久,任千秋专门派人去与他联络,说是要建立游击队为穷人打天下,他听了高兴得不得了,当即打发联络人给任千秋捎了口信,表示隔几天一定专程到水寨商量具体事宜。

　　此时,两条好汉见了面,高兴得相互擂打肩膀。

　　宁河生笑着说:"我说嘛,任大哥你硬是个干大事的人呢,阴悄悄地找到了共产党!"

　　"我找到了还不就等于你宁大哥找到了,这么甜的果子我还敢独吞不成?"任千秋边说,边拉宁河生坐下。

　　说话间,去云阳县桑树坪联络绿林好汉刘海清和去云阳、开县、万县三县交界的四十八槽联络那里拉棚子的王伦碧的人回来报告,刘王两股人马满口答应,愿意参加游击队起事,还说能参加游击队是百世修成的正果。他们都是官府通缉的人物,只等任千秋确定好聚会时间、地点,便可及时赶到。

　　任千秋听了高兴得不得了,于是决定连夜去万县找老陈。

　　宁河生说:"坐船的事,就包在我身上。"

任千秋把水寨的事向浪里白作了详细交代,同宁河生一道踏着星星,趁着冬夜的宁静出发。

滔滔长江,晨雾犹如一个巨大的蚊帐,把个古老的县城罩得严严实实。任千秋跟随宁河生满街穿行,很是自在。虽然大街小巷都贴满了缉拿任千秋的布告和他的画像,可谁也看不清谁。

"菜豆腐哟!"随着一声高喊,一个挑着满满两大桶豆花的汉子,从拐角处窜了出来,险些儿把走在前面的宁河生撞个面朝天。

"娘的!没长眼睛!"宁河生破口大骂。

那人走上前来,不声不响地把两桶豆花往地上一放。宁河生见此情景,知道是要打架,忙着捞衣卷袖,任千秋赶紧上来拉住宁河生的一只膀子,说:"别理他,赶路要紧。"可是宁河生仍瞪着一对血红的大眼,硬着脖子,毫不相让。谁知,那挑豆花的汉子却并不打架,恭恭敬敬地给宁河生丢了个歪子,说:"是小的不对,险些撞倒宁大爷。常言说,大人大量,大人不见小人怪,望宁大爷海涵。"

"啊,你是谁?如何认识我?"宁河生收住拳脚,吃惊地问。站在一旁的任千秋也有些吃惊。

挑豆花的汉子很有礼貌地说:"小的是'民生'轮上的水手,我认得宁大爷,想必宁大爷不记得了。"

"这么说来,你是船长张大哥的人?"宁河生看着那满满两桶豆花,不解地问:"你怎么干起这个买卖来?"

"喔!"那挑豆花的汉子说,"我们的船昨天上了重庆,张大哥留我在这里办些事,等他们转来时再一道走,大清早闲着没事,就替婆娘挑些豆花出来转转。"他不好意思地说:"想不到差点碰倒了宁大爷。"

"哈哈哈!真是大水冲了龙王庙。"任千秋听到这里,忍不住放声大笑。

"我这人真是……"宁河生拍着脑袋对那挑豆花的汉子说:"闹了半天,我还忘了向你介绍,"他指着任千秋说:"这是'金兰社'的任大爷。"

挑豆花的汉子赶紧向任千秋丢了个歪子,毕恭毕敬地说:"小的在江湖上早已听说任大爷的大名,只是无缘相见……"

任千秋赶紧还过礼,笑着说:"我也只是个平凡的人,江湖弟兄抬举而已。"

"这里不是说话的地方。"宁河生拉了拉挑豆花的汉子,说:"我们还要赶路呢。你回去告诉张大哥，我们原本要搭他的船走上水的，他却先溜了。那，我们只有改日再去船上拜访他。"

"那好！那好！"那挑豆花的汉子拱拱手，挑着两只沉重的桶一声声吆喝着："菜豆腐哟！"消失在大街小巷。

任千秋随宁河生来到江边，见"民德"轮正停靠在码头。这是一艘刚下水不久的新轮，多数船员是"下江"人，宁河生并不认得。只有船上管伙食的老王，曾经和他有过交往，也是江湖中人。宁河生和任千秋在江边茶馆找到老王，拿过礼信，说明来意，老王满口答应，只是船要等到雾散后才能开航，因为码头上的人盘查严明，为了保证安全，最好是临到船起锚时再上。

"那就等吧。"任千秋无可奈何地对宁河生说。于是在那茶馆找了个既僻静又能望见江上停靠的"民德"号船的位子坐下，叫了两碗茶，与宁河生打起牌来。江湖中人打牌，从来都离不了个"赌"字，即便是兄弟、父子甚至连夫妻间，不管赌注大小，从意义上说总得有个表示，江湖上有句民谣：打牌不赌钱，犹如炒菜不放盐。似乎不赌就无娱乐性可言。当然，赢家将赌得的钱拿出请客或是送给输家，这是感情到位，谁都不在乎。

任千秋和宁河生打牌下的是小本赌注，每盘赢得的钱还不够买碗茶，只不过为了乐一乐，消磨时间罢了。第一盘，任千秋赢，第二盘是宁河生赢，他们齐好牌，第三盘还没开牌。

忽听有人高喊一声："任大爷，好清闲啰！哈哈哈！"任千秋抬头一看，把他吓了一大跳。那呼唤他的不是别人，正是保安中队宝疤子手下的牛副官，身边还带了几个随从。他们摇头晃脑，脸上挂着得意的奸笑。分明是在说，你姓任的本事再大今天就是插翅也难逃了！

"任大爷，是赶船吧！"牛副官一针见血地问。牙齿暗暗地咬得咯咯响，右手紧紧握着腰间的枪把。

宁河生见此情景，生怕任千秋吃亏，要站起身来与牛副官相拼。任千秋一把将他按住，平静地说："输赢是盘牌嘛，何必这么性急？"他摘掉头上的博士帽，底朝天摆在桌上，伸手从身上那件蓝布长衫口袋里掏出一大把钞票，放在帽子里，说："这一盘，我们来下个大赌注，不知老弟你敢与不敢？"

"有啥不敢的？"宁河生听出任千秋话中有话，忙大声说："怕得老鹰不喂鸡！要输输个名堂，要赢赢个痛快！"说完，也从腰间抓出一大把钱丢在桌上。

123

"那好！"任千秋说，"老弟快人快事，佩服！佩服！"接着，他看了面前的牛副官一眼，笑着说："我想，牛副官的人一定比这位老弟更痛快，能和在下一起玩两盘吗？"

"这个……"牛副官这人怕的就是"激"，他连光着脚丫踩炸药的事都敢干，还有什么样的事情难倒过他，何况只是赌钱！其实嫖娼赌钱本来就是他最大的乐趣。更何况任千秋那双挑衅的眼睛死死地盯着他。心里暗想：哼！不信你姓任的小子能在光天化日之下逃走。于是挤了挤满脸的横肉，像笑又像哭地对任千秋说："玩就玩吧，我还怕你不成，只是……"

"我知道，牛副官今天出门是忘了带现钱？"任千秋见对方点点头，又说："这样吧，你和你的那些兄弟，若赢了钱，就拿现的走，输了，就记个账，由我垫上。"

"那好，那好！"牛副官显得高兴地应着，心想："你记账又管个屌用，还没轮到你讨账，老子早把你丢进了监狱！"

拉来一个牛副官的随从，四个人各坐一方，他们打的是川牌，三个人打，一个人坐醒。所谓坐醒，也就是候轮子，别人下了他再上。第一轮本来宁河生要坐醒，可是牛副官不干，他要赢个痛快，只好叫他的随从坐了醒。十七张摆牌，论翻，每输一张，付法币一千元。

他们都想赢别人的钱，打得很认真。第一盘下来，牛副官赢了。本来他也应该赢，他是干这行的老手。第二盘他又赢了，这使他的兴致越来越高。打了一盘又一盘，任千秋却毫无离开之意，他一边品着盖碗茶，漫不经心地出着牌。这时大雾已经散去，眼看停在江边的"民德"号就要开船了，他还是不慌不忙。牛副官心里猜想："难道这任千秋真的不赶船？那他出来又是干啥？未必仅仅是为了溜溜弯儿？"

任千秋打牌输得多，赢得少，宁河生输得更惨，从来就没有摆过一盘牌。牛副官越赢越得意，两眼笑得像一条缝。心想："老子有了钱，今夜可以去'春意浓'找那'一枝花'乐乐。"当然，在李子镇搞女人他是从来不花钱的，可是在县城就不同了，这儿不是他牛某人的地盘，即便是强龙也斗不过地头蛇。他每次下县城，只有花血本去搞女人。

"各位，"任千秋趁着坐醒的时候发了话，"你们替我把钱看着点儿，解个小便接着干。"他站起身来，指了指桌上那博士帽里所剩不多的钱，也不管别人同意不同意，转身就往外走。

"任大爷去吧,我们随后就来。"牛副官应着,飞快地把钱往口袋里装。心想:哼!姓任的,莫在老子面前打屙屎主意!你解便我也解便!看你如何脱身!等老子弄足了钱,再来收拾你。

"喂,莫慌莫慌,水火不容情!"宁河生伸手拦住大把抓钱的牛副官,说:"你们都去解便,钱嘛,由我暂时看管,你们转来接着干!"

牛副官将宁河生一把推开,一面把钱往衣兜里抓:"去你娘的,想得到安逸。你以为老子那么笨?让你一个人把钱拿走?要得个尿!"

"你赢了钱就不干了,老子输了钱又向谁要去?不行!还得走几圈!"宁河生大声说着,伸手去拉牛副官。

那姓牛的本来就是个亡命徒,哪里信你这一套,伸手从腰间拔出短枪,瞪着一双血红的眼睛吼道:"一边去!再跟老子啰唆,我的家伙可不是吃素的!"

此时,茶馆里已围了不少看热闹的,一些好事之徒拍手喝彩:"要得,试试看,量他手上那枪也不敢打人!"一些认识牛副官的人吓得胆战心惊,生怕出事,赶紧把宁河生拉开,轻声说:"忍得一时之气,免过百日之忧。算了算了,蚀财免灾!"

牛副官心急如火,生怕任千秋逃跑。他见有人解围,趁势将桌上的钱通通捞起来,放进兜里,带着随从一阵风朝厕所跑去。

"妈的!瞎了你的狗眼!"在厕所门口,牛副官与一个身穿青布长衫,戴着一副大墨镜的人碰个满怀,他顾不得那许多,边骂着,径直朝厕所里冲去。

"糟了,姓任的跑了!"牛副官大叫一声,不知如何是好。其实,他与任千秋进厕所的时间前后相差不过两分钟,即便逃跑,那姓任的也跑不了多远!牛副官这么想着,又来精神了。他命令手下人去附近邮亭给县驻军邹营长打电话,请求全城立即戒严,自己一股劲地向停在江边的客轮"民德号"冲去。

"呜唔!呜唔!呜唔……"戒严的警报响了,整个县城的大街小巷都有警察和军人在跑动,过街的行人,站在原地一动也不敢动,等待搜查。大人的呼喊声,小孩的哭叫声,还有警察对行人的打骂声,混为一团。刹时间,整个街被闹得天昏地暗,似乎是山雨欲来风满楼,黑云压城城欲摧。

与此同时,牛副官带着随从也一口气跑拢"民德号"客轮,只听得"呜……"的一声,汽笛长鸣,轮船起了锚。那身穿青布长衫,戴着大墨镜的人刚好上了船。牛副官此时才看真切,那身段,那举止,分明就是任千秋。他毫不犹豫,举起手里的枪,对准任千秋就要打。可是,任千秋已溜进船舱。牛副官气得直跺脚,大声喝道:"停下!停下!船快停下!"他的声音在那空旷的江边,面对那江中的庞然大物,显得那么有气无力。伴随着长鸣的汽笛声和隆隆的机器声,是那越来越远的轮船的身影。

任千秋坐在船舱里,长长地吁了一口气:"好险啊!"他万万没想到,在县城码头会遇上那姓牛的。说不定是个巧合,这真是冤家路窄!其实,危险还在后头呢!牛副官见追不上任千秋,立即电告万县专员公署。

专员公署接到电话,立即命令军警封锁万县港,并用无线电向"民德"号命令:"沿途不得停靠,在万县港也只能停靠南岸的陈家坝码头。"

"娘的,今天这船怎么了?在小江不靠岸!"一个乘客骂着,要去找船长。

"哼!小江?连云阳这样的大码头也没靠岸呢,想必是哪家要招女婿客,把我们硬拉去配他家的闺女。"一个青年调皮地说着,还做了个眨眼。

"都啥时候了,还说笑话?我们有急事要下船,这可怎么办?"

"找船长去!"

"对,找船长去!"

"……"

船上乱哄哄的,就像开了锅的粥。

"乘客们!乘客们!不要闹,不要闹。"不知是谁把船上的乘警找了来,弓腰驼背地喊道:"专员公署有令,为缉捕本船上的匪首,沿途不得停靠,不准下客!"

有人骂道:"屙个专员公署!扯大奶子吓小娃娃。经常都他妈的在抓共产党,抓匪首,我从来也没见他们抓到几个真正的!尽他妈胡扯蛋。"

又有人说:"既然知道有匪首在船上,为啥不抓起来?到底有多少?"

"听说,"乘警想了想,说:"听说是一个。"

有人问乘警:"你们是胀干饭的呀?既然只有一个,为啥还要这么兴师动众?"

"这……"乘警有些语塞,转而威胁道:"再闹!哪个再闹就以通匪论罪!"

此情此景,任千秋看在眼里,记在心上。

眼见万县码头即将到来,不知如何才能躲过搜查。他来到船员住处,找到管伙食的老王,立即卷起袖子,亮出袍哥符号,说:"王老兄,我是宁大爷托你把我带到万县的,现在你们船上说有什么匪首,本来我就不相信有这样的事,要是真把我当成匪首抓走,"任千秋看了老王一眼,接着说:"恐怕王老兄在宁大爷那里难于交代事小,你自己受株连事大哟!"

老王也是吃人饭长大的,又在江湖上混了那么多年,这双关二语的话他还听不出来?他思索片刻,忙问:"事到如今,不知老兄有何高见?"

"那……"任千秋想了想,嘴对着老王的耳朵如此这般地说了个秘密。

"民德"号船驶进万县南岸陈家坝港。只见岸上军警林立。轻机枪、重机枪直端端地对准"民德",荷枪实弹的士兵,把枪栓拉得哗哗直响,看上去杀气腾腾,凶神恶煞一般,好不威风!

"船上注意!匪首任千秋就在船上,为了搜查起见,任何人不得随便下船!"

"轮船不许靠岸!轮船不许靠岸!就在江心抛锚!"

"……"

警察们在高音喇叭里大呼小叫,"民德"号只好在江心抛锚。船未停稳,数十只小船便包围过来,军警、便衣一拥而上。他们一个个手里拿着任千秋的照片,对乘客们一个个对照。

身穿制服,脚蹬木板鞋的船长,跟在警官后面转来转去,这里查看,那里问问,全船的人都未逃脱搜查。

敌人没有搜查到任千秋,在人们的吵吵嚷嚷中,只好把那些该在涪陵、云阳、小江以及万县下船的乘客用小船一船一船地装满送上岸去。

突然,一个便衣特务头目在"民德"号的甲板上挥动着手枪,大声喝道:"快把那小船划回来!"

船员们不知所措,仍一个劲地往前划着。

"他娘的!再不划回来,老子就开枪了!"特务一边吆喝,早已把枪机拉得哗哗直响。

船员们无可奈何,只好将快靠岸的小船又划了回来。此时,装扮成船长的任千秋眼看就要脱险了,谁知乘坐的小船又被特务叫了回来,心一下子悬到了嗓子眼,比任何时候都紧张,他心里想着,这一回可能是走不脱了。万一被敌人抓住又怎么办?自己刚刚入党,游击支队还没真正建立……唉!

是与敌人搏斗,还是跳长江?

"喂,我们有两个弟兄需要上岸,坐你们的船。"随着特务头子的叫声,任千秋心中的一块石头这才落了地。

任千秋上了岸,逍哉遥哉地哼着山歌去找老陈。

第十六章

　　任千秋在万县向老陈汇报了工作,又风风火火赶回水寨。说实在的,他真是满面生光。那饱经风霜而终年愁苦的脸孔,不知都跑到哪洲哪国去了。整日里笑眯眯的,不知心里有多甜。连妻子碧玉也觉得他像变了个人,打趣地问:"从我认识你开始,没见你这么高兴过。而今你怕会是捡个金银财宝哟!"

　　"哈!金银财宝算个啥?就是夜明珠我也不稀罕!"千秋笑眯眯地顶了妻子一句,声音是那样地自豪。

　　那么,任千秋为啥这样高兴?一则,老陈和恢复后的万县地区共产党的领导表扬了他,说他的工作干得很出色,既筹集了不少枪支,联络了各方人士,还把附近一带都搞成了红色区域。二则是老陈把任千秋这里的情况报告了中共地下党四川省委,中共地下党四川省委非常满意,非常高兴,给任千秋的水寨取了个名叫做"敌后解放区",还说要派一批共产党的音乐家、美术家、文学家、艺术家到任千秋的水寨来。人家老陈是共产党从上海派来的大官,那么器重你这个官府严加通缉的要犯,还有啥不满足的呢?当然,至于老陈的官到底有多大,千秋无论如何也说不清。但他觉得,这官一定小不了,连货郎兄这样神秘的人物都得听老陈的就是有力的证据。通过万县之行,任千秋越来越觉得自己的路子走对了头。老陈每天从百忙中抽出时间陪他在江边散步,有时去转西山公园。谈的是理想、人生,也谈了党的有关知识,谈得更多的是如何发展壮大游击武装。

老陈那么高的官位,那么知书达理,那么具有真知灼见而又那样和蔼可亲、平易近人,使千秋久久不能忘怀。让任千秋自觉不自觉地把老陈与已经牺牲的彭咏梧政委相比较,得出的结论是共产党的官都是这样的没有架子,这样的谦虚,这样的平易近人,任千秋进一步认定自己这辈子是跟对人,走对路了。临别时,老陈曾紧紧地握住任千秋的手,十分谦虚而又真挚地说:"老伙计,若是发动群众,也许我比你强,但对于打仗,我就不如你了。游击队是兴是衰,这次武装起义是成是败,得靠你出大力!"

千秋觉得,党交给他的担子是那样沉重,重得几乎有点儿挑不起。但他暗下决心,无论如何也要完成好上级交给的任务,为党争光,为老陈争气。他找到齐章佑,探明莲花乡李乡长的长子于冬月二十八日娶亲,他再三思量,说:"这个日子好,一个'草'字头,下面加个'八'字,不就成了共字吗?我们要让人们在心中牢牢记住这个字。"于是派人去万县与老陈联系,建议利用李家办婚事的机会成立"川东游击纵队水寨游击支队",又通过书信或直接派人等形式,与四十八槽王伦碧、云阳桑树坪刘海清以及巫溪宁河生等人联络,要求一律带领骨干队员于冬月二十八日以到李乡长家吃喜酒的形式聚会。

当然,水寨的弟兄们要去李家聚会,还得由珍儿唱主角。李家大儿子成亲,未婚二媳妇要去送情,可她从来没去过李家,按规矩,头次去还得举行个仪式,人们通常称之为"过门"。要大摆宴席,亲家爷、亲家母、未婚媳妇的兄嫂姐妹都得去,还要请男方自家的七姑八姨和长辈。还要为未婚媳妇备置彩礼。事实上,"过门"就是把订婚的事公诸于众。其实,李乡长家用不着另备酒宴,七姑八姨也是不请自到,反正大儿要成亲,一举两达便,什么都是现成的,只是把齐章佑的亲友多请几个就行。可是,这事却使珍儿犯了难。与李乡长家订亲,她本来就不愿意,只是为了开辟红色区域,对那姓李的实行统战,才勉强答应的。她当时答应下来,完全是当成儿戏,只是为了图李家高兴,哪晓得而今却当了真。她明白,只要过了门,谁都知道她是李家的未婚媳妇,按乡下的规矩,她的身子已有一大半属于李家了,没有十分特殊的情况,她只有嫁到李家去。唉!要是那样,可真是倒了八辈子霉了!自己跟着父母吃了那么多年苦,窝窝囊囊过了那些年,好容易才盼到参加游击队,去和那些有钱的和当官的作对,而今又许给了一个当官的儿子,那以后自己的爸爸,还有任大哥和长脚哥他们不也要拿起枪杆子来和你作对?这可怎么办呢？珍儿思前想后，找不到个正确答案，最后决定先去问问长脚哥。

自从珍儿同意和李家少爷订亲，长脚杆就不再和她那么亲近，每次见了面，总是躲躲闪闪，心里却有一股说不出的别扭劲儿。他倒不是因为得不到珍儿而醋意大发，主要是怕两个人走得太亲近会引起别人闲话，若李家知道过问起来，就要坏游击队的名声。平心而论，他不愿珍儿嫁给李家，他以为那样是亏了她。可自己又不能娶，主要觉得珍儿还小，又那么漂亮，自己实在配不上她。当然，他不是没有遗憾，他恨自己为啥年龄比她大那么多，而且也没有钱财供她享用。从这点上讲，他对李家的家业确实有些嫉妒。为了游击队，他真有点儿左右为难。

"长脚哥！"珍儿跑过来，红着脸，还是像以往一样地称呼他，然后很认真地说："我有句话，想问问你。"

长脚杆有些奇怪：有句话？什么话？难道是提亲的事？不会吧！他没作声，斜着眼望着她。

"你现在还喜欢我吗？"她鼓足勇气，好容易才说出这句话。

"喜欢！"唉，人家一个大姑娘，都有婆家了，你还能去喜欢？"不喜欢！"这可不对头，人家天真活泼，有话从来都向你说，嘴又那么甜，爱都爱不过来呢，你能说不喜欢？他不知到底该怎么说，只好反问一句："你说呢？"

珍儿没正面回答，随口又问："如果我真的到了李家，你还喜欢我吗？你们会不会拿起枪和我对着干？"

长脚杆听到这里，"扑哧"笑出声来，他真没想到珍儿是为了这个。他虽然不懂许多，但他明白一条，既然是游击队同意她去的，当然不会把枪杆对着她。他笑着说："你放心好了，一切都不会变化，仍然会和现在一样。"

"真的？"珍儿转忧为喜，进而问道："那我还能当游击队员？"

长脚杆不假思索地说："这还用说？你不已经是游击队员了！任大哥曾经说过，你要是真嫁过去了，也是白皮红心。"他的话，像一股春风，虽然只有三言两语，却是那样的柔和与温暖，赶走了珍儿身上的寒冷，也驱散了她心中那团疑云，她自己都没有想到，她能得到任大哥那么高度的信任。她高高兴兴地回到家，翻箱倒柜，收拾打扮，准备去李乡长家"过门"。

李乡长的家，就在莲花乡公所旁的一个四合大院。院子里的住户虽然都是李姓，但毕竟是各家门各家户。为使喜事办得气派，他索性把客厅设在乡公所，宴席也在那儿摆。他专门从县城找来上好的厨师，几天前就忙乎开了。他逢人便说:"我一生最大的喜事莫过于这次,大儿子结亲,二儿媳妇过门,真是喜上加喜!"他再三嘱托下人,一定要把酒席办好,免得各方贵客笑话。亲家爷齐章佑早就给他透了信,任千秋的四方袍哥兄弟也要来凑凑热闹,叫他专门腾出房子供这些人聚会。他觉得这会使他李某大增光辉,便亲自在乡公所楼上选了一间宽大僻静的房子,叫人细心收拾出来,到时摆上桌凳及糕点。

冬月二十八日这天,莲花乡乡公所张灯结彩,煞是气派。给人一种不是李家结亲,而是乡公所办喜事的感觉。

一大早,乡公所的进门处就摆起一张八仙桌,桌上放着个厚厚的簿子,那是专门用来记载送礼人姓名及礼品和现金金额用的。桌旁坐着个戴老花眼镜的管账先生,专门负责登记受礼情况。还有个年轻的后生,是李乡长的二少爷,负责保管客人送来的礼物。当然,那些七姑八姨之类的内亲内戚,早在头天下午就把礼物送到了李家。当天上午来的只是一般朋友、同事、上司、部下以及平时有些瓜葛的或是任千秋他们这些来凑热闹的散客。有些平时与李家无亲无故,想巴结又没个机会的,此时也来送份礼。

此时的乡公所,自然显得异常热闹,八仙桌前那位戴眼镜的管账先生,忙不停地记账,几乎连屙尿也抽不开身。

长脚杆坐在管账先生身后,等待任千秋联络的那些各方游击队领导的到来,拢一个,就叫人带一个到楼上那间专门安排的房间去。水寨的弟兄们到得最早,经常露面而又名声在外的几个人物,如任千秋、浪里白、齐章佑他们,一律藏在楼上不出门。其余的分别在院内巡逻或是到离乡公所稍远一点的地方放哨。当然,珍儿是不能上楼的,她只要一去那儿就会暴露目标,客人们的眼睛都盯着这个刚过门的未婚二儿媳妇。她只有跟在小姑身后,任别人指指戳戳,像观赏动物园里的猴子一样任人对她评头论足。反正这是她没有办法的事,只好豁出去,让人看个够。即便说大了别人的嘴,她也不能在乎。

快到中午时分,宁河生、大手杆、王老二、刘海清、王伦碧,各自都带着几个弟兄先后到达。接着,老陈也到了,他长袍马褂,一副绅士打扮,温文尔雅。他在人情账单上写的是万县大友油号副董事长王某,人们看到这副打扮的人,都有些敬畏几分,当然,许多人是认为李乡长有面子,能请到这样的贵客来扯场子,有蓬荜生辉的感觉。宁河生、大手杆、王老二、刘海清、王伦碧也都没写真名,长脚杆是凭着联络暗号认出他们的。

人员到齐了,"水寨游击支队"成立会即刻就可以召开。可他们哪里知道,一场灾难正在步步逼近。

事情是这样的,数日前任千秋按老陈的意见联络各方义士参加游击队。虽然这项工作是在秘密的情况下进行,通过知己串联知己,这方法难保万无一失。环节一多,不知不觉就走漏了风声。

李子镇王大爷从"知己"处得到这一消息,连忙告诉保安中队宝疤子。

这刘家疤子也不是个傻瓜,他吃任千秋的亏太多了。而今姓任的又有共产党撑腰,更是惹不起。当然,他也不会听之任之,还是要报仇的。于是连夜亲自进城,把这事向县党部书记长杨郓九告了密。

这杨郓九是个精明透顶的人物,他不声不响,悄悄上邮局截获了任千秋给各路义士的信,从中了解到"水寨游击支队"成立的具体时间和地点。然后将这些信一声不响地封好放回原处。同时暗暗调集县驻军邹营长和保安中队宝疤子的两股武装力量,于冬月二十八日上午风风火火赶到莲花乡乡公所附近埋伏起来。自己带着李子镇王大爷和青竹乡文乡长,以吃喜酒的名义前去侦察。一旦发现可疑情况,立即发出信号,邹营长及宝疤子的人马便可将乡公所包围起来,将游击队一网打尽。

中午时分,杨郓九一行才慢悠悠地来到莲花乡。到底是先去乡公所,还是先去李家四合院?杨郓九和文乡长发生了分歧。按杨郓九的,应该先去乡公所,李家的喜酒在那儿办,想必游击队的成立会也在那儿开。文乡长却有不同的见解,他笑着对杨郓九说:"老兄,你想想,乡公所人多眼又杂,哪个异党敢在那儿活动,这李家院子住户多,谁敢担保没有一家通共匪?即便是有那么一家,游击队是完全可以躲在那里清清静静地开会。"

杨郓九一听,觉得有道理,于是就要朝李家院子走。

就在他们意见发生分歧时,王大爷提前到了乡公所。此时,他派了个人气喘吁吁地跑来报告:"书记长,快到乡公所去,我们王大爷看见长脚杆了,叫我来报告。"

"快,去乡公所!"杨郓九有些激动了,拉着文乡长就跑。

"说喜说喜就说喜。"

"喜呀!"

"一颗谷子两颗米。"

"米呀!"

乡公所门口,叫花子头儿明老九,带着他的乞丐部队,不知突然从哪儿窜出来,大呼小叫。客人们都大惑不解,按理,这喊喜的事应该是等新娘子进门时去李家院子喊。为啥跑到这乡公所来了?人们从屋里、院子里涌出来,把个大门围得水泄不通。一个小乞丐悄悄塞给长脚杆一张纸条。长脚杆深知情况不妙,一阵风溜到乡公所楼上游击队聚会的地方,打开一看,只见上面歪歪斜斜地写着五个字:"快往后山撤"。

任千秋有些犹豫,是谁送的纸条呢?肯定,那小乞丐背后还有人。前几次收到货郎兄送的情报总是能化险为夷,这次也准确吗?如果说准,那派出去站岗放哨的那些游击队员为啥没发现一点儿形迹?也该有人回来报告才对。那么,这些纸条是个阴谋?他不知应不应该把参加会议的人员撤出去,走错一步棋就会全盘输光的!他把纸条递给老陈,说:"你拿主意吧!"

老陈瞟了一眼那几个歪歪斜斜的字,满有把握地说:"情报可靠,快撤!"

这时,杨郓九和文乡长气喘吁吁地跑到乡公所,见门口闹闹嚷嚷,一片混乱,知道内中必有缘故,几次往里挤都没有挤进去,急得直跺脚。杨郓九顾不得那许多了,对跟在身后的王大爷说:"快,快,去鸣枪,叫他们先把乡公所包围起来再说。"

文乡长也在一旁搭了腔:"是呀,赶快鸣枪,管他妈是侯爷王爷,抓到哪个算哪个!"

"啪啪!啪啪!!"

刹时间,那些埋伏在远处的县驻军和保安中队的官兵,从四面八方拥出,一齐向乡公所围拢。那些站岗放哨的游击队员此时才知有埋伏,便匆匆忙忙跑回乡公所楼上报信,可是,参加会议的几十名各方游击队代表已经无影无踪。

杨郓九虽然气势汹汹地带着二三百人的武装包围了乡公所,但也只能是大大地扑了个空。他好不恼火!真不明白是任千秋耍了他,还是有人通风报了信。不管怎么说,这次他确确实实又输了,输得还有点儿惨。除了默默地接受县驻军邹营长和保安中队宝疤子的臭骂,还要低三下四地硬着头皮向李乡长赔不是。李家本来就是杨家的政敌,杨郓九搜查的目的也包含着要把李乡长甚至县城李大爷搞下去。这下他没拿到什么证据,李乡长可就来劲了,真是鼻子嘴里都是话。杨郓九再三解释,李家就是不依。姓杨的没法,只好拿出他的王牌,要李家以党国利益为重,鼎力合作,消灭共党游击队。并保证,今后凡是要进乡公所搜查,事先一定要给李乡长打招呼。

事已至此,李乡长也只好就坡下驴,事情总算有个了结。其实,杨郓九的话还不如别人放个屁,他不仅没履行自己的诺言,而且还使李家倒了霉。这是后话。

此时,各方游击队代表正在莲花乡乡公所后面山上的煤窑里召开"川东游击纵队水寨支队"成立大会。有人拿了几十个土陶小碗,全盛上烧酒,每人面前放一碗。当任千秋宣布"川东游击纵队水寨支队正式成立"时,浪里白立即提来一只鸡,一刀砍下鸡头,将殷红的鸡血滴向每一个碗里。

任千秋有板有眼地念道:"我们来自四面八方,各吃各的饭,各穿各的衣,今日在此结义,为救穷人大翻身,全国大解放,刀山我们敢上,火海我们敢闯,不打倒蒋介石,我们决不下战场!"任千秋念到这里,抬起头来看看众人,说:"从今日起,我们都是弟兄,要情同手足,若有二心,死无葬身之地!"

在场的人都一齐念道:"若有二心,死无葬身之地!"然后,一个个端起滴有鸡血的酒碗,咕咚咕咚喝了个干净。

他们之所以采取这种形式,主要是因为参加起义的有很大一部分是土匪或袍哥。任千秋任水寨支队司令,浪里白任副司令,老陈兼任支队政委。齐章佑任一中队中队长,宁河生任二中队中队长,大手杆、王老二分别任三中队正副队长,刘海清、王伦碧的人马已在纵队司令曹伟那儿报了到,故不编入本支队。然后宣布三个中队同时于半月后起义。一中队由任千秋带队攻打李子镇,二中队由老陈带队攻打江边盐场。三中队由浪里白带队攻打西口乡公所。长脚杆不愿当头头,要求仍随任千秋跑通讯。另外,还有一些骨干队员被任命为小队长。起事成功后,大家全部在水寨聚集,再集中力量攻打县城。这就是当时川东地下党制定的,在敌占区实施"多处暴动,天女散花",形成国民党后方无处不在牵制敌人的有生力量,减轻解放军正面压力的策略。

会议结束后,各中队按照会议决定分头回去准备。当然,这些都只是作战计划,实际情况要看形势的发展。

第十七章

　　西口乡位于李子镇以西,与云阳县接壤,乡公所设在西口场上。这西口场就在一个垭口上,街道不算宽大,却有群山环抱,场的两头都有乱石加三合土筑成的高墙,进去的人只得通过唯一的卡子门,门前各设有一道岗亭,居高临下,监视着由下而上弯弯曲曲的必由之路。要从李子镇去云阳县城,还只有这条唯一的官道。真可谓一夫当关,万夫莫开。因此,要想把水寨与四十八槽游击区连成一片,首先必须攻下西口场,捣毁设在场口的岗卡。

　　攻打西口的战斗由三中队负责,中队长大手杆和王老二都是绿林出身,一身本事。手下的弟兄们大多是亡命的角色,单个作战都很能打得,但不大守纪律,一般情况也不大服从提调。支队派去领队的是副司令浪里白。他也是绿林出身,三教九流都见过,要打要骂也不示弱,手下人反倒畏惧他三分。

　　大手杆派人对西口场进行再三侦察,综合各种情况,大家一致认为易守难攻。单凭这个中队的几十号人马,是很难取胜的。可是,既然战斗命令已经下达,不攻下又不行。经过研究,最后决定不能硬攻,采取智取,并且需要支队增援。

　　这天,西口场逢场。一大早,老实巴交的山民们挑着山货,赶着猪、牛、羊,背着鸡、鸭、鹅,从四面八方拥来。乡公所的对门,来了两个卖柴的,挨个儿立着。两挑柴块子不算好,要价比谁的都高,几个人过去问了问价摇摇脑袋就走了。

　　"喂,柴块子啷个卖?"又有人来问价,意思是多少钱一挑。

"五升米。"一个卖柴的回答,他不论钱,那时的钱每日要贬值几次。不是有民谣唱"五块钱的钞票没人要"吗?所以卖柴的汉子也要以物资计。

"那,你呢?"买主又问另一个。

"少半升。"这个买柴的汉子看来要会做生意得多,他边说,还伸手去拉那买主,吹嘘他这柴的质量,是如何耐烧,如何起火,死活要买主把柴弄去,不过,只是不肯让价。

买主被缠了半天,说:"别人顶多不到三升米,你是想卖个富贵什么哟。"没法,只好离去。就这样,金钱也换不来的时间被浪费掉了一大截。两个卖柴的汉子与别人空磨着嘴巴皮,就是成不了交,一直到下午,场上的人逐渐稀少起来。

这时,一个高个子乡丁走过来,将其中一个卖柴的汉子拉走,说是抓去当壮丁。那卖柴的大喊大叫:"不能抓,不能抓,我家还有妻儿老小。"

说来也怪,第一个卖柴的还没抓走多远,又走出个矮个子乡丁把另外一个卖柴的汉子也要抓走。这汉子要厉害得多,大声质问那乡丁:"你东乡的凭什么来抓西口的人?要当兵,也不归你抓!"

是呀,他怎么可以到别的乡来抓人?那高个子乡丁赶紧跑回来,拉住矮个子乡丁要他放人。矮个子也不示弱,他说:"要放人大家放人,你抓的也是我们乡的。"

这一来,谁对谁非就没了个标准。公说公有理,婆说婆有理,两个乡丁都不示弱,放下两个卖柴人大打出手比起武来。他们俩你推我搡,终于打起架来。高个子说对方撕烂了衣服,矮个子说对方打伤了背。赶场的百姓纷纷拥来看热闹,把个街道围得水泄不通。尽管对面乡公所门口就有背梆梆枪的站岗,但谁也不理睬这码子事。两个打架的越闹越凶,终究解决不了问题,索性你拉我扯地要去找西口乡公所评理。门口站岗的横下枪不让进去,可是经不起围观群众你推我搡,把守门的兵挤得老远。

"啪!啪!"两个挑柴的汉子取出藏在柴捆里的短枪,对空鸣枪,然后就冲进乡公所。那些围观群众中也有好些人掏出怀里的短枪,跟随两个打架的汉子朝乡长办公室冲去。

其实,这些攻打乡公所的武装人员全是水寨游击支队三中队的队员,为首的是支队副司令浪里白和三中队一名游击队员,他们刚才打那场架完全是假的,目的是为吸引围观群众掩护他们冲进乡公所。

与此同时,守在上场口的三中队长大手杆和守在下场的三中队副队长王老二各自带着几名游击队员攻卡子。

事有凑巧,乡丁中守下场卡子的一名组长,曾是王老二的拜把兄弟,没费多少口舌,他就自动出来开了卡子门,放游击队冲了进去。

可是,攻上场卡子的情形就不一样了。游击队朝卡子打了好一阵枪,里面的乡丁紧闭卡门,理也不理。岗亭的四壁是用三合土和块石筑成,高高的,而且很坚固,不但步枪打不穿,即便扔几颗手榴弹,只要没扔进岗亭里面,也关系不大,不会损坏岗亭。大手杆见这岗卡长攻不下,心里十分着急。他把带去的六个游击队员分成两组,一组留在下面监视,另一组由他亲自带领绕过岗亭,向岗卡背面的鹞子岩爬去。这石岩陡峭险峻,光秃秃的,几乎连一棵小草也没有。游击队员们绕过悬岩,沿着山腰转了好远才爬上去,居高临下朝着岗卡"啪啪啪"打枪。

"卡子里的弟兄们,快出来投降吧,我们不会伤害你们!"大手杆令身边的几个游击队员扯开喉咙朝岗卡里呼喊。忽然,他想起了游击队里最近传唱的一首歌谣:

刘邓大军进中原,
战旗映红半边天。
心盼碎耶眼望穿,
风卷红旗上巴山,
打回老家来过年。

对了,这歌谣中所唱的刘、邓,不是刘伯承司令员和邓小平政委吗?刘伯承的老家就住在开县赵家场,邓小平的老家就在广安县,干脆,扯他们的大旗好了!于是,命令游击队员们大声呼唤:"我们是刘伯承、邓小平的先头部队,是来解放四川的,你们快出来投降吧!"

说实话,刘邓部队穿什么衣服,拿什么武器,谁也说不清。但他们那响当当的名声,早已在四川老家传开。最近已经有不少关于刘邓大军就要打到四川来的传说。乡丁们摸不着底细,早已心慌意乱。

"他们不投降,我们就拿石头砸。把子弹节约下来打云阳城!"大手杆见岗卡里没有动静,便和身边的几个游击队员商量,将大大小小的石头接二连三地推向岩边。

"乒乒乒……咔嚓!"石头直端端地滚向岩下岗亭的房顶。

这岗亭虽然四周坚固,房顶却与普通民房差不多,是用青瓦盖成。打几枪没关系,丢个把手榴弹也算不了啥,石头一砸,房顶就穿了个大窟窿。

"好家伙!真不愧是刘邓大军的先头部队,打起仗来这么机灵,攻卡子不用枪炮,用石头砸,还要留着子弹去打云阳城!"岗卡里的乡丁见闭门死守不是办法,只得乖乖地开门出来投了降。

西口场这样攻下了。游击队将设在场口的两个岗卡捣毁了,将俘虏捆了扔进乡公所,带着缴获的枪支弹药,凯旋班师。

在这次行动中,有的游击队员被短时的胜利冲昏头脑,脑袋膨胀,旧调重弹,在执行任务时强奸妇女,还有的带着缴获的银圆和鸦片烟离开了队伍。这些事情并没引起中队指挥员的重视,无论是大手杆、王老二还是浪里白,都没把这些当回事,他们很了解自己的这帮兄弟伙,而且自己也是这么过来的。正因为如此,大手杆和王老二两股人马在战斗结束后互相争吵,你说我的人抢了银圆,我说你的人拿了鸦片,吵得不亦乐乎,还准备大打出手,几乎火并。

浪里白作为支队领导出面调解,才让两股人马有所收敛,但也只是各打五十大板,强行暂时压住而已。为了行军顺利,浪里白提出大手杆和王老二各带各的人马,分两路向水寨子开进。

王老二向北绕道而行。

浪里白随大手杆走原路,他们急行军来到张家箭楼,眼见天近黄昏,同行的那二三十个队员十分疲乏,于是决定就地扎营。他们还是在进入西口场前吃过早饭,已经饿了一整天。队员们从附近百姓家里弄来些红苕,架起锅灶就煮起来。浪里白把指挥所设在箭楼的二层并通知所有队员都到箭楼宿营,还派出警戒以防万一,谁知,一场灾难真的降临了。

原来,游击队离开西口场后,场上富绅立即打电话向姚县长报告,说是刘邓大军的先头部队打下了西口场,还夺走了富绅的财物,强奸了有钱人家的女子。姚县长觉得很奇怪,这刘邓大军能从天而降?他们是如何飞到西口场去的?真共产党打土豪劣绅,分田分地,却从来没听说强奸女人。想必是有人冒充,姓姚的并不傻,没费多大劲,他就料定这支人马一定是游击队。他早就派保安中队宝疤子的人马在西口一带活动,于是立即打电话叫县驻军向西口场靠拢增援,配合由牛副官带领的队伍。

"快!把箭楼围起来。"牛副官边行军边打听,一查明游击队的下落,便悄悄命令部队围了过来。

所谓箭楼,实际就是用厚实的条石砌成的炮楼,是解放前富人用来防御土匪用的,渝东有钱人家,差不多都修有这种箭楼,平时就把家里的贵重财物藏在里面,专人保护。如果遇土匪袭击,全家人躲藏进去,楼门一闭单凭土匪的火枪大刀是奈何不了的。

"啪!啪!啪!"几声清脆的枪响,惊动了正在进餐的游击队员们。他们到窗口一望,发现已被包围。几个手疾眼快的队员,已向保安队开了枪,一连放倒几个。牛副官发觉不对,硬拼,他的保安队不是游击队的对手,立即命令部下退后一段距离进行射击。

"啪啪啪……!""嘭嘭嘭……!"枪声夹杂着手榴弹的声音,像爆米花似的响个不停。双方好像不是在打仗,而是在搞射击表演,谁也没打着谁。

突然,箭楼里的枪声戛然而止,好像是子弹打光了。牛副官也命令部下停止射击,朝箭楼里喊道:"游击队的弟兄们,你们被包围了,我们来了几百人,你们已经跑不出去了,投降吧!"

箭楼里立即回答:"我们投降!我们投降!!"说着,箭楼下面的楼门打开了,扔出几杆枪来。随后大手杆举着双手从楼里走向楼门。

前面的几个保安队员,为抢头功多拿赏钱蜂拥而上,去捡游击队扔出的枪,去抓大手杆。

忽然,从大手杆两侧腋下伸出几支枪来,"啪啪啪啪,啪啪啪啪——!"一阵乱射,几个保安队员应声倒下。

几个游击队员一拥而出,边打枪边往外冲。

牛副官顿时慌了手脚,大声惊呼:"给我顶住,给我顶住!"也就在那一刹那,四面八方的保安队员,纷纷涌向箭楼正门。

正在这时,县驻军邹营长的部队也赶到了,机枪步枪一齐向箭楼正门射击。冲出来的游击队员牺牲了几个,其余的被堵了回去。

箭楼厚厚的木门"吱—呀—!"一声重重地关上,箭楼上各个窗口向外响起了密集的枪声。

保安队和县驻军组织了更加猛烈的还击。各种武器喷吐着弧光,子弹打在箭楼厚实的条石上,发出"铿铿"的响声,弹头反弹下来掉在箭楼下面。

大约几分钟后,双方都停止了射击,保安队又开始喊话:"游击队佬儿,你们不要耍花招,我们的人越来越多了,县驻军一个营的兵力全在这儿,你们拼不过的,快投降吧,如果不投降,这里就是你们的葬身之地——!"

箭楼里立即发出回声:"我们是共产党的队伍,与你们水火不容,只能鱼死网破,宁可死也不投降!"

牛副官一听,气炸了肺,立即命令道:"弟兄们,游击队已经没有子弹了,快给我冲进去,抓活的。老子加赏钱!"保安中队的士兵们举着枪一窝蜂冲向箭楼。

"啪啪啪……"箭楼里的枪声又响了,一颗颗子弹从窗口射了出来,牛副官的那些快要冲到箭楼前的部下,一个个鬼哭狼嚎,回头又跑,箭楼前又多了几具尸体。他们这才明白,箭楼里停止打枪,完全是游击队用的计策。

牛副官清楚,眼下的对手是强有力的,像这样久战不决,说不定啥时候会遇上游击队的援兵,真是那样的话,不就成了"偷鸡不着,倒蚀把米"。他急得没法,在箭楼外不停地打圈圈。他真不愧是流氓地痞加亡命之徒,狠毒的办法多得出奇。他很快想出一条毒计,令几个部下从附近抓来些老百姓,逼着他们从各处背来干燥的柴草,挨个儿堆放在箭楼周围。

"娘的,看样子是要烧死我们了!"大手杆指着箭楼外面说,"看,还在背。"

"放平他妈几个,看还敢不敢!"几个性急的游击队员,边说,边就要朝背柴草的百姓开枪。

浪里白急了,大声说道:"胡扯!打死老百姓是要犯纪律的。"他说的"犯纪律",实际是违反了纪律的意思。

"尿个纪律,老子们不是白拿老命去给他?"大手杆不耐烦了,也站出来支持部下。

"哼!只知道蛮干算个屁!就不能想想别的办法?"浪里白并不示弱,冲大手杆走过去,两只眼睛鼓起像牛卵子,看上去像是要打架。土匪出身的弟兄就是这样,要软你就应该像个龟儿子,要硬必须硬到底,不然,谁都服不了你。大手杆和队员见浪里白这般光景,知道犟劲上来了,不能再惹了。一个个都默不作声,看着浪里白不住地抓头皮,心中又暗暗好笑。

还是大手杆有办法,他把手里的短枪往腰间一插,就要行动。他打算跳楼。

"莫忙,"浪里白拦住大手杆说,"等他们点燃了火,看看地形再跑。"此时,箭楼外的柴草已堆了一人多高,背柴的百姓见游击队不肯伤害他们,而他们却要亲手用柴草烧死自己的武装,心里很是难受。

柴草背得差不多了,保安中队的士兵用枪杆子逼着百姓们点火。当然,那些士兵只能离箭楼远远的,生怕游击队放枪。百姓们高高地举起火把,先点燃箭楼前方,又点燃了左右两侧,留着后方,迟迟不点火。

浪里白观察着动静,觉得奇了怪了,为啥留着后面,百思不得其解。

"啊!箭楼的后方有条小河!"一个游击队员轻声惊呼着。大手杆跑过来借着两旁熊熊大火燃烧发出的亮光一看,心里全明白了。在离箭楼不远的地方有条小河,小河有两三尺高的河岸,是游击队撤退时的上好战壕掩体,这是百姓们故意不肯点燃河岸的柴草,为游击队留下的一条生路。大手杆的心,此时有些激动,这么多年来,他一直在土匪行当里混,百姓一直对他们是愤恨有加唯恐躲避不及,想不到而今当上了游击队,百姓们是那样的爱戴他们,他从来没有受到过这种爱戴。

大手杆轻轻拉了浪里白一把,说:"你带队员们先撤,我来掩护!"说完,抱起一大堆从西口场缴来的手榴弹,朝着与小河相反的方向一个接一个地扔出去。

"轰隆隆……"随着手榴弹的一声声巨响,浪里白带着游击队员一个个从箭楼上跳了下去,接着就是小河里接连不断地发出"扑通扑通"的声响。保安中队牛副官看得真切,立即命令所有的枪口一齐对准小河这边。

箭楼上只剩下大手杆一个人了,他拿起箭楼里那一大堆手榴弹,朝这边扔一颗,又朝那边扔一颗。

"啪啪啪……""轰轰轰……"无数的枪声。手榴弹爆炸声响彻云霄。跳下楼的游击队员们为了阻止敌人,好多都受了伤,牺牲的也有好几个。大手杆独自在箭楼里扔光了手榴弹,也飞身跳下来。

"啪!"当他还没站稳,一颗子弹打中了他的大腿,他无法站起,倒在了小河里,殷红的鲜血混合着清清的河水流淌着,一直流向远方。

在这同一天,远在数十里开外的李子镇的激烈战斗也拉开了。

第十八章

　　李子镇是云阳、奉节交界的商品、物资集散重镇,那里有宝疤子的重兵把守。宝疤子手下又有牛副官这样的亡命徒,要想攻打这个镇,并不那么容易。不过好在这两天牛副官带着一些人在外打仗,没回李子镇。但水寨游击支队第一中队只有几十个队员,骨干力量主要是水寨"金兰社"那二三十个弟兄。尽管战斗力强,如果单让他们去攻打李子镇,至少一人得对付五六个保安队员才行。

　　中队长齐章佑与随队支队司令任千秋反复研究,觉得为了减轻我方的伤亡,仍然应该采用智取。他们计划,诱敌出洞,绑架宝疤子,令其保安中队投降。

　　自从县参议员刘四毛死后,宝疤子一连娶了几个老婆,他希望尽快生出几个儿子,传宗接代,延续香火。否则在这兵荒马乱之年,万一哪天不走运气,一颗枪子不长眼睛,揭了他的头盖骨,他家就断了龙脉。

　　宝疤子的几个老婆,有的养在家里和大老婆共同生活,有的养在外面,啥时需要,坐个轿子就去住上一夜两夜。要图方便,就在家和大老婆、二老婆和三姨太混混也就了事。他最为喜欢的要算那个五姨太,嫩秧秧的,顶多十七八岁,又水灵又温柔,是用两百块大洋从武汉买回来的。为了避开家里几个娘们的吃醋纠缠,宝疤子干脆在离李子镇两三华里的那个名叫三水湾的地方买了几间房子,让五姨太住在那儿养清闲,还请了一个丫头专门伺候。每逢李子镇当场的头天下午,宝疤子就坐上

143

轿子去那儿过夜,第二天一大早,又带着五姨太到镇上兜兜风。他到五姨太那里,一般不带多少警卫,因为这里离镇公所很近,有什么情况半个时辰就可获得增援,因此除了四个抬轿的保安队员外,另外只带两个保镖。

游击队正好利用这一点,事先埋伏在五姨太家附近,等宝疤子一上轿,立即窜出来,先下两个保镖和四个轿夫的枪,再将宝疤子捆了,押回镇上去命令他的部下投降,交出全部武器弹药。

头天下午,任千秋派长脚杆出去侦察,他隐蔽在五姨太屋后那片茂密的树林里,认真注视着大路上的行人。他等啊等啊,一直等到太阳落山,也没见宝疤子的影子。

"耶,这宝疤子怎么这样晚了还没见个影子?莫不是已经进了五姨太屋里。"长脚杆这么想着。

这时,从大路上走过来一个保安队员,径直进了五姨太的家。长脚杆赶紧向前走了一段,靠近房屋耳朵贴墙,他要仔细听听,看那屋里是什么动静。只听那保安队员说:"太太,牛副官把保安队大半人都带到西边去了,今晚大概回不来,现在只有队长一个人带着少数队员守在镇上,上峰有令,要严加防范,他夜间不敢离开,今晚就不上你这儿来了。"

"哼!我猜他就是又有啥心动的女人了,才把老娘扔在一边!"五姨太很是生气。其实她是冤枉了宝疤子,原本带兵去西边打仗该他去的,正是为了晚上能在家里有精有神地陪她,才把牛副官打发出去。当然,他怕牛副官单独留在镇上会去纠缠她也是事实,因为以前曾有过耳闻。

"太太,"送信的保安队员见五姨太满脸怒色,觉得应该早点离去才对,便对她说:"队长说了,很对不起太太。"他斜着眼看看她,又说:"如果没别的事,我就走了。"说完,退了出去。

"回来!"五姨太大喝一声,把那送信的保安队员吓了一跳,只得乖乖地退回屋里。五姨太伸手抱住他说:"既然今晚队长不来,那你就别想走掉!嘻嘻嘻!"那保安队员吓得哇哇直叫,一个劲地喊,"要不得,要不得!队长知道了我这小命就没了,我还有八十岁的老母要人养啊"。

"呸!"躲在屋后的长脚杆吐了一口唾沫,连夜跑回水寨,把自己所见所闻原原本本作了汇报。

这个意外情况,确实打乱了游击队的行动计划,要按规定的时间拿下李子镇,除了强攻,再无别的办法。那么,赶在天亮之前已经来不及了,如果赶在天亮后打响,镇上赶集的人多,误伤好人自是难免。这样,只有在第二天夜间进攻可避免一些误伤。反正,保安队多数人马已被牛副官带到西边,估计已经与攻打西口的游击队接上火,短时间是回不来了。任千秋他们研究停当,决定次日中午出发,天黑后赶拢李子镇。

李子镇是个相当繁华的中心集镇,有七八个专门从事粮食经营的米粮铺,还有鸦片烟馆、赌场和妓院,物资十分丰富。武装力量主要集中在保安队常驻的刘家大院和镇公所。两处除有步枪、手枪外,还各有一挺机枪。于是,攻击重点就摆在这两个地方。由任千秋带领部分人员从下场进入,攻打刘家大院。由齐章佑带领部分人员,从上场进入,攻打镇公所。

掌灯时分,两队人员分别到达上下场口。谁知宝疤子老奸巨猾,早已令人关上了那用厚实木头制作的榨子门,还上了锁,里边有哨兵看守,游击队员无法进入。

"开门开门,我们要进场歇号。"齐章佑一边呼喊,一边"咚咚咚"把门敲得山响。

"不行!刘队长有令,这几天共党猖狂,任何人都不能开门!"哨兵听得心烦,时不时答应一句。

门外游击队又问:"你们以前不是夜深才关榨子门吗?为啥今天关这么早,你叫我们这天寒地冻的到哪里去歇息嘛,还不把我们冷死?"

"你冷死关我尿事,你以为老子就愿意!你们昨天不来明天不来,偏偏轮到老子站岗就来了,再吵,老子就不客气了!"里面的岗哨气忿忿地骂了一通,不再言语了。

齐章佑见喊不开门,心里很着急,这样拖下去怎么行呢?他沉默了一阵,突然想到,这宝疤子的保安中队里,有几个没参加袍哥组织呢?而且大都是德字号上的。于是心生一计,在门外自言自语叹气:"唉!别人都说参加袍哥好,遇到三灾八难有兄弟相救。"他停了停,又说:"我看这都是假的,这李子镇上的袍哥,没有一个仗义的,这天寒地冻,自己出钱住栈房都进不了街。唉……"

"哼!你他妈的小看我李子镇的堂口,量你也没见过世面。"这一着真灵,里面的哨兵搭腔了:"我问你,到底是哪个山包包下来的?"

"唉……"齐章佑长叹一声,说:"还不是小小的开县城。"

"噢",那哨兵有些吃惊,下川东最富裕的县就数开县。谁都知道"金开银万"嘛,"开县的举子,云阳的盐,奉节的女人双闲闲(边沿)。"后一句的意思是:穷得男女共有一条大裤腰裤子,谁出门谁穿,女人个子小,穿上男人的大裤子,裤腰很长一节翻在裤子外面。开县城在下川东一带是数一数二的,除了万县城(专员公署所在地),还有谁能超过开县,哪里是山包包?他曾经去过开县,那里的袍哥组织多,他要考考门外的人,看到底是不是开县的袍哥,他干咳了一声,问:"你莫冒充,我先问你,开县的袍哥势力最大是哪些堂口?"

"最大的有两个,"齐章佑说,"是'西胜公'和'集信长',我们的'集信长'大爷是杨……"

哨兵高兴了,他确信齐章佑是开县"集信长"的人,他曾去过开县,而且还得到过"集信长"的帮助,他不能让江湖上的人骂他"知恩不报"。他再不去管宝疤子的什么令不令,没等齐章佑说完,就"吱呀"一声打开了大门,抖开袖子恭恭敬敬地朝门外丢了一个歪子。

说时迟,那时快。齐章佑一步窜上前,将那哨兵的手反背在背上,另一个游击队员跑上来下了哨兵的枪,又用头上的帕子堵了他的嘴,然后将他捆在门边的柱子上。这一切都发生在一瞬间,没等哨兵弄清是怎么回事,游击队员们已向镇公所冲去。

镇公所的主要武装力量只有二十来个镇丁。平时还住了些保安队员,已被牛副官临时带走,还将那挺机枪也带了去。因此,齐章佑带领的游击队员没有遇到多大抵抗,就解除了镇上的武装。他们一鼓作气,派人去将镇上各大米粮铺、鸦片馆、赌场以及妓院的财物清洗一通,兴高采烈地带着战利品去下场与任千秋带领的人员会师。谁知,此时刘家大院的战斗还没有结束。

原来,任千秋带着队伍到达场口后,令人爬上电杆,将全镇通往外界的电话线一并剪掉。自己却悄悄爬上榨子门,用飞刀结了哨兵的性命,破门而入,直抵刘家大院。

刘家大院离场口不远,一眨眼工夫就到了。大门口高高地悬挂着两个写有"刘"字的大灯笼,两个持枪的哨兵分列在两旁。门前一溜有三个平台,每个平台都有十几级石梯,然后才是大门、内院,门楼上扣了个木质牌匾,一副居高临下的样子。要进入刘家大院,必须由下而上发起冲锋。

任千秋决定巧妙地爬上石梯,先下了哨兵的枪,再带部队发起攻击冲入院子,下枪的事要干得干净利索。本来,凭着任千秋的身手,这打先头哨兵的事他自己去是再合适不过了,但保安队的人又有几个不认识他呢?过早地暴露目标,会引起很多麻烦,弄不好还会坏了大事。于是只好把这任务交给一个小队长带了三个队员去完成。

四个游击队员都带着短枪,有的抄着手,把枪藏在袖筒里,有的把手插在裤袋里,紧紧地握着裤兜里的枪。小队长吹着口哨,大摇大摆地走在前面,另外三个紧跟其后。

"什么人?"一个哨兵大喝一声,把枪管对准已到坡下的游击队员。

走在前面的游击队小队长答:"西口乡的乡丁,伍队长叫我们来的。"边说,跨着大步踏着石梯朝上走去。

"站住,再动就打死你们!"哨兵心里起了疑云,分明天黑前还收到县里打来的电话,说西口场被游击队攻破,怎么还会有乡丁跑到这儿来呢?于是,一个哨兵回头就往里跑,另一个哨兵仍端着枪。

"啪!啪!"刘家大院门前响起了枪声。走在石梯上的游击小队长手疾眼快抬手亮枪,将举着枪的哨兵打翻在地,可惜另一枪没打准,那进了院子的哨兵飞也似的往里跑。

任千秋带着那二三十个游击队员,一鼓作气冲上台阶,冲进刘家大院。

奇怪的是,院子里静悄悄的,没有一点儿声音,黑洞洞的,一点儿亮光也没有。任千秋深知宝疤子奸猾,估计是中了埋伏,立即命令游击队员撤出院子。

"叭叭叭……"架在堂门后面暗处的那挺机枪响了,子弹像一条火龙向游击队员飞来,其中两个当场倒下。

任千秋大喊:"快散开!"

游击队员迅速向左右散开,企图借墙壁掩护。

突然两侧厢房的步枪也响了,并与正面机枪形成交叉火力,又有几个队员倒下,其他队员被逼出大门外。真险,要不是任千秋果断带领冲在前面的几个游击队员退到两扇大门后面,也许损失会更大。子弹不停地打在门板上,还好因为门板厚实,没有打穿。

噫!今天遇上高手了。这么成熟的布防,任千秋还是第一次遇到,他觉得他有些轻敌了。敌人的火力十分猛烈,压得游击队员根本还不了手。

想不到战事进行得如此不利。任千秋自从进了水寨,也进行过多次战斗,却从来没有像今天这样窝囊。他有点儿后悔自己不该打无准备之仗。当然,也不是完全没有准备,只是情况发生变化以后,才发现他准备得不充分。话又说回来,这次战斗的时间和地点都是游击支队领导集体商定的,根本就没有更改的余地,只能绝对服从!

不过任千秋也暗自庆幸,庆幸宝疤子不是一个有心计的人,要是宝疤子有心计,那他任千秋的麻烦可就大了。此时,任千秋的队员少数在院内大门背后,借厚实的门板掩护,但无法还击。多数队员在院门外的平台上,拥挤在那里施展不开,还完全裸露,没有任何东西可以作掩护。如果宝疤子在门外有埋伏,外面的游击队员岂不成了枪下鬼了。他们再来个内外夹击,任千秋岂不是全军覆没,真是不幸中的万幸了。这样一想,他觉得轻松了一些。

不管战事如何发展,游击队只准打赢,不能吃败仗!这是"水寨游击支队"建立以来的第一次战斗,关系到士气和游击队下一步的影响,要赶快调整部署,无论如何也要打个漂亮仗!任千秋这么想着,身上犹如增添了百倍的力量。他梳理了一下思路,认为眼下第一件事是要把机枪夺过来,改变游击队被动挨打的不利局面,否则寸步难行。任千秋仔细思考了一阵,命令用手榴弹把周围的围墙炸开,然后全体队员向院子周围猛射,将敌人的火力压下去,同时分散敌人的注意力。自己却使出平生绝技,身子紧贴着光溜溜的墙壁走死角,一点一点地往前爬,一直爬到堂门的房梁上,趁着敌人机枪射击的刹那,看清方位,举起手里的短枪,"啪"一声,机枪哑了,他飞身从门上跳下去,抓起那挺机枪,"叭叭叭"向着大院两侧猛射,两侧的枪声哑了下来,游击队员们呐喊着,跟着任千秋向后院冲。

此时,宝疤子正和王大爷在后院饮酒。他们做梦也没想到,任千秋会有这一招。天黑前,游击队攻破西口场的消息传到宝疤子耳里时,他是又担心又害怕。担心的是牛副官带着队伍去了那边,只怕凶多吉少。害怕的是游击队既然打了西口场,还能不打李子镇吗?而他自己又是任千秋的老对头。要真打起来,这保安队留守的六七十号人顶个啥用?他心中闷闷不乐。

正在这时,李子镇最有声望的袍哥首领王大爷来了,听他把情况一说,笑道:"这有啥了不起的?三国时的诸葛亮不是惯用口袋阵吗?我们不如也来用一用。"王大爷本来是个爱吹牛皮的人,可是有时也却有些高招。

走投无路的宝疤子听王大爷如此这般一吹,只觉得茅塞顿开,变忧为喜。王大爷的确读过不少兵书，讲起军事理论来一套又一套，尤其对《孙子兵法》中的三十六计，计计在行。只是由于他是袍哥的龙头老大，抢个财物，劫个地盘什么的群体斗殴他干过不少，真刀真枪面对面地打仗，他还不曾有过，今天他要在宝疤子这里露一手。宝疤子陪着他看了前院看后院，看了偏房看厢房。王大爷这里指指，那里点点，一副布阵运筹的样子。宝疤子此时完全把王大爷当成神机妙算的诸葛孔明，完全按照王大爷提供的"良策"进行安排，布下口袋阵，专等游击队上钩。

王大爷又吹嘘了一番，说是按他的计谋安排布署的兵力、火力，保证固若金汤，万无一失，战无不胜，就等着给游击队收尸吧。说得美滋滋、乐滋滋，王大爷都有些得意忘形不知轻重了，还找宝疤子要酒喝。

当然，要是那样，他宝疤子升官发财就大有希望。于是两人在内院开怀畅饮，还叫来三姨太和四姨太陪酒。当听到密集的机枪声响起以后，他们以为游击队真的上当了，竟高兴得连饮三杯，然后握着手电筒出来看热闹。

宝疤子的腿还没跨进前院，蜂拥而退的保安队员就把宝疤子冲了个人仰马翻，站立不稳。王大爷见事不妙，一个劲地往后躲藏。

紧接着冲进来的游击队高喊着"缴枪不杀！缴枪不杀！"已将他们团团围住。保安队员一个个本能地跪下双腿，举起双手，屁股翘得高高的。

宝疤子还没完全回过神来，便被他的部下搞了个鹤立鸡群，十分显眼地凸现在人群的中间，一副万分张皇的样子。

任千秋命令不要开枪，一定要抓活的。

"啪！"不知从哪儿飞来一颗子弹，宝疤子应声倒在了地上，脑袋似乎勉强地向上抬了两下，就再也没有动弹，地上涂满了他那乌黑的血液。

"是谁开的枪？"任千秋气愤地问。没人理睬，又问："明明我叫你们抓活的，为啥偏偏有人开枪？说话呀！哑巴了？"

"是我！"一个低沉的声音在任千秋身后响起。

"是你？齐叔？"任千秋回过头来，见齐章佑规规矩矩地站在他身后，手里的枪管还冒着白烟。跟齐叔一道去的那些队员，一个个手里都高举着火把，也呆呆地看着千秋。

"齐叔，共产党不虐待俘虏，您晓得吗？"任千秋的口气缓和了许多，可是眼睛里仍放射着逼人的光。

"是他保安队这些杂种整得我家破人亡，我打死他，出口气。"齐章佑说到这里,给任千秋丢了个歪子,又说:"在'金兰社'你是大哥,在游击队你是司令,任凭如何处治,我都服,即便是'三刀六眼'、'剥皮挖心'我都认了,一点儿也不怨你,我犯了纪律,是该受处治的。"他停了停,又说:"我仇也报了,气也出了,珍儿的事我也没啥牵挂的。只是我还没跟大伙儿一起杀尽天下的恶霸,对不起共产党,对不起陈政委……"

任千秋的牙咬得咯咯响,两眼瞪得溜圆,大喝一声:"弟兄们!"在场的游击队员都突然地紧张起来,料定齐章佑要受到重罚,可谁也不敢上前求情。好半天,任千秋才又说道:"按纪律,齐叔今天是走不脱的。但宝疤子这杂种也罪有应得,我们这里没有不恨他的。所以,对齐叔今天的行为不必追究。不过,从今以后再也不准违反纪律。"

"好,拥护任大哥!拥护任司令……"游击队员们都很感动,发出一阵阵吼声。

齐章佑也很感动,他又恭恭敬敬地给任千秋丢了个歪子,然后朝着周围的游击队员拱拱手,什么也没说。

这时,去后院搜索的游击队员跑来报告,发现宝疤子的后院窗口系着一条用白布拧成的绳,沿着墙壁一直吊到了檐沟。于是对俘获的保安队员进行审讯,得知王大爷趁乱跳墙逃跑了。

这一仗游击队虽然有些损失,仍然算得上大获全胜。拔掉了刘家大院这颗钉子,打死了宝疤子。李子镇保安中队已经群龙无首了。

第十九章

"叮叮叮……"县衙门的电话响了。姚县长已经走出办公室准备回家休息,可是他想,无事不登三宝殿,这么晚了还有电话,想必一定是急事。于是返回办公室拿起了听筒。

电话里那抖抖颤颤,而又急促得像打连珠炮似的汇报使他心惊肉跳几乎站立不稳。本来,他晚上一般是不上班的。可这几天的情况有些不同,游击队下午攻打了西口场,还不知县驻军配合牛副官进剿是否默契。是胜是败?他得听个下落。要是这第一股风不杀下去,以后游击队接二连三地闹起来,他姓姚的还会不会有宁日都说不准。说不定哪天打到县城,端了他姚某人的脑壳也未可知。

这阵,又接到李子镇王大爷从附近一家铁厂打来的电话,说是游击队攻下了李子镇,保安中队宝疤子死活不明,要求县里派兵进剿。真是一波未平,一波又起。一天之内不同方向的两个乡镇遭到游击队的袭击,姓姚的县长怎能不着急?派兵,哪里有兵可派,派出去的牛副官杳无音信。再派县驻军一个连的人去,远水救不了近火,赶拢李子镇,游击队早已跑得无影无踪了。想来想去,他最后总算想出了办法。按照县党部书记长杨郓九上次的情报,游击队多与水寨任千秋有联系,那里是长江岸边,山高林密,地广人稀,游击队攻打场镇后一定会开到那里去集结。于是打电话命令莲花乡李乡长和青竹乡文乡长亲自带领本乡乡丁和乡公所附近的保丁立即出发,去李子镇通往水寨的三岔路口阻击游击队。

李乡长对这事很是为难。自国大竞选与任千秋达成协议后,彼此关系越来越密切。而今二少爷又与珍儿订了亲,关系就更不比一般。

珍儿的父亲齐章佑是游击队的中队长,李乡长虽不完全清楚,但察言观色也略知一些。为安全起见,游击队许多集会都在乡公所进行。当然,他常因此借故外出。他并不是赞成闹"共产",可"义气"二字不得不要。而今这阻击游击队的事,他是断断不能干的。不干又怎么交得了差?想来想去,他还是打算走走过场,带起乡丁到门前转转,朝天放几枪就回来。

文乡长却不同,他虽然也有点儿犹豫,经过一番思考,却带头扎起武装带,背上枪,拿了子弹,领着二三十个乡丁,灯笼火把的朝李子镇开。

队伍开到三水湾停了下来,这儿离李子镇还有三华里,是宝疤子的五姨太居住的地方。文乡长叫乡队副带着十来个人把房屋围起来,自己领着余下的人朝屋里走去。房屋不大,是个砖木结构的长五间,门前有块空坝,用不高的围墙与外界隔开。一个乡丁翻越过去,从里边开了门,然后一齐朝五姨太的卧室走去。

"开门,开门!"一个乡丁用脚狠狠地踢了踢五姨太的房门,大声喝道:"再不开门,老子就点火将你这房子烧光!"可是,里面除了窸窸窣窣的声响,什么也听不见。那乡丁按捺不住,用枪托砸开房门冲了进去。

"嘻嘻。狗连裆。"一个乡丁用电筒朝床上一照,不觉笑出声来。所谓狗连裆,其实就是公狗和母狗在干那事儿。

"娘的,真他妈像个母狗。"也难怪,这娘们吃得好,要得好,又没个职业,没个事干,养得白白胖胖,饱暖思淫欲,只要见着男人,她不干这事,还能干啥。加上宝疤子已经死了,她无依无靠,总得找个男人求生活,想来也怪可怜的。文乡长骂着,令一个乡丁用枪尖将床头柜那一大堆衣裤挑起来,扔到枕头上。大声说:"快起来!"

那乡丁用枪尖捅了捅被盖下蜷曲的一对男女,他们才伸出光光的手杆在头顶上摸索,胡乱地将一样样抓进被盖里,捂着头穿起来,好一阵才揭开被盖羞涩涩地爬起来。

"嘻嘻嘻!""哈哈哈!"乡丁们一阵哄笑,文如松也笑得前仰后合。

床上的男女被笑得莫名其妙,你看看我,我看看你,好一阵才弄明白,两人在慌乱中穿错了衣裤,男人穿着女人的裤,裤管刚好遮住膝盖。女人穿着男人的衫,站着还有一大截拖在地上。

"王大爷,你真会享福!"文乡长轻蔑地看了那男人一眼,又说:"游击队你不打,却在这里来图安逸。"他朝乡丁们看了一眼,喝道:"给我把这家伙捆起来,交给姚县长。至于这嫩秧秧的娘儿们嘛,先给我带回去,听候发落!"

王大爷是李子镇著名的袍哥头子,对于什么"捆起来交给姚县长",他根本不在乎。他有那么多兄弟伙,姓姚的又敢拿他怎样?牛副官也是他堂口里的人,有谁惹得起这不要脸不要命的牛某人?

这些,文乡长都十分清楚。可是王大爷也有他自己的弱点,他爱拈花惹草,见了漂亮的女人就不顾一切地要弄到手。这五姨太,他是渴望了好久才得到的,岂能让文乡长带走?

"咳!"王大爷干咳一声,说,"文乡长,这五姨太并不是我想要,是姚县长在电话里说了的,叫带去给他,我只不过从中'抽点头儿'。今天你把她带走,要是有个意外,姚县长那儿……"他说到这儿,不再往下说了。

娘的,扯大奶子吓小娃娃,老子不信你这个邪!文乡长这么想着,正要发火,可转念一想,却笑着说:"你这话是当真还是当假?"

"如果骗你,我算是王八!"王大爷一本正经,对天发誓。

"那……"文乡长犹豫片刻,说:"如果是这样,这娘儿们就还给你,不过,你得立个字据。如何?"

立就立,不信你还把这个东西拿去给那姓姚的杂种县长看不成?王大爷这么想着,要了纸笔墨砚就写起来。然后,还自己端详了一会儿,真是树倒桩不倒,都这个时候了还装模作样。文乡长见他写好,拿过来看了看,藏了起来。又使了个眼色,乡丁们便七手八脚地将王大爷用绳子捆了个结实。

文乡长命令乡丁将王大爷和五姨太押在前头,其余人跟在后面,一刻不停地开进李子镇,关上街道两头的榨子门,各留两三个乡丁守卫,其余的到镇公所睡大觉。王大爷和五姨太被关在一间狭窄的夹壁房子里,那是镇公所先前用来关百姓的土牢。

"咚咚咚!"文乡长还没睡下,就听到有人敲门,他走出来一看,见是站岗的乡丁,忙问:"有急事?"

"牛副官带领的几十个保安队员回来了,能不能放他们进来?"乡丁说完,用征询的眼光看着乡长。

"他们晓不晓得游击队攻破了李子镇?"文乡长没有正面回答,稳稳当当地问,像是早已思考成熟一样。

乡丁说:"我们都告诉他们了,起先他们还大发雷霆,说是不该把他们关在外面,后来我们把情况告诉了,说是为了安全,他就没说啥,只叫告诉你,他们要进来。"

"那好,"文乡长说,"就放他们进来。"

牛副官的人马刚进宝疤子的家,文乡长就跟了去,拱拱手说:"牛副官,祝你得胜归来。"接着说:"姚县长给我们的任务是堵截游击队,现在游击队已被我们赶跑,镇上又有你防守,就不打扰你了,我们也该回去了。"

牛副官的人马得胜而归,本该高兴。可是一进宝疤子家,四处一片狼藉,家人都惊得既惊慌失措,又小心翼翼,生怕弄出响动挨骂似的,心都凉了半截。他见文乡长又赶来这呀那的,心里很不高兴,但又不便发作。

文乡长又说:"还有一件事,我得作个交代。刘队长生前不是有个五姨太吗?"说到这里,他故意停住话题。

"五姨太怎么了?"牛副官像是吃了兴奋剂,精神一下子就上来了。他早就和她有了私情,那娘儿们太惹他喜爱了。她如果不是他的大恩人刘四毛的儿媳,他早就霸占了。他曾经想过,如果宝疤子同意用十个二十个婆娘可以换五姨太的话,他牛某人宁愿去弄些女人来换。这当然是幻想,宝疤子肯定不干。他牛某只有偷偷摸摸做"露水夫妻"的份儿。想不到如今宝疤子惨遭不测,这对他牛某人来说无疑是又喜又悲。喜的是他和五姨太有了机会,悲的是许多事他离开了宝疤子,自己虾子的四两力伸打不开。但五姨太会不会也有什么不测?此时的牛副官心情显得有些紧张和焦虑。

文乡长看出了他的心思,不慌不忙地说:"她在我手里,你看怎么办?"

"快给我!快给我!"牛副官转悲为喜,有点儿迫不及待的猴急。

"这……"文乡长吞吞吐吐地说:"这个嘛,这个……"他好像是有难言之处。

牛副官急了,大声说:"你要啥?尽管说。要钱?开个价!"

"不是,"文乡长说,"我是从别人手里夺来的,我怕惹不起。"

"谁?"

"姚县长。"

"他怎么知道得这么快?"牛副官有点不信。

"我也不太信。不过王大爷是这么说的。"文乡长说完,从怀里掏出在三水湾王大爷写的那张纸条递给牛副官,还把王大爷与五姨太的丑事说了一遍。

"日他王家的娘!"牛副官简直气炸了肺,把那张写着"我领走五姨太是为了送给姚县长"的纸条撕得粉碎。大声说:"文乡长,你把人都交给我,一切由我担当,拜托你了。"说完,给文乡长甩了个歪子,又拱拱手,还鞠躬。他的心太乱了,不知该如何对文乡长施个啥样的礼才好,反正,凡是他知道的礼节都胡乱地施了一通。当文乡长把牛副官带到关押王大爷和五姨太的临时牢房时,牛副官什么也没有说,怒气冲冲地朝王大爷开了两枪,抱着五姨太就往回走。然后吩咐下人大摆筵席,款待文乡长和青竹乡的乡丁们。还要与文乡长结拜为弟兄。

牛副官就是这么个人物,横起来谁也惹不起,但十分讲义气,谁要有恩于他,即便赔了老命,他也要报答。他得到五姨太,对文乡长感恩不尽,在电话上三番五次向姚县长给文乡长请功,说攻打李子镇的游击队是文乡长带人赶跑的。还说王大爷内外勾结,一面把游击队引进李子镇,一面又向县衙门报信,最后到镇公所抢劫财物,被他打死了。姚县长虽然半信半疑,却也说不出个道道来。当然牛副官四肢发达,头脑简单,是条忠于党国的莽汉,姚县长从来没有怀疑过。

文乡长回到青竹乡的第二天,姚县长电令牛副官立即带兵前往莲花乡捉拿李乡长,罪名是有通共嫌疑,依据是任千秋的游击队攻打李子镇那天他不曾派兵堵截。

牛副官接到命令,不敢怠慢,虽然舍不得离开五姨太半步,可还是立即收拾起程。刚出门,又想到五姨太的得来,全靠文乡长的恩典,既然要到莲花乡去,不如绕道青竹乡拜望一下这个新结识的兄弟,于是叫下人备了礼品,先奔向青竹乡乡公所。

"嗨呀!啥子风把牛老兄吹到山上来了!"文乡长听说牛副官一行到来,连忙走出乡公所,到那半边街路口来迎接,样子非常热情。

牛副官笑着说,"有公差上莲花乡,顺路来看看你。"

"难为你绕这么远的道,真叫我有点不敢当。"文乡长说笑着,亲亲热热地拉住牛副官朝屋里走。

两人在文乡长的办公室寒暄一阵,牛副官提出要文乡长陪他一道去莲花乡走一趟。

"别忙别忙,先吃过午饭再说。"文乡长说着,叫李师爷打发人上街多弄些酒菜,招待牛副官和随带的七八个保安队员。

"你还担心我们不来吃你的饭?"牛副官笑着说:"我们先到莲花乡去了,回来再痛痛快快地吃。"

文乡长奇怪地问:"啥事这么急?"

"唉!"牛副官长叹一声说:"有啥办法?如今这事儿谁都不敢怠慢。"他见文乡长更加惊奇,忙把嘴凑过来,悄声说:"上面说他是共产嫌疑,要是谁走漏消息放跑了,是不好交差的?"

"你说李乡长是曹伟那边的人?"文乡长惊得双眼圆瞪,说:"这话打死我也不信。"

牛副官说:"本来我也不信,可是姚县长在电话里说得清清楚楚,叫他阻止游击队他不去。还有,听说他们乡公所常有不三不四的人来往。"

"噢,是这样?"文乡长说,"你我弟兄日子长,回来再好好聊聊。先别耽误了你的大事。"

"那我们一道去吧,作个伴,也有你的功劳!"牛副官说着,拉起文乡长就往外走。

文乡长本不愿去,可细细一想又觉不妥。便对牛副官说:"我先打个电话过去,问李乡长是否在家。"

牛副官想也对,还是文乡长办事周到,先探个虚实,免得空跑一趟,"那你就打吧。"边说,边来到办公室门口,远远地看着文乡长打电话。

"喂,莲花乡嘛。"文乡长拿起听筒说:"我找李乡长。"

对方回答说:"我就是。"

"喔,你不是?"文乡长问:"李乡长在不在乡公所?"

对方感到有些奇怪,明明说清楚了"我就是",为啥还要问"在不在乡公所?"莫不是文乡长耳朵有问题?他想了想,一字一顿地回答:"在—乡—公—所。"

文乡长说:"喔,不在乡公所。那,你们就赶紧派人把李乡长找回来,我们有事要来找他。"说完,挂上电话,拉着牛副官的手就往外走。他是个细心人,怕走后乡公所有人再在电话上向李乡长透露消息,于是请求留下两个保安队员看守电话机。

牛副官起初对文乡长打电话不大愿意,怕他在电话里把不住说漏嘴,让李乡长事前逃走,要那样麻烦可就大了。想不到他办事这样灵醒,不但没说

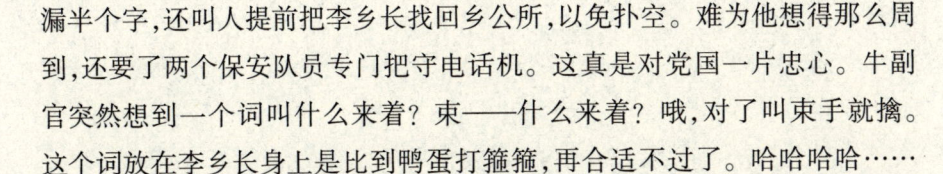

漏半个字,还叫人提前把李乡长找回乡公所,以免扑空。难为他想得那么周到,还要了两个保安队员专门把守电话机。这真是对党国一片忠心。牛副官突然想到一个词叫什么来着?束——什么来着?哦,对了叫束手就擒。这个词放在李乡长身上是比到鸭蛋打箍箍,再合适不过了。哈哈哈哈……等到将那姓李的杂种捉拿归案后,一定得在姚县长那儿给文乡长请功。

  牛副官和文乡长一行十多人出门就是一阵小跑,不大工夫就到了莲花乡。迎接他们的,除了那间空旷的乡长办公室,什么也没有。李乡长在电话里早已听出了文乡长的声音,根据对话加以分析,再结合近日游击队的事,他估计不会有什么好事。于是跑到后山林子里藏起来,观察动静。眼见牛副官和文乡长带着十多个背枪的武装人员进了乡公所,他完全明白了自己已是大祸临头,便顺着山坡向巫溪方向逃走。

  牛副官他们在莲花乡还没坐定,县驻军邹营长从县城打来电话询问是否已将李乡长抓住。还说他奉姚县长之命进驻李子镇,以共同搞好镇上的防卫。当然,县里要组织武装力量对游击队进行反扑的事他一字未提,这事只能在暗地里操作。

第二十章

　　雪花纷纷扬扬地飘着，刺骨的寒风呼呼地刮，翻转着一个又一个旋涡，一直冲进坐落在长江边上的县衙。"哐当"一声，临街的木窗门被风关上。坐在办公桌前的姚县长冷若冰霜，像一尊泥塑，毫无心思去理会这些，他连人为的灾祸都忙不过来，哪有精力研究自然杀手。

　　连日来，川东游击队纵队的余孽重新纠集在一起在各地举行造反，攻下了云阳县南溪镇和巫溪县西宁场，听说还要去打万县城，弄得专员都坐卧不宁。游击队所辖的水寨支队，攻下了西口场、李子镇和江边盐场，把个县都闹翻了。姚县长和国民党县党部书记长杨郅九，几乎天天给上面打电话，要求派兵进剿游击队。可上面却说已向委员长蒋介石作了汇报，答复是国军在正面战场都应付不过来，哪有兵力围剿游击队？命令各地方武装以党国利益为重，协力进剿，将游击队尽早除根。

　　"唉……"姚县长长叹息一声，心想，眼下百姓揭竿而起，游击队势如破竹，国军又无力抵抗，这"民国"天下还能维持多久？这县城说不定明天就可攻下，县长大人的交椅还能坐下去吗？"唉……"他又长叹一声，冷冷地看了看身边的杨郅九，其实，杨郅九也是哭丧着脸，心灰意懒地翻文件，他们的心情谁也不会比谁好。

　　姚县长打了个寒颤，感到手脚冰凉，浑身发冷，近段时间来，他一直是这样，太太让他去看看医生，并不是他不想去看医生，手头的这些破事没有一件让人省心，哪有心思去看医生嘛。

第二十章

这几天他最害怕的就是电话,只要电话铃一响,准没好事,不是哪个乡镇又被游击队攻下了,就是哪个乡长要求增派兵源防备游击队袭击。

这时讨厌的电话又像饿虎扑食似的惊叫起来,他看杨郓九,因为电话离他近。

杨郓九无可奈何地拿起听筒,听了听,然后说是万县专员公署打来的,知道又没好事,赶紧把电话交给姚县长。姓杨的从来就有这么滑头。

根据四川省主席王陵基和重庆绥靖公署主任朱绍良的命令,万县专员公署专员李鸿涛带领地方部队与国民党正规军79师相配合,共同清剿川东游击队。李专员命令姚县长亲自带领县驻军和常驻李子镇的保安中队,还有李子镇以北一线的乡丁、保丁数千人,配合国民党正规军79师所属581团火速围剿水寨游击支队。

姚县长何尝不知道游击队的厉害?保安中队长宝疤子和几个乡长是怎么死的,他是再清楚不过,只要一提这事他就毛骨悚然。可是上峰要他带兵去清剿游击队,他能说二话?在命令面前是以服从为天职的,弄不好会像莲花乡的李乡长一样,落个"通共"的罪名,吃不了还要兜着走。他硬着头皮,只好去碰碰运气。

此时,水寨游击支队所属三个中队的人马,正欢天喜地地在水寨聚会。连日来捷报频传,远近百姓大受鼓舞,不少人要求参加游击队。莲花乡那些经历过"国大"竞选的年轻人,干脆跑到游击队里不走了。政委老陈根据队伍的现状,提出进行短暂整训后去攻打县城,司令任千秋和中队长们都十分赞成。于是对不同成分的成员分成两组训练。老队员多干过土匪、袍哥,枪法好战斗力强,但思想觉悟不是很高,散漫惯了,纪律性差,这些人分为一组,由老陈对他们进行政治思想教育,启发阶级觉悟,增强人民军队观念,提高思想素质,解决为什么的问题。新队员多为农民、小手工业者、船工出身,他们的思想意识比前者好,但不会打仗,多数连枪都没摸过,分成另一组,由任千秋对他们进行军事训练,如上枪、下枪、上子弹、进攻、掩护……解决干什么的问题。两组各干各的,在长江岸边搞得热火朝天。

这天,青竹乡李师爷气喘吁吁地跑到江边来,对老陈说:"姚县长从李子镇打来电话,叫预备三百人的伙食和今夜的住宿地点。"

"噢?"老陈问,"消息可靠?"

李师爷肯定地说:"千真万确。"

"看来，敌人抢在我们前面动手了！"老陈说着，就去找任千秋。其实，他们早就料到会有这一天。在川东开展游击战争的目的也就是要拖住蒋介石的后腿，配合人民解放军正面战场的作战。自然，游击队牵扯敌人的兵力越多，效果越好，这就叫惹火烧身，游击队这火大了，解放军那边的火就小了，这就是共产党的自我牺牲精神。

老陈与任千秋进行了简单商量，决定立即召开中队长以上干部大会。

会上，有的主张智取，有的提出强攻。副司令浪里白和一中队长齐章佑却在争论另一码事，齐章佑说姚县长打电话是声东击西，明明是要到莲花乡，而故意说成是青竹乡，浪里白却不服气，他认为那姓姚的犯不着绕圈子扯个谎。

齐章佑一向不大和别人争输赢，可是这事关系到游击队生死攸关，他比哪一次都激动，说话的声音也特别大，似乎不争个输赢绝不罢休。

浪里白却有另外的想法，当初齐章佑上山，是他浪里白大发慈悲收留他。后来在袍哥组织里，浪里白是第一个当家的红五爷，而齐章佑升了几次才升了个闲五爷。而今建立了游击队，齐章佑是个中队长，他浪里白好歹还是个副司令，这姓齐的怎么就没个尊卑长上，竟然敢跟我大声争辩，而且是一点都不给我面子，大有得理不饶人的架势，况且而今翅膀还没全硬，倘若有一天职务大起来，还不要爬到别人头上拉屎！浪里白这么想着，心中很是不快，嗓门也越来越高，甚至拔出腰间的短枪，要找齐章佑"兑现"。

齐章佑也不示弱，同样抽出腰间的枪，食指紧紧地扣着扳机。这剑拔弩张之势，眼看就要一触即发。在场的人都感到十分惊讶，没人能劝说得了。

任千秋见这阵势火了，骂道："土匪！都给我把家伙放下！"他把腰间的双枪往桌上一拍，大声说："如今我们是共产党的游击队，不是土匪！哪能由着你们的性子想干啥就干啥，把你们那一套都收起来。"

浪里白和齐章佑见任千秋发了火，都乖乖地放下了枪，谁也没吱声。会议正常进行。

任千秋综合了各种意见，最后发出战斗命令：各中队立即集合，把游击队员们都带到青竹乡以南的铜钱湾一带埋伏。由一中队派出小股力量提前出发，越过铜钱湾前面的赵家河坎，隐蔽在附近的竹林里，待姚县长的人马过河后，迅速撤掉河上的木板桥，使其无退路，再由游击队大部队从四面八方向中间包抄，使官军死无葬身之地。当然，长脚杆必须立即出发，以最快的

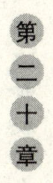

速度到李子镇以北的三岔路口侦察,看官军到底是到青竹乡还是到莲花乡扎营,然后迅速返回水寨通往青竹乡或莲花乡岔路口的"双松树"报告,大部队在那里作短暂停留,核实情况,防止官军声东击西。

老陈讲了些行军打仗中要注意的事项,要求各中队回去后传达到每一个游击队员。

游击队很快整队完毕,有的背着步枪,有的背着冲锋枪,还有一个大汉扛着那挺刚从保安队缴获的机关枪,很是威风。枪支不够,一些新队员只好拿着梭镖和斧头跟在后面。几百人的队伍,浩浩荡荡,这样的队伍大白天行军,是相当困难的。即便是夜间行军,也必须分成小股,以便躲过沿途的乡丁、保丁和四处转悠的保安队。于是以小队为单位,分为数路,沿着平常行人稀少的山梁、深沟、林间小道前进,总之,不管你怎么走,最终在规定的时间内赶到双松树一带的密林里休息,队员们都表示能按要求及时赶到,这种情况在成立游击队以前是不敢想象的,让浪里白看到了思想政治工作的感召力,他不得不佩服老陈的能耐。

此时,姚县长带领的人马也已从李子镇出发。松松散散的队伍,一共有三乘滑竿。前面是县驻军营,邹营长坐着滑竿,走在队伍的中间。后面是保安队,宝疤子死后,由牛副官代理队长,他也坐了一乘滑竿,走在队伍的前面,寸步不离地跟着姚县长。

姚县长坐在滑竿上,眯着眼,不时问部下到了啥地方。他最担心的是过铜钱湾或罗汉垭,这两个地方都很险要。多年来这一带一直在发生抢案。自从闹游击以来,这里又常有游击队出没。要去水寨围剿游击队,这两个地方又必须经过其中一处。他想来想去,最后才想出了个声东击西的计谋。当然,选择的行进路线应是经罗汉垭去莲花乡。不管你游击队是否知道他的意图都无关紧要。反正从李子镇前的三岔路口到罗汉垭比从双松树到罗汉垭远不了多少,如果游击队沿途派人侦察,即便以最快的速度回去报信,来回耽误的时间,也无法去罗汉垭阻止。况且,他还有许多防御措施。

时间一分一秒地移动,双方的队伍都按照各自的路线图不停地向前开进。

游击队员们果然陆续来到双松树,在草丛里、树垭上、干枯了的水沟里坐着或躺着,静静地等候出发的命令。

珍儿也来了,她紧紧地跟在任千秋的身边,接替长脚哥的保卫工作。她不像以前那么爱说爱笑,只是喜欢思考问题,或许她已开始成熟了。此时,她正趴在齐腰深的茅草丛中,两支手撑在地上,双眼紧紧地盯着从山上下来的那条路,想着长脚哥会不会被敌人抓住,再也回不来了。虽然她已和李家订了亲,可心里不知怎么总忘不了长脚哥,又过了一会儿,她实在不放心,从地上爬起来,钻出草丛,要去找找长脚哥。身旁的任千秋一把将她按倒,轻声说:"别动!"其实,他比珍儿更焦急。这么多人藏在半路上,万一被当地乡丁保丁发现,少不了一场战斗,延误了时间,如何能赶上正事!他想来想去,打算把游击队分成两股,一股向东,去铜钱湾。一股朝西,去罗汉垭。那样的话,即便不能全胜,总比错过机会强。同时,去赵家河坎的小股游击队按理应该早已到达,要是光凭他们去同大队敌人作战,只能是有去无回。他悄悄同陈政委交换了意见,政委不同意把部队分散。理由是,那样没有胜利的把握。政委从游击队的实际情况出发,他认为要对付敌人只能打人海战。

正在这时,一个人从山上下来。珍儿眼尖,轻身拍了一下巴掌:"来了!"话音刚落,长脚杆像一只飞鹰,一晃就上来了。靠在路旁那紧挨着的两棵大松树直喘息,这儿的地名就是以这两棵高大的古松而得名的。

任千秋一个箭步跨过去,只听长脚杆急迫地说:"快!罗汉垭……"又继续喘息着。

这罗汉垭处在群山环抱之中,从北向南大小不等的两个圆形大槽连在一起,有四五华里长,从山顶朝下看,两个大槽近乎人样,人们便称之为罗汉垭。垭口的东西两边各有一条横贯南北的道路,被密密麻麻的树木盖得几乎看不见天,大白天也常常忽闪着猫头鹰的眼睛。

任千秋对这一带地形比较熟悉,他命令部队立即出发,按照事前研究好的作战计划,由齐章佑带领一中队守住东边那条道路,宁河生带领二中队守住西边的道路,三中队队长大手杆西口场战斗后在张家箭楼失踪,只好由副队长王老二带队负责扎口子。指挥部设在南山口靠东边的半山腰上,任千秋、老陈和浪里白带领一个警卫班驻在那里。

游击队刚刚到达罗汉垭,靠东边那条路上就出现了七八个保安队员,手里端着枪,缩头缩脑地由南向北前进。不多时,西边那条路上也出现了七八个保安队员。埋伏在路旁的游击队员紧握着枪,有的还紧紧抓住枪栓,静静地等待指挥部发布命令。任千秋坐在一棵大树的枝丫上,不时用手拨开挡住视线的树叶,仔细观察路上的动静。只见保安队员们东张张,西望望,走一阵,又停下来,有时还侧着耳听,就这样一直朝北走着,一直走了好久也不见有大部队跟上。

"妈的!老子上当了。姓姚的那老狐狸声东击西,弄他妈几个小杂种来扯住我们的脚,大部队却往铜钱湾去了!"浪里白轻声对老陈说。

老陈说:"冷静点,注意隐蔽,再看一看。"

浪里白却不顾这些,悄悄爬上任千秋的那棵树。

千秋心里也很着急,对于长脚杆办事他从来都很放心,可这次却让他在心里绾了个疙瘩。难道长脚杆在山下见到小股保安队朝这边走,他就转来了?他到底是不是看见那姓姚的狗官?难道那姓姚的带着大队人马朝这边来了又折回去了?这些都无从知晓。千秋想找长脚杆问个究竟,这时才想起已将他留在双松树那边密林里休息了,由珍儿照顾他。

眼见保安队的人已走出第一个槽湾,又走进了第二个槽湾。

浪里白耐不住了,拍拍千秋的肩膀,轻声说:"快下令干掉这几个家伙,免得我们扑个空!"

任千秋回过头来,横了他一眼,轻声说:"你也是不怕腥臭!几个麻花鱼都看得起。"

浪里白不服气地说:"总比空手回家强!"

"你怎么知道会空手归家?"任千秋反驳道,"假若那姓姚的狗官耍了滑头,等第一批走出山垭口后第二批再过呢?"

"那你始终也消灭不了他几个人!"

"我就专打姓姚的。"

任千秋的推测不全对,但也并不错。姚县长确实已经朝这边来了。那姓姚的老奸巨猾,怕游击队在垭口设伏,迟迟不肯踏上垭口的路。他对邹营长说:"这里山势复杂,地形险要,我们带的人又不多,如果游击队赶来,恐怕我们走不出去。不如你和牛副官带着弟兄们先走一步,我到那边去打个电话,叫莲花乡和青竹乡多派些人来接应。"

邹营长明知姓姚的是在耍滑头,分明是想开溜,故意找借口。从李子镇出发前还是他亲口布置的派两个保安队员直接走前头送信到莲花、青竹两乡,叫多派些人来接应。怎么此时竟会忘得一干二净?他本想把这话挑明,可又不敢。自己的命运就握在人家手心里,能顶撞吗?他笑嘻嘻地说:"县长大人,请您放心,出发前已派出专人送信去了,想必现在已拢。至于这里

163

嘛,我想不能大意失荆州,是不是把牛副官的人派点去探个虚实,然后再大队前进。"他见牛副官圆瞪着眼,样子很不高兴,忙说:"当然,这回打前阵嘛,应由我们驻军的来承担啰!"

牛副官见他这么一说,也就没再作声。心想,老子派一二十个人探路算个屁,去就去。你那上百号人打前阵就舍得呢。于是二话没说,派出两股保安队员出了发。

没过多久,去垭口东西两边探路的保安队员回来了,说沿途都仔细查看过,没有发现任何可疑迹象。不光是没看到游击队,连平时那些拦路抢劫的"棒老二"也没个影子。看来是万无一失。姚县长听过汇报,立即命令全体出发。

邹营长坐着滑竿,走在队伍前面,驻军营的人马紧随其后,浩浩荡荡地开进垭口。走了好大一段路,没见有任何异样,姚县长这才和牛副官坐着滑竿一前一后往垭口走。

尽管如此,姚县长还是有些不放心,不时回过头来,看看后面尾随的队伍。直到最后一个保安队员进了垭口,他心中的一块石头才算落地。

"啪!啪!啪!啪!"任千秋手里的双枪打响了。王老二率先带着三中队的队员从两边山上冲下来,齐齐地堵住退路。一中队齐章佑和二中队宁河生也各自带着队员杀将出来。行进在路上的官军还没弄清是怎么回事,已有好几个倒在血泊中。走在前面的邹营长立即命令身边的司号员吹起冲锋号。

"嘟……"司号员刚转过身子,从腰间取下军号,还没吹完冲锋号的第一个音节,已被齐章佑一枪打倒在地。紧接着是密密麻麻的子弹飞向邹营长的滑竿。

"啪!"一颗子弹打中前面那个抬滑竿的,他踉跄几步,倒在地上。坐在滑竿上的邹营长也被扔了下来。他一翻身扑在地上,一群部下赶紧过去,把他救起,然后一阵风似的朝斜坡上冲。

浪里白把邹营长看得真切,知道他是想溜,浪里白想你只要敢离开你的部队,就说明死期到了。他瞅准机会,带着几个游击队员向邹营长的侧面跑去。

驻军的士兵把邹营长簇拥在中间,虚张声势,吵吵嚷嚷,一方面士兵为了壮胆,另一方面也是做给营长看,他们拼命地朝上冲。邹营长已回过神

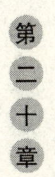

来,举着手枪,声嘶力竭地高喊:"冲、冲、冲出去有赏。"

浪里白和几名游击队员在离邹营长左侧几百米的地方停下,进入一片小树林埋伏下来,严阵以待。

邹营长不愧是老兵油子,带着部下跑"S"形,一会向左,一会向右,这样一来,让想消灭他的人无法瞄准,他们冲锋虽然慢,但比较安全。

浪里白这时表现出了少有的耐心,他招呼队员们一定要沉住气,等待时机,待邹营长"冲"近了,喊打才打。他知道他带的这几个人都是老队员,老队员不怕死,立功心切,好表现,有些个人英雄主义。浪里白这次是安心要让邹营长见阎王的。他不能再放过机会了。

簇拥着邹营长的人近了,越来越近了。但士兵都少了许多,有些士兵已经跟不上趟了,掉在后面喘粗气,那些人不像在打仗,倒像是下力累了,需要歇气一样。邹营长周围的几个士兵抱着的却是冲锋枪。

"打!"浪里白一声令下,游击队员冲出小树林与驻军接上了火,几个驻军士兵应声倒下,驻军的火力也不弱,冲在前面的两名游击队员,倒在了血泊中。

邹营长见中了埋伏,知道事情不妙,拔腿就向山下跑去。浪里白哪容熟了的兔子溜走,捡起一支冲锋枪,丢下其他士兵,几个箭步,追了上去。邹营长突然跌进一个沟坎里,以沟沿为掩护,向浪里白射击。浪里白赶紧卧倒,手里的冲锋枪一个点射,压住邹营长的火力。对方僵持了几分钟,邹营长避开正面,突然几个翻滚,从沟坎一侧滚了出去。浪里白一看,邹营长左侧100米左右的地方是一片乱石林,如果这小子钻进乱石林有了屏障掩护,问题就严重了。

浪里白也没多想,身体一跃而起,向着乱石林猛冲过去,藏在一坨大石头的后面。邹营长翻滚了10多米远,猛然直起身来向乱石林浪里白隐藏的方向跑去。

离浪里白只有20多米了,浪里白从石后站出,一阵冲锋枪扫射,毫无防备的邹营长抖了抖,曲了几个弯倒下了,身上穿了十几个窟窿。浪里白上前去翻了翻邹营长的尸体,用手在邹营长鼻前试了试,确实已经死亡。他快速地举了举双手,抑制不住内心的激动,这是他有生以来,最过瘾的一次。

其他地方的战斗仍然在继续。

此时,垭口南边的战斗更为激烈。姚县长听到枪响后,立即命牛副官组织人员突围,拼杀出去。上百号保安队员围在他身边,像蜜蜂朝王样,东一转西一转,无论怎么冲,总是出不去。两名机枪手抱着机枪,分别朝两边斜坡上冲,企图占领制高点。

"啪……""哒哒……"守在西边的游击队员,不知是谁打了个点射,把那抱着机枪正在冲锋的保安队员放平在地上,东边半坡上游击队指挥部的机枪响了,保安队的机枪手又随之倒下。

向来以亡命著称的牛副官见部下如此无能,气得直咬牙:"日他娘!"他抓起一挺机枪,发疯似的猛烈四射,令两个保安队员架着姚县长跟在后面,向着一条南北走向的水沟冲去。

"啪……"一颗子弹打掉了牛副官的半个耳朵,鲜血从脸上流到肩膀,他毫不理会,瞪着牛卵子眼睛,杀气腾腾,继续向前冲。

为了避免游击队大的伤亡,任千秋发出通知,没有命令不许出击,只能坚守阵地,居高临下在远处射击,不许靠近。虽然保安队员伤亡惨重,牛副官还是拼死保护姚县长冲出了重围。

战斗很快结束了,游击队大获全胜,缴获枪支两三百,俘获上百人,县驻军营邹营长被打死。游击队也有一些死亡和重伤,总的情况是大获全胜。大家兴高采烈地回到水寨,打牙祭庆贺,并研究新的战斗。

姚县长死里逃生,决意报复,向游击队发起全面进攻。

第二十一章

罗汉垭一战,姚县长九死一生,捡了条老命,可怜他那裤裆,犹如下了场暴雨,湿漉漉的,还带着浓浓的尿臭。回到家里,成天闷闷不乐。他不明白游击队的消息为啥那样准确,他亲自带兵进山围剿游击队的事,根本没有多少人知道,行军计划只有县驻军和保安队的头头清楚。当然,这涉及那天他们自身的小命,是无论如何也不会泄漏出去的。另外莲花、青竹两个乡的乡长,同时都接到了县长秘书从李子镇打去的电话,叫他们分别准备三百人的食宿。难道游击队是根据这个消息前来狙击的?那么,他们俩谁是奸细?莲花乡原是李乡长,自从李子镇失陷后,他怕追究责任,一直逃跑在外,新任乡长是保安队的一个小队长,看来不大可能是奸细。唯一的嫌疑只有一个,那就是青竹乡长文如松。上次莲花乡李乡长未被缉获,从哪个方面都可以怀疑是文乡长走漏了消息,可是牛副官拍着胸膛给他负硬责,说是他俩一直在一起,文乡长没有丝毫泄密之处。而罗汉垭之战要说是文乡长走漏了消息,依据一点儿都没有,仅仅是凭猜疑而已。在这兵荒马乱的用人关键时刻,凡事不能不多长个心眼,但无中生有草木皆兵地去怀疑一个忠心耿耿的人,这对党国的事业也是不利的。如果就这样凭空撤掉文如松的乡长职务,不光是牛副官,恐怕连县党部书记长杨郓九都不会答应。当然,要是证据确凿,就是杀了文如松的头,也没人敢出来吱声。

姚县长经过反复思考,决定与581团张团长演一出精彩的双簧。

张团长的部队是国民党正规军,奉命开进川东的当务之急是清剿云阳、开县、奉节、巫溪等县的游击队。所到之处,要是为清剿之事,当地各级政府都必须听从调遣。

张团长要在李子镇召开一个剿共大会,传达国民政府的指示精神,布置下阶段的剿共政策。凡是收到通知的乡镇长们,必须按时到会,无论是开县的,或是云阳、奉节、巫溪各县交界的乡镇长都是如此。

"凡是参加共产党、游击队的,杀!通共的,杀!接受共产党钱物的,杀!对共产党知情不报的,杀!"张团长杀气腾腾地宣读了剿共条例,又一连讲了好多个该"杀"的条款,讲得乡镇长们毛骨悚然,文如松却坐在那里一声不吭,静静地听着。只见张团长转而声泪俱下地说:"如今全国共党猖獗,党国垂危。匪首任千秋聚众造反,给党国基业雪上加霜,改'金兰社'袍哥组织为共党水寨游击队,还与云阳曹伟串通一气,今天打东,明天打西,闹得鸡犬不宁,我们在座各位,食的是党国的俸禄,穿的是党国的绸纱,办的是党国差事,望众位一定要精诚团结,齐心协力,同舟共济,一致对共,铲除异党,即便是马革裹尸,也万不可背叛党国!"讲到此,他发疯似的嚎叫起来:"有的人,我看就不然。"他双眼紧盯着文如松吼道:"文如松,唉!你这个文乡长呀!你这个混账东西!莲花、青竹两乡的游击队闹得这么厉害,你装聋作傻不晓得。我刚刚踏上你这块地皮,资料就收了好大一堆。你长期在这儿当乡长,当真不晓得?骗鬼!"他用一根指头指着文如松继续骂道:"找匪,上哪儿去找?我看你就是匪!杀,就从你头上开刀。你如果像那姓李的龟儿子一样跑,老子就把你全家杀光!"他这里说的姓李的,实际指的是莲花乡李乡长。

张团长骂完,在一旁察言观色的姚县长连忙站起来对文如松说:"文乡长,张团长军人出身,向来是直心直肺,刚才骂你的话,是气急而发,其实是提醒大家,你千万不要在意,以后乡里的工作还要继续搞好。你这人我很清楚,一副书生气,叫你当匪,去通匪,去窝匪,恐怕你也没这个胆量。"他看了看文如松,又说:"不过,青竹乡环境恶劣,你被恶势力包围,有点怕匪。这个'怕'字你接不接受?"

姚县长说完,紧紧盯住文如松,只见他平静而微笑地勉强点了点头。当然,他心里到底在想什么,谁也不知道。

文如松真是个怪人,有时候显得清醒,有时好像又显得糊里糊涂。本来在会上挨了张团长的骂,姚县长出来解了围,事情就算结了。

可是会后姚县长请他去闲聊,他又书生气十足,大着胆子对姚县长说:

"会上听县长和张团长讲的话,真是痛切陈词,声泪俱下,听起来真是过瘾。国家到了今天,还能见着你们这样赤胆忠心的人,真不容易!你说哭吗?我也哭过几回呢。说实话,我死儿子都没流过泪,但为了党国,我还是哭了好几回。"他见一旁的张团长也听入了神,忙又说:"唉!哭又有啥用?贪污腐败,覆水难收,残害百姓,民心丧尽。一个好端端的党国遭那些混账东西搞得差不多了!人家共匪有百姓拥护,想必是有些好的政策。我们为啥不能学学别人那些好的?"

他不管姚县长和张团长是个啥脸色,呷了口茶,又说:"这次我从青竹乡上李子镇,沿途看到很多标语,条条是杀。杀能解决中国的问题吗?从1927年以来,杀了这么些年,共产党越杀越兴旺,越杀老百姓越倒向共党。孟子曰:天下要不嗜杀人者才能一致。"

张团长在一旁暗骂着:"妈的,真他娘的书呆子。"姚县长则默不作声,心中打着鬼算盘。

文如松继续说:"今天你可以把别人一家杀完,难道就不怕别人将来把你一家杀完?"姚县长和张团长都大为震惊。文如松接着说:"杀杀杀,杀哪一个?还杀共产党吗?人家把袍哥都拉过去了,到处都是他们的眼线,听说组织结构又那么严密,你杀得到吗?杀土匪,你都晓得跑,土匪难道就不是妈生的粮食养的,他们就不晓得跑?杀去杀来,还是只有杀一些老百姓!其实老百姓也有办法,他晓得避而远之。试问,无论哪个政党,政府或是军队,离开了老百姓,看你往哪里搁?"张团长听着,觉得这些话很有道理,但不怎么对劲儿,而姚县长却突然冒出一句:

"文乡长,我们抓到一个名叫李二狗的共产党,不知你认不认识。"

文如松心里一惊,忙问:"哪个李二狗?"

"当然是你们青竹场上的那个。"

文如松想了想,说:"喔,李家栈房的跑腿,我当然认识,那人多勤快的,是个有名的孝子。"

姚县长脸上挂着阴险的微笑,说:"既是熟人,又归你管辖,那就劳你来审问一下,好不好?"

文如松心里又是一惊,立即答应:"那好!交给我吧!"其实,李二狗被捕的事虽然没有经过青竹乡政府,文如松又何尝不知道?李二狗是在回老家双松树看望母亲时,招留任千秋的游击队被人告发的,据说被捕后他已交代了四五十个共产党。文如松正要证实一下这个传说的真假,这审问自然是个好机会。具体怎么审问,他心中没有数。李二狗实际就是长脚杆曾见到过的货郎兄弟,这里头有个理不清,又剪不断的复杂关系。文如松觉得此事,就像大冷天手里握着个正在燃烧的红炭团,扔又扔不掉,捏也捏不住。

李二狗被人押上来,坐在木椅子上,虽然没有捆绑,可是从被撕破的衣服中露出的肉体又红又肿,特别是两只胳膊,已经发绿,可以看出他是受了重刑,尽管如此,李二狗却气宇轩昂,一副神仙不倒威的样子,只是眼睛并不看他。

文如松全身颤抖了一下,很快就恢复了平静,他大踏步地走过去,大声问:"李二狗,你认识我吗?"

李二狗头都没抬,从那熟悉的声音中完全可以断定站在面前的就是文乡长。可他却斜着眼瞟了好半天,说:"你是谁?我不认识你。"

"怎么,你连我都不认识?"文如松似乎很惊奇,又说:"本乡本土的,经常在一条街上,哪能不认识?莫不是被吓慌了哟。你好好看看,我是文乡长呀!"

李二狗好像也很惊奇,他站起身来朝前走了两步,揉揉眼睛说:"我的眼睛有毛病了。你真是我们乡的文乡长吗?"他好像看清了站在前面的真是文如松,双手紧紧抓住他的胳膊,哀求道:"文乡长,你是知道的,我可是个树叶落下来也怕打破脑壳的人,这回上了当。唉呀!我死事小,我80岁的老娘怎么办啊?"

"你不要怕,张团长和姚县长他们是不会杀你的。只要你把问题弄清楚了,我就保你回去。"文如松说到这里,拿眼看了看坐在一旁的张团长,姚县长,还有不知啥时候进来的牛副官。又说:"看来你是吓痴了,先坐下休息一阵,等脑筋清醒了,我再来问你。"李二狗点点头,文如松便去上厕所。解了一阵便,他才漫不经心地踱着方步转来,点了一支香烟,吧嗒吧嗒地抽起来。李二狗见了,也伸手要过一支烟,从文如松的烟上接过火,慢吞吞地吸着。文如松在想问题,李二狗也在想问题,至于他们都想了什么问题,只有他们自己明白。

"咳!"约莫过了二三十分钟,文如松试着开了腔:"李二狗,听说你已承认自己是共产党,那么,是在罗汉垭事件前参加的呢,还是在以后参加的?"

李二狗清楚,共产党员的党龄越长,国民党就越恨。况且,如果是在打罗汉垭以前参加的,那么,单是罗汉垭的问题就很严重。他赶紧回答:"是罗汉垭事件以后参加的。"接着,他大声叫苦:"有啥办法,我也是被逼上梁山的。"

文如松大声喝道:"问啥你就说啥,不然记不赢!"李二狗明白,这分明是怕自己说漏了嘴,于是把到了嘴边的话又吞下肚里。只见文如松又问:"是哪个人发展的你?"

李二狗说:"是任千秋。"他这么说,主要是因为任千秋是官府多年来缉拿的"匪首",不管怎样,反正抓不着他,无论谁都可以把过失往他头上推。

文如松重重地朝桌子拍一巴掌,气势汹汹地吼道:"我问你,为啥他不发展张三,不发展李四,却偏要发展你,是不是你们早有勾结?"

李二狗见文如松越吼越凶,心里也就越踏实,他分明看出乡长是在故作姿态,于是叹道:"唉!有啥法?任千秋他们打了罗汉垭,转来时硬要我给他们烧茶水。休息了一会儿,他们怕我走漏消息,硬要我入了他们那个党。"

"那,"文如松想了想,又问:"你认识任千秋是啥时候?"

"他的名字我老早就听说过,只是互相不认识。"李二狗说到这里,停了停,又说:"全县知道他名字的恐怕不只我一个,政府缉拿他的布告谁都见过。"

"那么,你还知道哪些人是共产党?"文如松问这些话的目的,就是要试探一下他到底供了多少人。

"听说云阳曹伟也是共产党。"李二狗说出这个人,连自己都感到有些好笑。这个红了盘的共产党,川东地带连三岁的娃娃都知道。

文如松又问:"你还知道谁?"

"这个,"李二狗想了想,说:"听说王伦碧和刘海清最近也参加了。"

文如松见他说远不说近,说公开的不说隐蔽的,心里一块石头落了地。忙问:"你说的这些是谁告诉你的?"

"任千秋。"

"噢!"文如松说,"任千秋发展了你,又告诉你这么多情报,这样说来,他就是你的上级哟?"

"是的。"

"那你的下级又是谁?"

"现在还没有。"李二狗说,"任千秋说我如果去发展几个人了就封我个官,我还没来得及发展下线,你们就把我抓来了。"

"什么官?"

"搞宣传。"李二狗说,"我也不知宣个啥传,他说宣传就是弄些人来参加共产党,这是个大官,将来会挣很多的钱,我需要钱养活我妈。"

李二狗装疯卖傻,使得文如松暗自好笑。又问了一些鸡毛蒜皮的事,审问也就结束了。

问的,平平常常,答的,也是说过数遍的老话。坐在一旁的姚县长等人虽不十分满意,但也捞不到什么。

"文乡长真不愧是个喝洋墨水的,审起案来条条是道。"李二狗刚被押下去,姚县长就赶紧过来对下属大加表扬。

他的假情假意,文如松完全明白,但他仍笑着说,"哪里哪里,多亏县长大人和张团长在这里压阵,不然我早就慌乱了。"

"哈哈哈!"姚县长笑着说:"都亏了有张团长的神威!"他话锋一转,又说:"为了青竹乡的安全,张团长决定派马营长带一个营的兵力常驻你们那里,协力剿灭共党。"

文如松心里又一惊,他立刻意识到问题的严重性。他见姚县长向他投来阴险而又狠毒的目光,忙说:"承蒙县长看重,多谢张团长大力扶持,鄙人代表青竹乡百姓感谢你们了。"说完,拱了拱手。

这时,不知是谁把马营长带了进来。这人五大三粗,满脸横肉,两人刚见过面,就向文如松逞英雄。说他以前是重机枪连连长,在一次战斗中,眼看全军覆没,他把连里的重机枪全部毁坏,共军把他俘去后,指导员给俘虏训话,别人都静静地听着,唯有他将纸团塞进耳朵里,根本不听。他讲这话的目的,无异乎说明他是个死硬派,要文如松乖乖地听他的指挥。

文如松心里十分清楚,姚县长已经不信任他了,但又没抓住他的硬把柄,派这样一个角色带兵进驻青竹乡的目的,分明就是来监视他的行动。这是一部连场剧,如果说审问李二狗是第一幕的话,那么,马营长进驻青竹乡就是第二幕的开场,好歹毒啊!

事情不出所料,马营长到了青竹乡,天天派人下保甲侦察共产党,了解游击队的去向。每次出门,总得要乡公所派人带路,从中了解文如松的活动规律。

这文乡长也有点怪,别人越盯他,他却越让人盯。每次派人带领马营长

的人下保甲,他都要以乡长名义亲笔写个手令:

兹派××协同581团×××共×人前来你保(甲)侦察匪情,必须大力协助,违者严究!

这个手令看起来很凶,而实质是在给地下党和游击队报信。

文如松本人,每到一个地方,都像毫无戒心地约马营长同去。当然,他绝大部分时间是到青竹场上的两个袍哥堂口去打牌。与一些袍哥头目、地方绅士开大玩笑,说下流话,大吃大喝。他舍得花钱,也很讲义气,特别是对马营长及其连排长们照顾得舒舒服服、周周到到。

一连过了好几天,马营长终于憋不住了。

这天马营长约文如松闲聊,开始牛头马嘴,天南地北地扯了些南沙网。马营长突然问文如松:"你认识任千秋吗?"

文如松很快明白,这是有人在背地里把他和任千秋拉到了一块儿。他像毫无考虑、坦坦荡荡地回答:"不但认识,我们之间还是亲戚呢。"

马营长一惊:"什么亲戚?"

"表兄弟呀。"文如松平静地回答。

"噢!"他的回答,使马营长大大出乎预料,根本想不到他会有这么坦率,忙又问:"你们关系如何?"

"我们的交往很深。"文如松边说,抬头看看马营长,见他惊得大张嘴巴,又说:"早年他与他父亲闹矛盾受气,没去处,常到我家里来玩耍,有啥话总爱对我讲。可是自从我在巴中被捕,直至回青竹乡作乡长后,我们互相之间有了反感,就再没往来过了。"

"谁反感谁?"马营长又问。

"我反感他,他反感我。"

"谁先反感?"马营长刨根问底。

"这个……具体的还一时半会想不起来。"文如松一副认真坦率而又毫不在意的样子。

"唉!"马营长叹口气说,"你和姚县长之间有无嫌隙?"

文如松见这么问起,知道姚县长在背地里搞鬼,便叹道:"唉!做人难,难做人啦!"于是便把游击队打李子镇时打死了宝疤子。他是如何带领乡丁去救得五姨太,没想到惹火烧身得了个炭圆,原来姚县长和牛副官都看上了五姨太。后来牛副官说他早就倾慕五姨太,他们常有约会,五姨太也说她早就是牛副官的人。我文如松没办法,便将五姨太交给了牛副官。没想到这件事带来的后果如此严重,得罪了姚县长,我根本没想到县长大人心眼儿这么小,抓住不放,为一个二手货如此计较,一直就怀恨在心。"

其实,姚县长与牛副官争五姨太的事,在县里是妇孺皆知,马营长怎能不相信?他听完文如松的叙述说道:"怪不得!"便默不作声了。

文如松从容而客气地问:"怎么回事?"

马营长说:"我原来确实对你有怀疑,但我的情报人员说他们把这里的穷人富人都问过了,都说你是个好人。事实上,从我们相处以来,也觉得你这人不错。"他喝了口茶,又说:"可是,昨天姚县长还在电话里说,要我注意你的行动,说是你与打罗汉垭有关,我气不过,对他说,打罗汉垭是任千秋带来的人搞的,打了过后就跑了,你现在抓不着任千秋,何必冤枉文如松呢?"

"马营长,太感谢你了!"文如松谢过之后,又恭维道:"我活了几十岁,还没见过你这样大人大量,公正直爽的好人呢。"

马营长心里甜丝丝的,嘴上却说:"我这人也有不少毛病。"停了片刻,他转了个话题,说:"这回灭游击队看来是有希望了,万县专员公署李鸿涛专员组织了几千保安队员已经开到了云阳县,配合我们581团行动。"

"噢!"文如松心里一惊,想了想,问:"人多有啥用?游击队来无影去无踪,上哪儿去抓?"

"哼!不怕他躲得快,老子们把游击队亲属和嫌疑犯都抓起来,把他们住的茅草棚都点火烧起来,看他们出不出来!"马营长说着,脸上的肌肉不断抖动。

文如松听罢,心里一阵阵不安,心想,这股风一来,不知有多少美好的家庭被拆散,多少人无家可归,多少好人的头要落地!

第二十二章

水寨游击支队自从起义以来,先后攻下了西口场、李子镇和江边盐场,接着又在罗汉垭打了个大胜仗。兄弟支队攻下了云阳县南溪镇和巫溪县西宁场等军事要地,把国民党地方政府闹得惶惶不可终日,牵制了国民党部分正规军,游击队的声威大震。

"妈的,干脆打进县城去,把县太爷的大印夺过来,交给我们任大哥来掌!"浪里白喜形于色,有点按捺不住了,这些天的胜利的确让每一位游击队员兴奋不已。

齐章佑有点儿不赞成:"谁稀罕他反动政府那个屎大印,即便是四川省主席王陵基让出位子来,我们任司令也不得去坐。要坐,就坐共产党的江山!"

站在一旁的陈政委直点头,笑着问:"大伙开动脑筋合计一下,目前我们支队怎么活动?"

任千秋深思熟虑地说:"目前队员们的士气都很高,应该趁着这股热劲,一举攻下县城。"

"噢,"老陈问,"就凭我们这几百人?"

"当然,应该和云阳曹伟司令一起行动,搞一个大场合,给进川的解放军献礼。"任千秋想了想,又说:"还得联络附近各个堂口的袍哥组织,人多力量大,声势大,把握大。"

"嗯,想法确实不错。这个县城是古今兵家必争之地,要真去攻,恐怕敌人是要调集重兵前来把守的。"老陈说,突然问道:"如果攻不下来,国民党反动派反而会对我们进行围剿,那时我们的退路如何考虑?"

"这个吗?"任千秋抓了抓头皮,说:"一是与云阳曹伟会合,然后拉上云阳与开县交界的四十八槽,那儿属大巴山脉,山高路险,林海苍茫,回旋余地大。二是渡过长江,进入南边的七曜山中,与那里的游击队会合,然后牵着国民党军队的牛鼻孔转圈。当然,最好是向东北方向挺进,越过巫溪县地界,既便于进入神农架原始森林,也能直接投奔解放军前线的李先念部队。"

这时,长脚杆侦察回来。说是万县专区李专员已纠集了几千人的地方武装,配合581团上千人的正规军,全副武装,准备从东南西北各个方向包围水寨,对游击队实行全面清剿,这次国民党是下了狠心,动了真格了,各部都立了军令状,气势汹汹,对游击队要锄恶务尽,不达目的,绝不收兵,形势非常严峻。

"娘的,跟他们拼了!"

"哼!人家人多势众,拼得了吗?"

"怕个尿,拼不赢也得捞几个本钱!"

……

游击队员七嘴八舌地议论着。老陈见任千秋没开腔,便问:"司令的意见呢?"

"我吗?"任千秋抬头看了他一眼,说:"我主张打。根据目前形势的变化,虽然打县城不可能,但我们应该找几个防守比较弱的乡镇敲打几下,集小胜为大胜,给他们一点颜色看看才行。"

"不行的。"老陈说,"眼下敌人的兵力数倍于我,要硬拼,只能是鸡蛋碰石头,很不划算。从敌方分析,他们是巴不得我们跟他拼。中国古代有句格言,凡是敌人拥护的,我们要反对,凡是敌人反对的,我们要拥护。我们不能上敌人的当,我们不能让敌人高兴。我们要和敌人反起来,我们要让敌人痛苦。"接着,他提出了"跳出圈子,扎下根基,小股骚扰,集中反击"的方针。

"怕死鬼,亏你还是个政委。"浪里白轻蔑地说:"几个国民党丘八有个啥了不起,大不了死几个人!"打了几个胜仗浪里白有些不知天高地厚,有些轻飘飘的了。不过也难怪,参加游击队时间不长,还不可能从根本上彻底改变土匪的一些习气,说话办事随心所欲。

老陈并不动气,平静地说:"对于敌人的一时疯狂,并不可怕。我们尽量做到不过早地与敌人打大仗,打恶仗,硬拼,是为了保存实力。打仗,首先是保存自己,保存自己是为了更好地消灭敌人。"

"坚决拥护政委的决定!"任千秋边说边挥了挥手。中队负责人见司令表了态。一个个也跟着表了态。

经过反复研究,最后决定部队分两路转移。

一路由老陈和宁河生带队,将近百人的来自船工、盐工、煤工以及贫困农民的游击队员带到巫溪县靠近神农架边缘一带活动开辟根据地驻扎下来。

另一路由浪里白、齐章佑和王老二带领,前往云阳与开县交界的四十八槽一带活动。这一路人比较多,成分复杂,多数是绿林、袍哥出身,虽然会打仗,但纪律性差。

任千秋带领长脚杆、珍儿等少数几个队员组成机动灵活小组,到附近场镇搞点小摩擦,麻痹敌人,掩护大部队顺利转移,然后筹集适当的药品和粮饷,将那些要求参加游击队的贫苦农民组织起来,带到老陈那里去充实队伍。

浪里白、齐章佑和王老二如何带领游击队员向西北方向突围,任千秋与留下的少数队员如何处理善后工作,在此暂不一一表述。先谈老陈和宁河生带领游击队的百十名骨干,向东北方向行进的情况。

时值数九寒天,北风呼呼地刮个不停,天上飘着鹅毛大雪,战士们依依惜别了曾经养育过他们的水寨,一步一步朝山上走。

夜,一团漆黑,只有地上厚厚的积雪闪着白光。宁河生手提以蜡烛作燃料的高把灯笼,走在队伍的最前面。他轻声问身边的老陈:"政委,朝哪条路走?"

老陈说:"向南面走,去双松树。"

"不是到巫溪神农架那边吗?应向东北角走才对。"宁河生有些迷惑不解地问,停下脚步等老陈回答。他怕因为路径不熟走弯路。

"你想过没有?"老陈说,"如果我们悄悄离开水寨,敌人会以为我们进了老山,他们不但要搜山,烧房子,抢老百姓的东西,抓不到真正的游击队员就可能要乱杀无辜。"

"喔。"宁河生明白了,"我们朝南走,是大路,经过一些人口稠密的地方,故意让敌人发现我们已撤离水寨,以免百姓遭殃。"宁河生十分佩服陈政委处处想到老百姓,尽量少给百姓惹麻烦的做法。"

老陈点点头,又继续朝前走。他们每走过一座村庄或是一个路口,总忘不了用泥土或石块在墙上、地上、石板上写几幅标语,证明游击队路过此地。

队伍过了双松树,老陈立即命令朝北走。并叫后面的队员回过头去用树枝扫雪,把队伍在积雪里踩出的那排密密麻麻的脚印盖上,使敌人弄不清游击队的真正去向。

这一夜,队员们虽然踏着几寸深的积雪前进,可他们谁也不感到冷,他们走得很快,足足走了百多里。队伍越往前走,越看不到人烟,沿途除了挂满积雪的树,什么也看不见。队员们又饿又乏,想找个地方坐下来休息,却没有一块干燥的地方,想弄点儿东西充充饥,连野草也被厚厚的积雪覆盖着,哪里还能找到吃的?队员们咬紧着牙关,艰难地一步步向前行。

"当!""当!""当!"天刚破晓,远处的庙里敲响了晨钟。这钟声里,好像带着干燥的土地和白花花的斋饭,磁石般吸引着队员们朝那里走去。

"嗬!这深山里哪来这么大一座古庙!"走在前面的队员大声叫起来。众人抬头一看,只见庙门的上方写着"天王庙"三个大字。

队员们见宽大的山门洞开着,便蜂拥而入。

"慢!"老陈挥了挥手说,"先派人把长老叫出来打个招呼再说。"

说话间,早有小和尚找出住持僧人来。只见他鹰鼻鹞眼,样子很奸诈。开口便问:"阿弥陀佛!何方施主,身背刀枪?"

"他娘的穷酸样!"宁河生嘟哝着,紧握拳头就要揍他。

老陈轻轻把他拉开,上前说:"长老,打搅你了。我们是游击队,穷人的队伍,专与官府作对的。"

"阿弥陀佛!"那和尚双手合十,两眼微闭,不知道他脑袋里是不是在转圈圈。

"长老!"老陈又说,"我们想进屋歇歇脚,弄点儿吃的,天黑后再走。"他见那和尚默不作声,接着说:"钱嘛,一定照付。"

"阿弥陀佛!"那和尚说:"这……"他犹豫了一阵,才说:"施主,不是我不愿招留你们,只因近日一营国军驻扎在庙后不远的村子里,时常进庙来搜查,多有不便。"

"扯你娘的谎!"宁河生骂着,吩咐道:"都给我进庙去休息,管他肯与不肯!"

队员们一阵骚动。正要进去,只见老陈说:"先别忙,派两个人去侦察一下再说。"

不多时,侦察员回来报告,庙后不远处确实驻有国军,但不是一个营,而是一个加强连,另外还驻有二百多人的保安队。老陈和宁河生经过研究,认为部队经过长途跋涉,体力消耗很大,不宜战斗。于是决定穿过庙侧的密林绕道前进。他们翻过一道山梁,又穿过两个槽口,好容易才望见一缕炊烟。

来到半坡上是一家农舍,慈竹编成的篱笆墙,茅草盖的屋顶,总共有三四间。主人家很穷,两个十七八岁大妹子没裤子穿,两三个小女儿就更不消说,平常没人,都光着身子在家走进走出,反正只有一个男主人,看惯了也不觉得碍眼。女儿有事外出,轮流穿女主人那一套衣裤。这阵见着老陈他们这么多生人到来,一个个吓得钻进了包谷壳里。只留下男主人出来接待。

"老乡,能在你这里歇歇脚,弄点儿吃的吗?"老陈上前打过招呼,以商量的口气问。

"唉!"主人说,"老总,在这穷山上,哪来吃的哟,你们还是上别处去吧!"他边说,顺手揭开冒气的锅盖,只见里面放着几个黑糊糊的东西。山里人一眼就看得出,那是用蕨根磨成粉混着白泥做成的粑粑,这玩意儿十分粗糙,难以下咽,吃下去又难以屙出。因此,不到断口绝粮的地步是没人吃这玩意的。主人又长叹一声,说:"唉……有啥办法,我们已经吃这东西几个月了。想必老总是吃不来这个的。"他所说的吃不来,实际是不愿吃或吃不下的意思。

游击队员们听他这么一说,一个个都心酸起来。老陈说:"老乡,苦日子就要熬出头了。我们冒着风雨满山跑,就是为了让穷人过好日子。"

男主人疑惑不定地问:"你们是什么人?"

"我们是共产党领导的游击队,是穷人的队伍,专跟官府作对的!"

"真的?"男主人惊疑不定,试着用手摸摸老陈腰间的枪,见他笑容可掬,一点儿也不像国民党军队那么可怕,忙对着门外的游击队员说:"快请进,都到屋里歇脚!"

老陈从锅里抓起个蕨根粑,问主人:"这东西还有吗?给我们每人来一个。"

"这哪儿成呢,自己的军队哪能吃这个?"男主人说,"况且,一时也弄不赢。我还有几升包谷,是前几天用柴火到山下换的,准备过年用。既然你们是自己人,就把这个拿来磨成粉做糊糊。"

"那,不行不行,还是你们留下吧。"

在一片推辞声中,女主人从屋里拿出仅有的几升包谷,在门前石磨上轰轰地磨起来。她长叹一声,向队员们说出了家里几个姑娘没裤子穿的惨状。队员们再也忍不住了,有的脱衣服,有的脱裤子,每人从身上脱一件,很快就脱下一大堆。主人非常感动,让几个姑娘穿上衣服起来给游击队员们磕头。

"别这样!"老陈笑着说:"等到革命胜利了,你把这些破衣服还给我们就是了。"

说话间,第一锅包谷粉和着野菜做成的糊糊熟了,碗筷不够,只能轮流吃。为了让大家都能尽快吃到第一口糊糊,前面的队员都不肯多添,每人只盛上小半碗。掺有野菜的糊糊黄里带绿,冒着浓烟般的热气,滚烫滚烫的。在积雪里行进了百多里山路的游击队员,饥饿难耐,当接着盛在碗里那丁点儿糊糊时,呼啦一声,就彻底解决了,赶快把碗筷递给下一个。不管它烫与不烫,也不知是啥味儿,反正吃一点比不吃强。第一锅很快吃光了,赶紧又煮第二锅,不少队员还没吃上呢!

"啪"一声清脆的枪响,惊动了茅屋内外的游击队员们。这是屋后山包上的岗哨发出的信号,它告诉大家敌人已经临近了。

"怎么回事,难道暴露了行动目标?不然,在这冰天雪地里,一大早敌人怎会上山来!"老陈思考着,立即命令队员们准备突围。

他哪里知道,事情就坏在天王庙的老和尚。这个老和尚,原本是昙花寺的慧深,只因那次任千秋带领金兰社弟兄去寺内歇息,被慧深告密,后驻军营邹营长和保安队长宝疤子去寺内抓人扑了个空,狠狠地教训了他一顿。从此,他再也不敢回昙花寺,孤身一人流浪到这深山老林中的天王庙做了住持。当然,山下的消息随时还能听到,任千秋的兄弟参加游击队的事他早已知晓,在昙花寺结下的仇恨他一刻也没忘记。当老陈和游击队员们离开天王庙后,他便迅速向庙后的国民党军队报了信,还亲自引路追上来。

"娘的,来得正好,匆匆忙忙走了百多里路,老子的枪还饿着肚子呢!"宁河生骂着,大声呼喊:"弟兄们,准备行动!"

"啪!啪啪啪⋯⋯"敌人分三路从茅屋的两侧和后山包抄过来,子弹飞蝗般射向草屋,震得尘土簌簌地扑进正在冒泡的锅里。那些吃了小半碗包谷糊糊的队员已提着枪冲到门前,准备突围。那些尚未吃到一口糊糊的队员赶紧把碗筷抓在手里,不管锅里有无尘土,也顾不上是生是熟,把碗口伸向滚开的锅里,舀起小半碗糊糊就往嘴里倒。他们实在太饥饿了,不吃了点儿东西是无法战斗的。

老陈在茅屋前转来转去,借着两侧厚实的土墙,观察了敌人的火力分布和突围路线。

屋前是一片空地,那里的庄稼早已收割,除了几寸深的积雪,什么也没有。坡陡陡的,没有包包洼洼,从上至下一马平川,过了这段坡地,就是一片丛林。只要穿过丛林,便可进入巫溪县的大山中。当然,要跑过这段坡地,还需穿过敌人那道用枪弹组成的封锁线。

屋的左面,是一段不太长的斜坡,穿过一条小沟,向上爬一小段距离,就可进入树林。但这段陡坡坎坷不平,又有密集的枪弹封锁,每前进一步,都是艰难的。

屋的右侧是一片树林,敌人的主要兵力都集中在这里,要想越过这条以密集的枪弹组成的封锁线,根本是不可能的。

老陈与宁河生经过反复研究,决定把游击队员分成若干个战斗小组,每组三至五人。以小股力量从茅屋左侧突击,以吸引敌人火力,让大部队迅速从正前方那片陡坡冲出。

决定作出后,宁河生首先带领两个游击队员,爬到茅屋左侧,分别隐蔽在龙骨石后面,两个游击队员对准敌人就要射击。宁河生悄悄对他俩摆摆手,轻声说:"慢!"两个队员定眼一看,只见他的枪管正瞄准一个肥头大耳的光头。那光头不是别人,正是慧深和尚,站在小土包上,和一个军官在指手画脚哩。

"啪!"宁河生一颗子弹射出去,慧深和尚应声倒下。

"啪啪啪……""哒哒哒……"敌人的步枪、机枪一齐向这边射来,老陈立即命令游击队员赶紧突围。

队员们紧了紧裤带,屏住呼吸,鼓足勇气,一股劲冲下陡坡,第一批安全地进入了树林。第二批刚冲到半途,就被敌人发觉,机枪、步枪又向这边射来。

宁河生急了,抓起一颗手榴弹,站起身来扔了出去,"轰"的一声在敌阵地开了花。敌人又赶快将一部分火力调过来。宁河生觉得吸引敌人的火力还不够,站起身来又扔出一颗手榴弹,还是没将敌人的火力全部吸引过来。

老陈见了,立即向宁河生挥了挥手,叫他立即冲过去,进入树林。他带两个队员边打边隐蔽,终于冲进了林子。老陈立即又组织第二组第三组队员向这边突围。

敌人见了,将全部火力集中过来。这时,老陈命令草屋里剩下的全体队员向门前那片陡坡冲去,自己留在最后。他让通讯员向房主人付饭钱,房主人说都什么时候了,还付啥饭钱?通讯员说这是我们游击队的纪律,非付不可。房主人只好含泪收下。老陈这才与通讯员一道向左侧爬去。

他俩爬了一段距离,隐蔽在石头后面向敌人打一阵枪,又向前爬。他们顶着敌人的子弹,下了那段不远的斜坡,又过了那条小沟,冲上了那条小路。老陈立起身来,一步跨向树林。

"扑通!"一个巨大的响声使老陈回过头来。不好!通讯员中弹了,从小路上栽下了土坎。他负了伤,还在呻吟。

老陈转过身,赶紧跳下去,将通讯员扶起,用尽全身力气,将他向上推。他抓住一棵小树,拼命向上爬,谁知用力过猛,小树被连根拔起,通讯员又滚下了土坎。

"啪啪啪……""哒哒哒……"敌人的枪弹炸谷泡似的响个不停,像秋天掉树叶样的朝老陈头上飞来。从屋前斜坡突围的队员们都安全进入了密林。只有受伤的通讯员和为了救他的陈政委还处于敌人包围之中。

"政委,别管我,快走吧!"通讯员有气无力地说。

老陈说:"我们是战友,要走一齐走。"

"不,政委。"通讯员哀求道,"丢下我吧,你比我重要,那么多游击队员还等着你去掌舵呢。"

老陈没再说什么,把头伸进通讯员胯下,用力将他往上顶,然后用双手撑住他的脚,把他送上了土坎。他扶着通讯员,一股劲向树林冲去。

"哒哒哒……"敌人的机枪向他们扫过来,老陈咚的一声倒在地上。他没有往林子里爬,对通讯员说:"快,告诉司令,胜利。"他见通讯员有些不解,忙又说:"你就这么说,他会知道的。"一边用右手拼命捂住伤口,左手吃力地在腰间摸。好半天,才摸出一张皱巴巴的纸。看了看那是一些地下党员的名单,要是落入敌人的手里,这些党员的头就会下地。他要尽快把它处理掉。化为灰烬!这里没有火,况且也来不及。把它们撕碎!那更不可能,敌人会从碎片中发现问题的。那么,唯一的办法就是将它吞进肚里。他把那张皱巴巴的纸片塞进嘴里，大口大口咀嚼着，又吃力地咽下去。这时，他才一步步向林子里爬去。

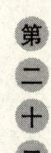

"哒哒哒……"敌人的机枪仍没有停止扫射，老陈终于倒在血泊中。鲜红的血水不停地流淌，染红了地上洁白的积雪。

宁河生带着泪痕满面的游击队员，转移到神农架原始森林地带，准备翻过大山，去投奔解放战争前线的李先念部队。

第二十三章

　　一连下了几天雪,老天爷总是阴沉着脸。寒风呼呼地刮着,把穿着单衣薄衫的行人吹得东倒西歪。

　　"吱呀"一声,张家箭楼后面那个山洞的篱笆折门被人撞开,随即趔趄着进来一个人。坐在洞里的大手杆忙问:"有消息吗?"他是望眼欲穿,静静地等了很长时间,好容易才盼回来一个人。

　　这个山洞是一群叫花子的家。自从大手杆在张家箭楼负伤后,这群叫花子就将他救起,带进了山洞。每日里将外出讨来的饭菜供他吃,还上山扯些草药为他包伤。渐渐地,伤口开始愈合。

　　本来,大手杆和王老二参加起义完全是碍于与任千秋的交情,他们都是袍哥大爷,以往也多有麻烦任千秋的地方,若是拒绝邀请,定会遭到江湖中人的耻笑。况且,干土匪的本性就是打打杀杀,也可趁此热闹热闹,图个快活。搞一阵子觉得行,就坚持下去,觉得不行,再将自己那些兄弟拉出去就是了。

　　他受伤后,一头栽进小河时,给他的第一感觉是,这一生从此结束了。想不到一群叫花子竟然扑向刺骨的河水,将他悄悄救起来。

　　他当时觉得很奇怪,在他的土匪生涯里,从来没有听说过会有人同情他们,甚至于帮助他们。他睁开眼睛,不解地问:"你们为啥要救我?"回答是:"你是为我们打天下受的伤,我们不救何以忍心。"大手杆非常感动。在以后一段时间的接触中,叫花子无时不夸赞游击队。对大手杆的护理也格外殷勤。有时,讨回的食物不多,叫花子们宁可自己饿肚子,也要让大手杆吃饱。他终于下了决心,伤好后一定要回到游击队去。

近日来,他多次拜托叫花子们外出时顺便打听游击队的去向,可是带回的消息从来都是"没人知道"。他急了,打算自己出去寻找。哪知叫花子们不让他走,说是那样不安全,一旦他大手杆有啥不测,就是花子们的罪过,他们负责不起。最后,答应多派些花子再出去各处找找。

刚才进来的叫花子阴沉着脸,见大手杆问,也不答应。

大手杆觉得不对劲,有些急了,又问:"到底出啥事了?快说呀!"

那叫花子用手背擦着脸上的两行泪水,说:"游击队政委被打死了,尸体没人收,那些狗日的把政委的脑壳割下来挂在李子镇榨子门前的梧桐树上暴尸示众。这帮狗日的真是惨无人道。"

"啥?你说啥?"大手杆发疯似的摇晃着那叫花子的身躯,不停地发问。这犹如晴天霹雳的消息,使他有点儿经受不起。

"听说是在巫溪边境突围时,为救一个队员中的弹。"那叫花子说完,长叹一声:"唉!只有共产党,才有官替兵死的事。"

"那,"大手杆问,"政委的头就没人弄去埋起来?"

那叫花子说:"榨子门边到处是站岗的,哪个弄得走哟?"

大手杆没再说什么,独自坐在一旁盘算着。他要想法将政委的头弄去掩埋起来,不能由那些狗日的挂在那儿示众。

黄昏,大手杆从山洞里悄悄摸出来,顺着大路朝李子镇走。

李子镇附近一带,三步一岗五步一哨,确实戒备森严。大手杆东藏西躲尽走偏僻的荒郊野外,好不容易才摸到榨子门边,隐蔽在一条深深的干水沟里,四下张望,寻找着时机。在那榨子门外,冬天的梧桐树落完了叶子,只剩下光光的枝杆,在靠近榨子门的那棵树上,高高挂着一个用鸟笼装着的人头,想必那里面一定是陈政委的人头。

天完全黑了,榨子门已经关闭。这时,只见一个人影从围墙上梭了下来,动作有些愚笨地爬上那光秃秃的梧桐树,取下鸟笼,下得地来。不知又从哪儿走出个女的来,两人一前一后,抱着鸟笼,一个劲地朝后山跑。

"来人呀,榨子门上的人头被人偷走了!"不知是谁大喊一声,随即便是无数荷枪实弹的军人从李子镇跑出,朝着那一男一女追去。

大手杆明白,那一男一女是抢先在自己前面取走了陈政委的人头,眼下敌人正拼命地追赶。怎么办呢？干脆,把敌人吸引过来。他慢慢站起来,就要出那深深的干水沟,不知是谁猛一下按住他的肩头。他大吃一惊,就要反抗,只见那人轻声说:"别动,自己人。"

大手杆蹲下身,回头一看,是长脚杆,便轻声问:"长脚老弟,你怎么也来了?"

长脚杆摆了摆手,示意这里不是说话之地,拉着大手杆顺着干水沟往前面爬。他们来到一个僻静处,长脚杆这才说:"老兄,你还活着?不是说你在张家箭楼牺牲了吗?陈政委和任司令还专门为你开了追悼会呢。"

"唉!"大手杆说,"一言难尽。"他把自己受伤后如何被叫花子们救起,又如何治伤,详细地讲了一遍,最后说:"找你们找得我好苦哟。为了寻找你们,那些叫花子兄弟的腿都快跑断了。他们说,以往李子镇有个叫花消息灵通,而今又不知这人上哪儿去了。"长脚杆静静地听着,没有作声。只见大手杆又问:"老弟,刚才你为啥不让我爬出水沟去?"

"他们两人已经暴露了,敌人无论如何也不会放过的。如果你再出去,那不又多了一个?"长脚杆说到这里,长叹一声:"唉!我们的队伍再也经不起损失了。"长脚杆叹罢,向大手杆讲起了目前游击队的处境。

自从部队转移,每天差不多都有坏消息传来。东路突围虽然成功,但队员损失惨重,而且还牺牲了陈政委。西路游击队员多为土匪出身,组织纪律性较差,又遇上领队人浪里白是个火暴脾性,几乎与王老二火并,经齐章佑再三劝说无效,最后只好各走各的道。浪里白心灰意冷,对游击队丧失了信心,又见大军压境,各处封镇严密。他便在一个袍哥朋友的劝说下悄悄投奔了581团张团长。任千秋听说后,气得半天说不出话来。任千秋说浪里白是走的一着险棋,虽然张团长暂时还不知道邹营长是浪里白杀的,一旦知道,你想能有浪里白的香果子吃吗?任千秋派长脚杆和珍儿化装成夫妻,到李子镇去打听究竟,以便采取相应的措施。谁知刚到榨子门,就见那儿摆着几个队员的尸体和陈政委的人头。他俩好不伤心!珍儿还偷偷地落了泪,她下决心,无论如何也要设法把政委的人头掩埋好。可是,还有任务在身,必须先打听好关于浪里白的情况再说。

他们做梦也没想到,张团长已经布置浪里白去劝说任千秋投诚。同时派兵把水寨包围起来,如果劝说不成,就将任千秋家中老小和水寨周围的百姓一齐抓起来,迫使任千秋就范。此时,浪里白和那些包围水寨的官军已经出发,情况十分危急。如果长脚杆和珍儿一道回去报信,显然是来不及了。于是他只好利用自己的优势,独自一人回寨,抢在官军到达之前将水寨周围百姓全部转移。临行前再三嘱咐珍儿,一定要隐蔽好,等他回来后再考虑掩埋政委人头的事,千万不可轻举妄动。珍儿答应着,可她坚持要到一家店铺去找李小毛,说是他有个亲戚在581团当兵,看有无点儿眉目。这李小毛实际就是莲花乡前任李乡长的小儿,也就是珍儿的未婚夫,现在李子镇一家店铺当学徒。

长脚杆讲到这里,见大手杆伸过手来捂住他的嘴。抬头一看,有人在沟坎上朝这边跑来。那人大概发现了他们,朝沟里轻轻丢下一个黑糊糊的东西,绕道又跑了。

长脚杆上前捡起那黑糊糊的东西凑近眼前一看,人头!他立即明白,刚才过来的一定是珍儿,她估计自己摆脱不了敌人的追捕,但又必须得设法把陈政委的人头藏起来。大概她东跑西藏,找不到个妥当的地方,当发现这沟里有个高个子人时,估计是长脚杆,于是将陈政委的人头丢了下来。为了麻痹敌人,便又从右边跑了。

这时,远处传来吆喝声:"妈的!抓到个男的,还有个女的没抓着,人头在她那儿,千万别让她跑掉了!"

待敌人追赶着珍儿走远后,长脚杆轻声对大手杆说:"快绕道爬上后山那片林子,敌人还会转来搜查的!"他们带着陈政委的人头,迅速钻进了后山那片林子里。

大手杆说:"要爬就爬上山顶,让陈政委安睡在那上面。"

两个人又摸索了好一阵,才上到了山顶,他们在一块向阳的地方用手挖坑,可那荒野的土地从来就无人耕种过,实在太坚硬,没挖几下,指头便出了血。在这荒凉的山顶上,要找户人家借把锄头或铁锹什么的来挖坑,那是很困难的,不知要走多远才有一户人家。万一遇上巡逻的国民党军,那就更麻烦了。还是长脚杆有办法,他记得小时在山上玩泥土,常常用树枝把土撬松。于是他顺手折了两根粗壮的树枝,合在一起使劲地撬。大手杆赶忙站拢来,两个巴掌合在一起,蹲下身把刚撬松的土往外扒。

天气虽然冷,他们两人却干得大汗淋漓。就这样一直干到后半夜,才挖了个箩筐大的坑。他们两人各自从身上脱下一件衣服,小心翼翼把陈政委的人头包裹起来,放进坑里,再搬来一些薄石板盖上,将泥土填回坑里,直到垒起一个高高的土堆。他们又搬了些脸盘大小的石头,向着北边砌起一个坟头,让陈政委天天眼望着解放区。

大手杆从附近挖来两棵高矮差不多的嫩松,种在坟前,然后跪下作了三个揖,又磕了三个响头,颤声说:"我大手杆出身卑微,一生闯荡江湖,难得遇上你这样的共产党好人。生为穷人生,死为穷人死。小弟我服了!"他用袖子擦了擦眼泪,又说:"今天为你送行,没有香蜡,就用两棵松树替代,没有供品,就用小弟我的一片心意。"说到这里,他把自己的一个手指伸进嘴里,狠狠地咬一口,将那殷红的鲜血滴在两棵小松树上,说:"请政委放心,小弟我一定跟着共产党走,死也不回头!"说完,用袍哥礼节丢了歪子,站在一旁。

长脚杆走在坟前跪下来,同样磕头作揖后,站起身来:"陈政委,我们走了!等到县城解放的那一天,我们一定来接你!"

此时,天快亮了,两个人沿着崎岖的山路,迅速往水寨方向走,他们要去向隐蔽在山洞里的任千秋汇报陈政委人头的掩埋情况和珍儿被捕的事。

其实,和珍儿同时被捕的还有她的未婚夫李小毛。他们被一起关在581团临时设在李子镇的团部里,由于中国传统习惯,男女罪犯不能同室,他们便各自被关进一间不大的房子里,中间有一道不算牢固的半截板壁墙相隔。

门外都有荷枪实弹的军士看守。两个人面靠壁板而立,隔道墙你望着我,我望着你,谁也不说话。

"娘的!抢共匪的人头,明明是通共匪嘛!"581团张团长在屋里来回转着圈,挥挥手说:"把他们都拖到河坝去枪毙了!让老百姓都来看看,这就是共匪和通共的下场。"

"团座!"副官凑过来说,"那个男的完全应该枪毙。那个女的嘛,本来也该,只是恐怕你不会答应的,嘻嘻!"

"啥?我不答应?真是莫名其妙!"张团长不解其意。

副官笑着说:"多水灵的山货哟,恐怕你爱还爱不过来呢。"

"放你娘的屁!"张团长生气地说,"尽拿老子开心!"

副官收住笑容,正儿八经地说:"我说的是真话,不信你去看看。"

这张团长本来也是个好色之徒,每当换一次防地,他就重新找几个老婆,等到下次换防,他又丢下这些"陈货",去找新的。时间长了,他到底睡过多少女人,生有多少子女,连他自己也搞不清楚。当然,他找女人与牛副官又有区别,一不要妓院里的,二不要年岁大的,最好是黄花闺女。他看上一

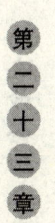

个,就得想方设法弄到手,而且还是冠冕堂皇地所谓明媒正娶。他这次到大巴山驻防时间不长,还没碰上个称心如意的女人,于是整了整腰带,立刻命令提审珍儿。

珍儿很快被带了上来。这位五十开外的张团长不觉倒退了两步。她虽然衣衫破烂,又被暴徒们抽打得伤痕累累,但始终掩盖不了那一身秀气,特别是那双明亮的眼睛,和那带有挑逗性的高高的鼻子,以及小嘴唇、圆酒窝。他几乎看呆了,暗自惊叹道:"真是深山出凤凰呀!"副官在一旁见了,也不敢去惊动,好半天才凑过去轻声问:"团座,还审吗?"

"噢?"张团长这才回过神来,装出一副和善的样子,问:"你是共产党吗?"见珍儿没回答,又问:"你是共产党的同情者吗?"珍儿还是不理他。"别怕,我不会伤害你的。"就这样,有问无答,张团长只好草草收场,对副官说:"把她送回去,拿些衣服给她换换,弄些好的给她吃,千万别把她饿着。"

"是!"副官答应着,一一照此去办理。

珍儿真不明白,这杀人的魔王张团长为啥轻饶自己。她隔着板壁悄悄问李小毛。他的回答是"恐怕那姓张的没安好心"。正在这时,副官来了,嬉皮笑脸地对珍儿说:"小姐,恭喜你了,你真是前世修来的大福大贵,小鸡变凤凰,要做团长太太了!"说完,让人端来水和毛巾,还将一大叠崭新的衣物丢在那里就走了。

珍儿的心,再也不能平静了,这姓张的魔鬼果然要对自己下毒手!她把一大叠崭新的衣物扔在地上,用脚使劲践踏。她本想一死了之,可是一想到自己那苦命的父亲,心又软了下来。她觉得自己的命也太苦了,看上个长脚哥,本来是可以成亲的,却偏又遇上李家。如果那李乡长一心为革命也还好,谁知敌人一追捕,他宁可逃难在外,也不参加游击队,遇上个这样的婆家,有啥意思?好的是李小毛还不错,以往虽然不见他怎么样,这次设法取走榨子门边树上的政委人头,他还不错,一心一意,没有二话,多亏了他。这样一想,能终生与李小毛过日子,也算是比较安稳的幸事。可是,眼下那姓张的就要下毒手了,哪里还能出得去?她苦思冥想,终于做出一个决定,她要按照自己的决定,一步步地去办。她看哨兵并没有太注意她,便把嘴贴近板壁的缝隙,轻声对小毛说:"来,把这板壁整开一块,到我这边来,我们马上成亲,我要把贞操献给你。"

李小毛没作声,珍儿以为他不相信,又重复一遍,他还是没有作声,站在那里一动也不动，俨然像一尊泥塑。珍儿急了，干脆自己动手拆板壁。可是，尽管用尽力气，还是拆不开，她急了，轻声骂道："你这个该死的东西，就甘心情愿看着那些混账东西来糟蹋我吗？这样的人也配当人丈夫？"

珍儿的话，对李小毛刺激太大，他像一头发怒的狮子，双手抓住板壁使劲摇晃，这边珍儿也使了一把力，一块木板哗的一声被扳下来。珍儿从窄缝挤过去，紧紧抱住李小毛，说："我们成亲吧！成亲吧！然后设法让你出去，好好照看我父亲，像亲生儿子照顾父亲一样，你办得到吗？"

李小毛点点头。可他马上又问："那你呢？"

珍儿说："是死是活你都别管我了。只要你能照看好我父亲，算我尽了孝道，我就满足了。"说完，一长串泪水顺着脸颊流到了李小毛的脸上。

李小毛同样难受。

正在这时，一个哨兵走过来，见此情景，慌忙大叫："快来人啦，坏事了！"

张团长和副官随着喊声走了过来，几乎气炸了肺："这……这……这……"他这了半天也没这下去。

"没啥了不起的。"珍儿松开李小毛，说："这是我哥哥，也是我唯一的哥哥，一想到你们要枪毙他，我就难受。"

"他真的是你哥哥？"张团长转忧为喜。

珍儿说："这还有假？不信你们去调查！"她之所以这么说，是因为知道张团长色迷心窍，只要满口答应嫁给他，哪里还会派人去调查。

事情果然如她所料，张团长满脸堆笑地说："小姐怎么不早说？小事一桩，真是小事一桩！"

副官也在一旁帮腔："只要小姐肯做团长太太，立马放人。"

珍儿问："这话当真？"

"当真！"张团长说，"那今晚我们就举行婚礼，怎样？"

珍儿故意问："谁保媒？"

"当然是我哟。"副官得意地说，"张团长几时娶太太又少得了我保大媒？"说得张团长心里怪不是滋味。另一方面，张团长却觉得这小女子很有个性，想象中做爱必然很有味道，嘴角不由自主地露出笑意。

当天晚上，珍儿高高兴兴地把自己的身子擦了擦，叫张团长拿衣物来她自己穿上，然后在士兵的押解下，出门去送李小毛。

送走了李小毛，珍儿又回来陪张团长喝酒。今晚的张团长，容光焕发。

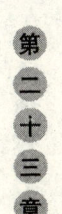

换了一身崭新的德式国民党校官呢服，衣服裤子没有半点皱褶，笔挺笔挺。肩上的两杠三星黄金丰荣，在灯光的照耀下熠熠生辉，衬托出他职业军人的气质和魁梧结实的身材。

珍儿进屋的时候，张团长已经在屋里坐着等了，他退去士兵："你们到屋外去，把门关上。"同时又招呼珍儿："送走了？"珍儿并不答话。他却自言自语地说："送走了好。这下你放心了？来，上我这儿来。"

珍儿温顺地坐到张团长身边。张团长有些迫不及待地用手臂去抱珍儿，珍儿一让，躲过了张团长的手臂："别急嘛。"

张团长厚颜无耻地说："你实在太漂亮了，我等不及了。好，不急，不急！把酒满上。"他自我解嘲地说。

珍儿站起身来，拿过桌上的酒壶，给张团长满满地倒上一杯酒。

"把你的也倒上。"

"我不会喝。"

"不会就少喝点。"张团长表现出他的体恤和大度，说着拿过珍儿手里的酒壶，寻机紧紧地抓了一下珍儿的手，给珍儿倒了一杯，然后端到珍儿的嘴边。

"我真的不会喝。"珍儿用手推了推。

"不会喝就尝尝。"张团长坚持要珍儿喝酒。他想的是，珍儿喝些酒再与他干那事时，有些飘飘欲仙的感觉，那才叫味道。张团长顺势把酒杯靠近珍儿的嘴。

"咳！咳——！"珍儿无可奈何地呷了一口，一股辛辣直冲脑门，强烈的刺激让她不能自持，不停地咳嗽。

"哈哈哈——！"张团长心想，这是地道的黄花闺女，高兴得不得了。他看她的确没喝过酒，十分慷慨地说："好！好！我喝一杯，你喝一口。"

张团长挟了一点菜到珍儿的碗里，然后又给自己挟了许多，呼啦呼啦地大口吃起来。

吃光了碗里的菜，张团长站起身来，习惯地左右翻了翻衣袖，再坐下："好，现在我们喝酒。"然后先把自己面前的一杯酒一下子倒进嘴里，嘟着嘴向珍儿翻着空杯。

珍儿不知是什么意思，静静地看着张团长。张团长赶紧吞下口中的酒说："该你啦，该你啦！"

珍儿端着杯子象征性地在嘴上碰了碰,脸上的五官立即皱成一团。

"哈哈哈——!"张团长把手中的酒壶交给珍儿。他要在珍儿面前显示喝酒的本事。他太高兴了,比他以前娶任何一位新老婆都高兴,高兴得有些忘形。

珍儿在给他满上,他一饮而尽,然后又把杯子对着珍儿,再要珍儿也喝。没办法,珍儿只好用嘴沾沾酒杯。几杯之后,珍儿已经慢慢适应了酒的浓味,进而由沾到呷,到可以抿一小口了,甚至于有些觉得白酒的醇香沁人心脾,并不十分讨厌了。

这让张团长更加高兴得手舞足蹈:"我说嘛,近朱红,近墨黑,跟着老公走,就要学喝酒。"不知他是在哪里弄来的逻辑。一会儿工夫,一壶老白干见了底,珍儿脸上也呈现出桃花般模样。

"再倒,再倒!"张团长兴奋地大叫。

珍儿环视周围,见旁边桌子上放着一瓶白酒。张团长示意珍儿拿过来,他一把抓在手里把瓶颈放在嘴里"嘣"一声,他用牙让瓶盖启开,然后把酒瓶交给珍儿。

珍儿将一瓶白酒倒进酒壶,刚好满满一壶,然后顺手把空瓶放在桌上,又给张团长的杯子倒酒,继续陪张团长"喝酒"。那新满的一壶酒还剩半壶的时候,张团长已有些不胜酒力了,珍儿此时却进入了兴奋状态,虽然是被动倒酒,小口小口地喝酒,却显得头发蓬松,刘海潇洒,两眼有神,酒窝浅现。把个张团长喜欢得不住地要酒。

"咚。"张团长一头搁在了酒桌上,他喝醉了,是被珍儿人的漂亮弄醉了,是被酒灌醉了,总之醉了,慢慢还打起了鼾声。

珍儿这时却突然很清醒,面对这个企图糟蹋自己的恶魔,一股仇恨涌上心头。她顺手拿起桌上的空酒瓶,使劲向张团长砸去,顿时玻璃瓶四分五裂,珍儿手上只剩个玻璃碴破碎的瓶颈。

意想不到的事情发生了。张团长猛然抬起头来,鲜血满面,两眼露出凶光,指着珍儿大声喊:"他妈的,来人,她谋杀我!"原来,珍儿这小女子力量不够,这一砸不但没把他砸死,反而把他砸醒了。

房门突然打开,一群士兵持枪涌入。珍儿惊愕地看着他们。

"杀了她,杀了她!"张团长声嘶力竭地呼喊。

"哒哒哒哒哒哒——"多名士兵同时开枪。珍儿倒在了酒桌旁。

第二十三章

　　李小毛对珍儿很不放心,他不知道她那葫芦里到底卖的什么药。他与珍儿告别后,脱离了士兵的押解,成了自由人。但他并没回家,而是向后面山上走去,躲了起来,听听山下的动静。他等到半夜,山下忽然传来一阵清脆的枪响。他明白了,珍儿已经失去了那年轻而美貌的生命。他痛不欲生,拖着沉重的脚步,去寻找自己的岳父大人齐章佑。当然,也是要去寻找中国共产党和党所领导的游击队。

第二十四章

　　国民党正规军和地方部队几千人,把云阳县与奉节县、巫溪县交界的边境地带围得像个铁桶。三步一岗五步一哨,严密清查共产党和游击队,还经常带人进村打狗捉鸡,甚至乱捕无辜、放火烧房,闹得百姓们无安身之地。

　　游击队东路突围的队伍自从陈政委牺牲后,便由宁河生带领突围出去的人马到了神农架原始森林边缘地带。西路突围的队伍四分五裂,齐章佑带着二三十人无法进入四十八槽,暂时隐蔽在云奉巫边境的大山中,派人与任千秋取得了联系,等待命令而后再行动。任千秋自己身边不足十个队员,目前分散在老百姓家里。到底下一步该如何行动,他也拿不定主意,这事得请示上级才行。谁是上级?以前都是陈政委与上级联系,其他人从来没有联系过,因为当时川东地下党的上层出了叛徒,党内各方面联系要求非常严格。现在陈政委已在突围的战斗中牺牲了。那么,找曹伟,几次派人到云阳,都说曹司令来无影去无踪,根本找不到他。另外就是去万县找中心县委,那么联络暗号是什么?与谁联络?那么大个万县城你不可能每家每户去问吧!最近有从东路突围的队员送来了"胜利"两个字,这大概是联络暗号。老陈在分手前曾说过:"以后若需与上级联系,我会送暗号过来。"那么,这暗号怎么个对法?与谁对?目前东藏西躲,即便上级派人来,又怎么联系得上?此时,任千秋正躲在一位老大娘的家里苦思冥想,忽听门外传来狗叫声,他悄悄到窗口一望,不好了!黑压压的一群保安队员围了过来。

　　"你个懒鬼,还不快去割点儿牛草回来,牛都饿死了!"就在任千秋无计可施的时候,屋里传来老大娘的叫声,随即是她气冲冲地递过来的背篓和镰刀。

任千秋抬头一看,已有好几个保安队员持着枪,站在他面前。他迅速接过那老大娘递过来的割草用具,装成一副不高兴的样子走了出去。

"慢!"一个小头目喝道,"往哪里走?任千秋!"

任千秋大吃一惊,显然他已被认出。但他装作没事的样子,仍然背着背篓拿着镰刀往前走。

那小头目扳动枪机,大声说:"你任千秋化成灰我也认得,还装个啥蒜!"

在这紧要时刻,有人大声喝道:"胡扯你娘的蛋!任千秋有这样傻吗?大白天躲在老百姓家里让你来抓?只怕早就躲进哪个山洞里去了。"

任千秋不用看,从声音可以判断,说话的人是浪里白,而且此时就站在他面前。

"你这人也真是,还不快走,愣在这儿干啥?"浪里白向任千秋大喝一声,带着保安队员们又到别的农户家搜查去了。

浪里白投诚后,就接替了牛副官的职务。担任了保安中队的副官。当然,牛副官由于罗汉垭保姚县长有功,被提升为县保安总队副官,实际已成了姚县长的专职保镖,专为姚县长服务,那是另一回事。

任千秋望着浪里白远去的背影,心里很不是滋味儿。想当初,他宁可为匪,也不肯归顺官府。后来又得劲得力地建立了袍哥组织"金兰社",依旧与官府为敌。而今找到了共产党,有了引路人,建立了游击队,又深得百姓的拥护,却反要去投靠官府。这使任千秋无论如何也说不清是个啥原因。是因为游击队纪律严,不像当土匪那么自由?或是贪图享受?如果是后一个原因的话,那他从早年反对官府开始,从来都没真心想过要推翻官府,而实质只想图点儿享受。

更使任千秋不解的是,浪里白自从做了保安中队的副官,曾三次找到千秋,要他也去投诚。说是那样一则可以做个官,保安队长的位子还空着,只等他去。二则还能保证全家安宁无事。千秋曾问他是不是为那姓姚的狗官当说客,他却一口否定。并说:"这完全是看在多年来朋友交情,和千秋的实际才能上。要是姚县长派我来的,我不向你宣传国民党如何好,共产党如何不是吗?"当然,千秋从来都没有给他过面子,不是痛骂一顿,就是立即叫他滚。任千秋觉得,浪里白是官府指派来劝降的,不然他不会那样不厌其烦。

任千秋一边想着心事,默默地朝着树林中那个不易被人发现的山洞走去。那是他与其他游击队员约会的地方。这些天来,为了防止敌人的搜捕,他们决定在找到上级组织前,一律分别单独隐蔽,每天按时到那山洞来约会。

此时,好几个游击队员都先于任千秋来到山洞等候。当任千秋发现大手杆也坐在长脚杆身边时,又惊又喜,他做梦也没想到今生今世还能见着这位土匪出身的游击队中层干部。忙上前打招呼,热情地问这问那。

"嗬!这儿好热闹呀!"正在大家兴奋之际,一个熟悉的声音从洞口由远至近。

"站住!"蹲在洞门外一个隐蔽处的哨兵见来人是浪里白,一边拉动手里的枪栓,一边大叫。

"别误会,小兄弟。"浪里白哀求道,"我不会进去的,麻烦你叫任司令出来一下。"

"哼!谁是你的小兄弟!"哨兵说,"你这个可耻的叛徒,要不是看你以往和任司令的交情,我早就开枪了!"

吵吵嚷嚷的声音,被里面的任千秋他们听得清清楚楚。他们本来打算从另一个洞口转移出去,可是仔细一听还夹杂着浪里白的声音,就停了下来。千秋知道,是他进来时没有注意,让浪里白跟了梢尾随而来。便大声对哨兵说:"让他进来吧!"

浪里白说:"不,我不进来,里面那么多人,还是请你出来一下。"

"喔,是想残杀我们任司令哟?"

"不出去,就是不出去!"

"……"

"不,不,"浪里白有点结巴了,说,"不是那个意思,我是想和任司令单独说说话。"

"进来吧。"任千秋说,"趁大家都在这儿,有话就敞开说出来,让大家都听听。"

"那,既然任司令不出来,我就站在这儿说几句吧。"浪里白边说,拿眼观察里面,看任千秋是否已经出来。

这时,任千秋起身从里面走了出来。他知道浪里白根本就没有那个胆量进去,老让他呆在洞口又怕会引来敌人。

"我想……"浪里白见任千秋站在面前，正要开口。

"别说了，你那一套我已经不愿再听了。"任千秋说，"你还是快走吧。从今以后，希望你不要再来找我。你走你的阳关道，我过我的独木桥。如果你不做伤天害理的事，我们井水不犯河水。如果你要与人民为敌，我们兵戎相见，你早晚会受到人民的制裁！"

"司令，你也真相信我会投靠国民党？"浪里白突然冒出这么一句，瞪大眼睛望着千秋。

任千秋以为是自己的耳朵有问题，是听错了，他不相信浪里白会说这样的话，也瞪大一双眼睛看着对方。

"日久见人心！"浪里白丢出这么句话，丢了个歪子，转身就走。"大哥，后会有期。"

在场的人都弄得云里雾里。

浪里白走后，任千秋冲着那"日久见人心"的一句话，思索了很久，心里平静了许多。他又开始思索那个一直没得到解决的老问题，那就是如何寻找上级党组织。如果万一找不到，该怎么办？面对敌人制造的严重白色恐怖，能否给以适当回击？要是在过去，他早会拖起几个人去这里捅捅，那里捣捣，扰乱敌人计划。可而今不同了，他是共产党员。游击队是革命的队伍，一切行动都得按上级的部署办。万一因为一次小小的行动，搞乱了党的计划，那后果不堪设想。如果一时找不到上级，也只好把分散的队伍集结起来，拖上老山林去加强训练，为革命保存种子，找到上级组织东山再起，再让这些同志发挥骨干作用。

不！不！不！这样做太被动了，应当立马找到上级组织才行。老陈留下的联络暗号不是"胜利"二字吗？是不是亮出"胜利"二字就会有人来接头呢？要不，就只亮出个"胜"字或"利"字，让接头的人来对另外一个字。干脆，将"胜利"、"胜"或"利"字全部亮出去，总会有人来选择其中的一种，然后再多方调查对暗号的到底是什么人，再确定是否接头。

那么，上级一般会在哪些地方出现呢？任千秋经过反复思量，认为最大的可能有三个地方，一是李子镇，二是青竹场，三就是莲花场。因为这三个地方是离水寨最近的场镇，来往行人多，上级一定不会舍近求远，舍熟求疏，有可能会选择这类容易接头的地方来联络。

办法想好了，任千秋心情也舒畅了许多。他找来长脚杆，连夜化装赶到李子镇。他们没有进入街上,怕的是被那些站岗和巡逻的敌军发现。

李子镇下场口有个公共厕所,赶场上街的人常来那儿解便。离厕所不远是一块不小的空坝,坝子里立起无数个石柱,柱子上架着些长长的圆木,上面绑了些竹子,盖起寸把厚的茅草,以遮雨蔽日。大棚的四周并无遮拦,很是通风。不知从哪朝哪代起,这块空坝成为牛羊猪一类牲口的交易市场了。这草棚也许就是当时所搭,人称这里为猪市场。

任千秋带着长脚杆,趁着黑夜在厕所靠近猪市场的那道墙上的左边,用粉笔写上拳头大的"胜利"两个字。隔一段距离又写上同样大的一个"胜"字。再隔一段距离又写上差不多大的一个"利"字。两人便摸到附近一个朋友家住下,等到天大亮后,人们纷纷去李子镇赶场,他们也混进人群,到那厕所对面的猪市场假装买猪,两人轮流盯着厕所旁的每一个行人,看看是否有对暗号的。

猪市场里闹闹嚷嚷的,上厕所的人也去了一个又一个,就是没见着对暗号的人。眼看天近下午,赶场的人所剩无几了,任千秋担心暴露身份,只好带着失望和长脚杆离开了猪市场。这一天算是白等了!

第二天既是青竹场逢场,任千秋决定也去那儿试试。青竹场是个半边街,那儿的熟人又多,要是采用同样的方法,显然是行不通的。

青竹场的下场口有座桥,上场口是一片粗大的松树林。任千秋选择了那片松树林。他把事先用草二元纸写好的"胜利"、"胜"、"利"三张纸在夜间分别贴到林中那条大路旁的三棵松树上,便和长脚杆一道蹲进了附近那片齐腰深的茅草丛中。

天快亮了,581团马营长的部队滴滴答答地吹起了起床号。

这时,青竹场上的老先生们三三两两地到松树林里来打拳。薄薄的雾气笼罩着整个松树林,几丈远就看不清人。任千秋和长脚杆蹲在茅草丛中,轻轻揉着冻僵了的手,还不时揉揉眼睛,生怕放过了来街头的人。

天亮了,那些打拳的老头陆续散去,林子里又恢复了平静。这时,一个军人和一个身穿长衫的绅士朝林子走来,边走边高声谈论着。那军人一边走,故意用脚踢动路边那些鸡蛋大的石子,眼睛还专心地盯着,好像踢掉了一个还要寻找第二个。那绅士则不同,脚步走得挺斯文,两眼却不停地东张西望。

近了,两人离任千秋埋伏的草丛越来越近了,他们的谈话声都能听见了。

任千秋一眼就认出,那军人就是581团的马营长,而绅士便是自己的表哥,青竹乡乡长文如松。

只听文如松说:"还是你们好,工作就是训练,训练就是锻炼,你不想锻炼都不行,你看你的身体多棒啊!哪像我们,工作就是坐着,坐出了许多职业病,什么颈椎呀,腰椎什么的,这年头兵荒马乱,还是身体要紧。不过我有个习惯,每天早晨要出来走走,活动活动筋骨。"

马营长说:"这个习惯好啊,我们可比不得你们清闲,我们是提着脑袋吃这碗饭的,哪有你说的那么轻巧,军事训练可是个玩命的买卖,哪还想得到什么锻炼不锻炼,你们文人就是浪漫,富于想象,哈哈哈……!"

马营长爽朗的笑声慷慨激昂,震得大地都有些颤抖。凭着他这副阳光的姿态,直觉告诉任千秋,马营长就是他要接头的上级。

任千秋这么想着,心里好一阵激动,他动了动身子,想要站起来,冲过去跟上级握手。但又碍于马营长旁边还有别的人,他才没有冲出去,他在等待机会。

任千秋真是对党的地下工作佩服得五体投地。他的上级居然是国民党正规军581团的营长,在当时乡镇及其以下,一个正规军的营长在老百姓眼里可是不得了的人物,手里有几百人的队伍,有几百件武器,这些武器是清一色的美式装备,是地方武装可望而不可即的。凭着这些人枪,在市井街市喝五吆六,吃香的喝辣的,那简直就是小菜一碟。想不到这样的人还是共产党,并且是自己接头的上级。党的统战工作做得太好了。

他静静地观察着,过了一阵,他抑制住了内心的激动,平和下来又一想,"谁是上级?人家亮出接头暗号了吗?党组织对地下工作接头的规定是认接头暗号不认人。"任千秋冷静了,他更不能急于走出来了,依旧和长脚杆一动不动地蹲在茅草丛中。他真担心会出现万一,要是那样,下一步又该怎么办?

文如松好像发现了什么,两眼盯了一会儿树上贴着的字条。突然,他对马营长说:"我去尿泡尿,憋不住了。"

马营长说:"我等你,去吧。"

文如松径直走到任千秋埋伏的草丛,掏出他那撒尿的东西就撒,脑袋却望着天上,好像在思考着什么。

这可急坏了大脚杆,他身子向上轻轻提了提,准备冲出去,任千秋示意他不要乱动,不能暴露目标。

一股热流带着腥臭劈头盖脸而来,任千秋不敢躲闪,只能紧闭嘴唇任他从脸上流到肩上,从肩上流进脖颈再继续向下流去。这泡尿真大,任千秋闭着眼睛,一动不动,但这时的每一秒钟似乎都很长很长,他耐着性子忍受着,忍受着……

终于文如松抖了抖,把那东西收进了裤裆,转身走到了马营长身边。

马营长问:"转路回去你今天准备干啥?"

文乡长说:"陪你打牌!有空吗?"

"不行不行。"马营长说,"今天我要去团部开会。"

"那,"文乡长想了想说,"我反正闲着也是闲着,就到附近各保去给你们部队弄点儿油水回来。"

两人说着话,渐渐走远了。松林里出奇的静,静得使人有点儿受不了。

"娘的,又是开会,不知又有啥新花招!"长脚杆想着马营长刚才说的要去开会的话,不禁骂起来。这一来,使他由581马营长想到张团长,接着又想起了珍儿。长脚杆从怀里摸出那支一直带在身边的银簪,那是珍儿送给他的。如今物在人非,使他格外伤感,大颗泪珠直往下掉。许久许久也回不过神来。

又过了个把时辰,他俩仍然一动不动地伏在那里,任千秋估摸着马营长肯定还要来。

任千秋轻轻拍了拍长脚杆,说:"你看,来人了。"

长脚杆用袖子擦了擦眼睛朝前望去,那不是青竹乡乡长文如松吗?只见他杵着文明棍,轻快地朝贴有"胜利"字样的松树走去,两眼不时东瞧瞧西望望。在贴有"胜"字的那棵树下站住了,迅速扯下那张写有"胜"字的纸片,走到另一棵树下,将"胜"字贴在了"利"字的上面。

对了对了,他是上级我是下级,他在上我在下,上下合起来就是"胜利"。任千秋很快领会了这个意思。"头接上了"。他的心再也无法平静。一手扯着长脚杆,飞也似的冲过去,三个人紧紧地抱在一起。

任千秋有好多好多的话要对文如松讲,可是许久许久却一句也说不出来。他有好多好多的事要立马去做,恨不得就在这一刹那将那些事全做完。他要把那些打散了的游击队员集结起来,齐章佑、宁河生……,让水寨的老老少少全都拿起枪,包括妻子碧玉也一样。他要迅速扩大游击队伍,给猖狂的敌人来个一连串出击,当然,攻打国民党581团时,别忘了让浪里白里应外合。他要派人去找曹伟、陈士仲、刘孟伉、朱洪亮、程天亮……把川东游击纵队所有的力量集结起来,多打几个漂亮仗,迎接中国人民解放军主力部队早日入川。想着这些事,他把文如松越抱越紧。

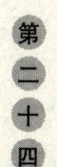

文如松突然推开任千秋:"你怎么湿漉漉的一身尿骚味?"

"还不都是从你身上出来的东西。"大脚杆生气地说。

三人开怀大笑,突然又收住笑声,转身看看周围是否被人发现。

他们只能换个地方说话。

2010年5月9日深夜 第一稿
2010－06－16端午改稿